我们相爱一生，一生还是太短

沈从文　著

浙江人民出版社

只 为 优 质 阅 读

好
读
———
Goodreads

目 录
CONTENTS

如　蕤

（秋天，仿佛春天的秋天。）

协和医院里三楼甬道上，一个头戴白帽身穿白长袍的年轻看护妇，手托小小白瓷盆子，匆匆忙忙从东边回廊走向西去。到楼梯边时，一个招呼声止住了她的脚步。

从二楼上来了一个女人，在宽阔的"之"字形楼梯上盘旋，身穿绿色长袍，手中拿着一个最时新的朱红皮夹，使人一看有"绿肥红瘦"感觉。这女人有一双长长的腿，上楼时便显得十分轻盈。年纪二十七八，由于装饰合法，又仿佛可以把她岁数减轻一些。但靥额之间，时间对于这个人所做的记号，却不能倚赖人为的方法加以遮饰。便是那写在口角眉目间的微笑，风度中也已经带有一种佳人迟暮的调子。

她不能说是十分美丽，但眉眼却秀气不俗，气派又大方又尊贵。身体长得修短合度，所穿的衣服又非常称身，且正因为那点"绿肥红瘦"的暮春风度，故使人在第一面后，就留下一个不易忘掉的良好印象。

这个月以来她因为每天按时来院中看一病人，同那看护已十分熟悉，如今在楼梯边见到了看护，故招呼着，随即快步跑上楼了。

她向那看护又亲切又温柔地说：

"夏小姐，好呀！"

那看护含笑望望喊她的人手中的朱红皮夹。

"如蕤小姐，您好！"

"夏小姐，医生说病人什么时候出院？"

"曾先生说过一礼拜好些，可是梅先生自己，上半天却说今天想走。"

"今天就走吗？"

"他那么说的。"

穿绿衣的不作声，把皮夹从右手递过左手。

穿白衣的看护仿佛明白那是什么意思，便接着说：

"曾先生说'不行'。他不签字，梅先生就不能出院。"

甬道上西端某处病房里门开了，一个穿白衣剃光头的男子，露出半个身子，向甬道中的看护喊：

"密司夏，快一点来！"

那看护轻轻地说："我偏不快来！"用眉目做了一个不高兴的表示，就匆匆地走去了。

如蕤小姐站在楼梯边一阵子，还不即走，看到一个年轻圆脸女孩，手中执了一把浅蓝色的大花，搀扶了一个优美的青年男子，慢慢地走下楼去。男子显得久病新瘥的样子，脸色苍白，面作笑容，女孩则脸上光辉红润，极其愉快。

一双美丽灵活的眼睛，随着那两个下楼人在"之"字形宽阔楼梯上转看，到后那俪影不见了，为楼口屏风掩着消灭了。这美丽的眼睛便停顿在楼梯边棕草毡上，那是一朵细小的蓝花。

"把我拾起来，我名字叫作'毋忘我草'。"

她弯下腰把它拾起来。

一张猪肝色的扁脸，从肩膊边擦过去。一个毛子军人的一双碧眼似乎很情欲地望着这女人一会儿，她仿佛感到了侮辱，匆匆地就走了。

不到一会儿，三楼三百十七号病房外，就有只戴着灰色丝织手套的纤手，轻轻地叩着门。里面并无声音，但她仍然轻轻地推开了那房门。门开后，她见到那个病人正披了白色睡衣，对窗外望，把背向着门边。似乎正在想到某样事情，或为某种景物坠入玄思，故来了客人，他却全不注意。

她轻轻地把门掩上，轻轻地走近那病人身边，且轻轻地说：

"我来了。"

病人把头掉回，便笑了。

"我正想到为什么秋天来得那么快。你看窗外那株杨柳。"

穿绿衣的听到这句话，似乎忽然中了一击，心中刺了一下。装作病人所说的话与彼全无关系神气，温柔地笑着。

"少想些，秋来了，你认识它就得了，并不需要你想它。"

"不想它，能认识它吗？"

女人于是轻轻地略带解嘲的神气那么说：

"譬如人，有些人你认识她就并不必去想她！"

"坐下来，不要这样说吧。这是如蕤小姐说话的风格，昨天不是早已说好不许这样吗？"

病人把如蕤小姐拉在一张有靠手的椅子旁坐下，便站在她面前，捏着那两只手不放：

"你为什么知道我不正在念你？"

女人嘴唇略张，绽出两排白色小贝，披着优美鬈发的头略歪，做出的神气，正像一个小姑娘常做的神气。

病人说：

"你真像小孩子。"

"我像小孩子吗?"

"你是小孩子!"

"那么,你是个大人了。"

"可是我今年还只二十二岁。"

"但你有些方面,真是个二十二岁的大人。"

"你是不是说我世故?"

"我说我不如你那么……"

"得了。"病人走过窗边去,背过了女人,眉头轻微蹙了一下。

回过头来时就说:"我想出院了,那医生不让我走。"

女人说:"忙什么?"随即又说,"我见到那看护,她也说曾医生以为你还不能出去。"

"我心里躁得很。我还有许多事……"

"你好些没有?睡得好不好?"

病人听到这种询问,似乎从询问上引起了些另一时另一事不愉快的印象,反问女人:

"你什么时候动身?"

女人不好回答,抬着头用一双水汪汪的眼睛望着病人,望了一会儿,柔弱无力地垂下去,轻轻地透了一口气,自言自语地说:"什么时候动身?"

病人明白那是什么原因,就说:

"不走也好!北京的八月,无处景物不美。并且你不是说等我好了,出了院,就陪我过西山去住半个月吗?那边山上树叶极美,我欢喜那些树木。你若走了,我一个人可不想到那边去。你为什么要走?"

女的把头低着,带着伤感气氛说:"我为什么要走?我真不知道!"

病人说:

"我想起你一首诗来了。那首名为《季薆之谜》的诗,我记得你那么……"若说下去，他不知道应当说的是"寂寞"还是"多情善感"，于是他换了口气向女人说，"外边一定很冷了，你怎么不穿紫衣？"

女人装作不曾听到这句话，无力地扭着自己那两只手套，到后又问："你出了院，预备上山不预备上山？"

病人似乎想起了这一个月来病中的一切，心中柔和了，悄然说道："你不走，你同我上山，不很好吗？你又一定要走。"

"我一定要走，是的，我要走。"

"我要你陪我！"

"你并不要我陪你！"

"但你知道……"

"但你……"

什么话也不必说了，两人皆为一件事喑哑了。

她爱他，他明白的；他不爱她，她也明白的。问题就在这里，三年来各人的地位还依然如故，并不改变多少。

他们年龄相差约七岁。一片时间隔着了这两个人的友谊，使他们不能不停顿到某一层薄幕前面。两人皆互相望着另外一个心上的脉络，却常常黯然无声地待着，无从把那个人的臂膊张开，让另一个无力地任性地卧到那一个臂膊里去。

（夏天，热人闷人倦人的夏天。）

三年前，南国××暑假海滨学术演讲会上，聚集五十个年轻女人，七十个年轻男子，用帐幕在海边经营暑期生活。这些年轻男女皆从各大学而来，上午齐集在林荫里与临时搭盖的席棚里，听北平来的名教授讲学，下午则过海边浴场做海水浴，到了晚上，则自由演剧，放映电影，以及小组谈话会、跳舞会，同时分头举行。海边沙上与小山头，且常燃有火炬，焚烧柴堆，作为海上荡舟人与入山迷失归途的人指示营幕所在地。

女子中有个杰出的人物。××总长庶出的女儿，岭南大学二年级学生。这女子既品学粹美，相貌尤其丰丽。游泳、骑马、划船、击球，无不精通超人一等。且为人既活泼异常，又无轻狂佻野习气。待人接物，温柔亲切，故为全个团体所倾心。其中尤以一个青年教授、一个中年教授，两人异常崇拜这个女子。但在当时，这女孩子对于一切殷勤，似乎皆不甚措意。俨然这人自觉应永远为众人所倾心，永远属于众人，不能尽一人所独占，故个人仍独来独往，不曾被任何爱情所软化。

当她发觉了男子中即或年纪到了四十五岁，还想在自己身边装作天真烂漫的神气，认为妨碍到她自己自由时，就抛开了男子们，常常带领了几个年幼的女孩，驾了白色小船，向海中驶去。在一群女孩中间她处处像个母亲，照料得众人极其周到，但当几人在沙滩上胡闹时，则最顽皮最天真的也仍然推她。

她能独唱独舞。

她穿着任何颜色任何质料的衣服，皆十分相称，坏的并不显出俗气，好的也不显出奢华。

她说话时声音引人注意，使人快乐。

她不独使男子倾倒，所有女子也无一不十分爱她。

但这就是一个谜，这为上帝特别关切的女孩子，将来应当属谁？

就因为这个谜，集会中便有万千男子皆发着痴，心中思索着，苦恼着。林荫里，沙滩上，帐幕旁，大清早有人默默地单独地踱着躺着，黄昏里也同样如此。大家皆明白"一切路皆可以走近罗马"那句格言，却不明白有什么方法，可以把这颗心傍近这女人的心。"一切美丽皆使人痴呆"，故这美丽的女孩，本身所到处，自然便有这些事情发生，同时也将发生些旁的使男子们皆显得可怜可笑的事情。

她明白这些，她却不表示意见。

她仍然超越于人类痴妄以上，又快乐又健康地打发每个日子。

她欢喜散步，海滨潮落后，露出一块赭色沙滩，齐平如茵褥，比茵褥复更柔和。脚所践履处，皆起微凹，分明地印出脚掌或脚跟美丽痕迹。这沙滩常常便印上了一行她的脚迹。许多年轻学生，在无数脚迹中皆辨识得出这种特别脚迹，一颗心追数着留在那沙上那点东西，直至潮水来到，洗去了那东西时，方能离开。

每天潮水的来去，又正似乎是特别为洗去那沙上其他纵横凌乱的践履记号，让这女孩子脚迹最先印到这长沙上。

海边的潮水涨落因月而异。有时恰在中午夜半，有时又恰在天明黄昏。

有一天，日头尚未从海中升起，潮水已缩，淡白微青的天空，还嵌了疏疏的几颗白星，海边小山皆还包裹在银红色晓雾里，大有睡犹未醒的样子。沿海小小散步石道上，矗立在轻雾中的电灯白柱，尚有灯光如星子，苍白着脸儿。

她照常穿了那身轻便的衣服，披了一件薄绒背心，持了一条白竹鞭子，钻出了帐幕，走向海边去。晨光熹微中大海那么温柔，一切万物皆那么温柔，她饱饱地吸了几口海上的空气，便起始沿了尚有湿气与随处还留着绿色海藻的长滩，向日头出处的东方走去。

她轻轻地啸着，因为海也正在轻轻地啸着。她又轻轻地唱着，因为海边山脚豆田里，有初醒的雀鸟也正在轻轻地唱着。

有些银色的雾，流动在沿海山上，与大海水面上。

这些美丽的东西会不会到人的心头上？

望到这些雾她便笑着。她记起蒙在她心头上一张薄薄的人事网子。她昨天黄昏时，曾同一个女伴，坐到海边一个岩石上，听海涛鸣咽，波浪一个接着一个撞碎在岩石下。那女子年纪不过十七岁，爱了一个牧师的儿子，那牧师儿子却以为她是小孩子，一切打算皆由于小孩子的糊涂天真，全不近于事实所许可。那牧师儿子伤了她的心。她便一一诉说着，且说他若再只把她当小孩，她就预备自杀给他看。问那女孩子："自杀了，他会明白吗？除了自杀难道就并无别的办法让他明白吗？而且，是不是当真爱他？爱他即或是真的，这人究竟有什么好处？"那女孩沉默了许久，昂起头带着羞涩的眼光，却回答说："我自己也不知道这是怎么回事。他所有好处在别个男孩子品性中似乎皆可以发现，我爱他似乎就只是他不理我那份骄傲处。我爱那点骄傲。"当时她以为这女孩子真正是小孩子。

但现在给她有了一个反省的机会。她不了解这女孩子的感情，如今却极力来求索这感情的起点与终点。

爱她的人可太多了，她却不爱他们。她觉得一切爱皆平凡得很，许多人皆在她面前见得又可怜又好笑。许多人皆因为爱了她把他自己灵魂、感情、言语、行为，某种定型弄走了样子。譬如大风，百凡草木皆为这风而摇动，在暴风下无一草木能够坚凝静止，毫不动摇。她的美丽也如大风。可是她希望的正是永远皆不动摇的大树，在她面前昂然地立定，不至于为她那点美丽所征服。她找寻这种树，却始终没有发现。

她想："海边不会有这种树。若需要这种树，应当深山中去找寻。"

的的确确，都市中人是全为一个都市教育与都市趣味所同化，一切女子的灵魂，皆从一个模子里印就；一切男子的灵魂，又皆从另一模子中印出。个性特性是不易存在，领袖标准是在共通所理解的榜样中产生的。一切皆显得又庸俗又平凡，一切皆转为商品形式。便是人类的恋爱，没有恋爱时那份观念，有了恋爱时那份打算，也正在商人手中转着，千篇一律，毫不出奇。

海边没有一株稍稍倔强的树，也无一个稍稍倔强的人。为她倾倒的人虽多，却皆在同样情形下露出蠢相，做出同样的事情，世故一些的先是借些别的原因同在一处，其次就失去了人的样子，变成一只狗了。年纪轻轻的，则就只知写出那种又粗鲁又笨拙的信，爱了就谦卑谄媚，装模作样，眼看到自己所做的糊涂样子，还不能够引动女人，既不知道如何改善方法，便做出更可笑的表示，或要自杀，或说请你好好防备，如何如何。一切爱不是极其愚蠢，就是极其下流，故她把这些爱看得一钱不值了。

真没有一个稍稍可爱的男子。

她厌倦了那些成为公式的男子，与成为公式的爱情。她忽然想起那个女孩口中的牧师儿子。她为自己倏然而来飘然而逝的某种好奇意识所吸引，吃了点惊。她望望天空，一颗流星正划空而逝，于是轻轻地轻轻地自言自语说道："逝去的，也就完事了。"

但记忆中那颗流星，还闪着悦目的光辉。"强一些，方有光辉！"她微笑了，因为她自觉是极强的。然而在意识之外，就潜伏了一种欲望，这欲望是隐秘的，方向暧昧的。

左拉在他的某篇小说上，曾提及一个贞静的女人，拒绝了所有向她献媚输诚的一群青年绅士，逃到一个小乡村后，却坦然尽一个粗鲁的农夫，在冒昧中吻了她的嘴唇同手足。骄傲的妇人厌倦轻视了一切柔情，却能在强暴中得到快感。

她记起了左拉那篇小说。那作品中从前所不能理解的。现在完全理解了，倘若有那么凑巧的遭遇，她也将如故事所说，"毫不拒绝地躺到那金黄色稻草积上去"。固执的热情，疯狂的爱，火焰燃烧了自己后还把另外一个也烧死，这爱情方是爱情！

但什么地方有这种农夫？所有农夫皆大半饿死了。这里则面前只是一片沙，一片海。

民族衰老了，为本能推动而做成的野蛮事，也不会再发生了。都市中所流行的，只是为小小利益而出的造谣中伤，与为稍大利益而出的暗杀诱捕。恋爱则只是一群阉鸡似的男子，各处扮演着丑角喜剧。

她想起十个以上的丑角，温习这些自作多情的男子各种不得体的爱情，不愉快的印象。

她走着，重复又想着那个不识面的牧师儿子。这男子，十七岁的女子还只想为他自杀哩，骄傲的人！

流星，就是骑了这流星，也应当把这种男子找到，看他的骄傲，如何消失到温柔雅致体贴亲切的友谊应对里。她记着先前一时那颗流星。

日光出来了，烧红了半天，海面一片银色，为薄雾所包裹。

早日正在融解这种薄雾。清风吹人衣袂如新秋样子。

薄雾渐渐融解了，海面光波耀目，如平敷水银一片。不可逼视。

炫目的海需要日光，炫目的生活也需要类乎日光的一种东西。这东西在青年绅士中既不易发现，就应当注意另外一处！

当天那集会里应当有她主演的一部戏剧。时间将届时，各处找寻这个人，皆不能见到。有人疑心她或在海边出了事，海边却毫无征兆可得。于是有人又以可笑的测度，说她或者走了，离开这里了，因此赴她独自占据的小帐幕中去寻觅，一点简单行李虽依然在帐幕里，却有个小小字条贴在撑柱上，只说："我不高兴再到这里，我走了，大家还是快乐地打发这个假期吧。"大家方明白这人当真走了。

也像一颗流星，流星虽然长逝了，在人人心中，却留下一个光辉夺目的记号。那件事在那个消夏会中成为一群人谈论的中心，但无一个人明白这标致出众的女人，为什么忽然独自走去。

日头出自东方，她便向东方注意，坐了法国邮船向中国东部海岸走去。她想找寻使她生活放光同时她本身也放光的一种东西。她到了属于北国的东方另一海滨。

那里有各地方来的各样人，有久住南洋带了椰子气味的美国水兵，有身着宽博衣裳的三岛倭人，有流离异国的北俄，有庞然大腹由国内各处跑来的商人政客，有……

她并不需要明白这些。她住到一个滨海著名旅馆中后，每日皆默默地躺到海滩白沙大伞下眺望着大海太空的明蓝。她正在用北海风光，洗去留在心上的南海厌人印象。她在休息，她在等待。

有时赁了一匹白马，到山上各处跑去，或过无人海浴处，沿了潮汐退尽的沙滩上跑去。有时又一人独自坐在一只小艇内，慢慢地摇着小桨，把船划到离岸远到三里五里的海中，尽那只小艇在一汪盐水中漂流荡漾。

陌生地方陌生的人群，却并不使她感到孤寂。在清净无扰孤独生活中，她有了一个同伴，就是她自己的心。

当她躺在沙上时，她对于自然与对于本性，皆似乎多认识了一些。她看一切，听一切，分析一切，皆似乎比先前明澈一些。

尤其使她愉快的，便是到了这地方来，若干游客中，似乎并无一个人明白她是谁，虽仿佛有若干双陌生的眼睛，每日皆可在沙滩中无意相碰，她且料想到，这些眼睛或者还常常在很远处与隐避处注视到她，但却并无什么麻烦。一个女子即或如何厌烦男子，在意识中，也仍然常常有把这种由于自己美丽使男子现出种种蠢相的印象，作为一种秘密悦乐的时节。我们固然不能欢喜一个嗜酒的人，但一个文学者笔下的酒徒，却并不使我们看来皱眉。这世界上，也正有这若干种为美所倾倒的人类可怜悯的姿态，玩味起来令人微笑！

划船是她所擅长的运动，青岛的海面早晚尤宜于轻舟浮泛。有一天她独自又驾了那白色小艇，打着两桨，沿海向东驶去。

东方为日头所出的地方，也应当有光明热烈如日头的东西，等待在那边。可是所等待的是什么？

在东方除了两个远在十里以外金字塔形的岛屿以外，就只一片为日光镀上银色的大海。这大海上午是银色，下午则成为蓝色，放出蓝宝石的光辉。一片空阔的海，使人幻想无边的海。

东边一点，还有两个海湾，也有沙滩，可以做海水浴，游人却异常稀少。

她把船慢慢地划去，想到了第三个海湾时为止。她欢喜从船上看海边景物。她欢喜如此寂寞地玩着，就因她早为热闹弄疲倦了。

当船摇到离开浴场约两里，将近第三海湾，接近名为太平角的山岨时，海上云物奇幻无方，为了看云，忘了其他事情。

盛夏的东海，海上有两种稀奇的境界：一是自海面升起的阵云，白雾似的成团成饼从海上涌起，包裹了大山与一切建筑；二是空中的云彩，五色相煊，尤以早晨的粉红细云与黄昏前绿色片云为美丽。至于中午则白云嵌镶于明蓝天空，特多变化，无可仿佛，又另外有一番惊人好处。

她看的是白云。

到后夏季的骤雨到了，挟以雷声电闪，向海面逼来，海面因之咆哮起来，各处是白色波帽，一切皆如正为一只人目难于瞧见的巨手所翻腾、所搅动。她匆忙中把船向近岸处尽力划去。她向一个临海岩壁下划去。她以为在那方面当容易寻觅一个安全地方。

那一带岩石的海岸，却正连续着有屋大的波浪，向岩石撞去，成为白沫。船若傍近，即不能不与一切同归于尽。

船离岩壁尚远，就倾覆了，她被波浪卷入水中后，便奋力泅着。

头上是骤雨与吓人的雷声，身边是黑色愤怒的海，她心想："这不是一个坏经验！"她毫不畏怯，以为自己的能力足支持下去，不会有什么不幸。她仍然快乐地向前泅去。

她忽然记起岩壁下海面的情形，若有船只，尚可停泊；若属空手，恐怕无上岸处，故重复向海中泅去。再看看方向，观察从某一方泅去，可以省事一些，方便一些。

她发现了她应当向东泅去，则可在第二海湾背风的一面上岸。

她大约还应泅半里。她估计她自己能力到岸有剩余，故她毫不忙乱。

但到后离岸只有二百米左右时，她的气力已不济事了，身体为大浪所摇撼，她感觉疲倦，以为不能拢岸，行将沉入海底了。

她被波浪推动着。

她把方向弄迷了，本应当再向东泅去，忽又转向南边一点泅去。再向南泅去，她便将为浪带走，摔碎到岩石上。

当她在海面挣扎中，被一只强有力的手臂搂住头发，带她向海岸边泅去时，她知道她已得了救助，她手脚仍然能够拍水分水，口中却喑哑无言，到岸时便昏迷了。那人把她抱上了岸，尽她俯伏着倒出了些咸水，后来便让她卧下，蹲在她身边抚摩着手心。

她慢慢地清楚了。张开两只眼睛，便看到一个黑脸长身青年俯伏在她身边。她记起了前一时在水中种种情形，便向那身边陌生男子孱弱地笑着，做的是感谢的微笑。她明白这就是救她出险的男子，她想起来一下，男子却把手摇着，制止了她。男子也微笑着，也感谢似的微笑着，因为他显然在这件事情上得到了最大的快乐。

她闭上眼睛时，就看到一颗流星，两颗流星。这是流星还是一个男孩子纯洁清明的眼睛呢？

她迷糊着。

重新把眼睛睁开时，那陌生青年男子因避嫌已站远了一些了。她伸出手去招呼他。且让他握着那只无力的手。于是两人皆微笑着。一句"感谢"的话语融解成为这种微笑，两人皆觉得感谢。

年轻人似乎还刚满二十岁，健全宽阔的胸脯，发育完美的四肢，尖尖的脸，长长的眉毛，悬胆垂直的鼻头，带着羞怯似的美丽嘴唇，无一不见得青春的力与美丽。

行雨早过了，她望着那男子身后天空，正挂着一条长虹。女人说："先生，这一切真美丽！"

那男子笑了，也点头说：

"是的，太美丽了。"

"谢谢您，没有您来带我一手，我这时一定沉到这美丽海底，再不能看到这种好景致了。为什么我在海中你会见到？"

"我也划了一只船来的，我看着云彩，知道快要落雨了，故把船泊近岸边去。但我见到你的白船，我从草帽上知道你是个小姐，我想告你一下，又不知道如何呼喊你。到后雨来了，我眼看着你把船尽力向岸边划来，大声告你不能向那边岩壁下划去，你却不能听到。我见你把船向岩边靠拢，知道小船非翻不可，果然一会儿就翻了，我方从那边跳下来找你。"

"你冒了险做这件事，是不是？"

男子笑着，承认了自己的行为。

"你因为看清楚我是个女人，故那么勇敢从悬岩上跃下把我救起，是不是？"

那男子羞怯似的摇着头，表示承认也同时表示否认。

"现在我们已经成为朋友了，请告我些你自己的事情吧，我希望多知道些，譬如说，你住在什么地方？在什么学校念书？这家有些什么人，家中人谁对你最好，谁最有趣？你欢喜读的书是哪几本？"

"我姓梅……"

"得了，好朋友是用不着明白这些的。这对我们友谊毫无用处。你且告我，你能够在这一汪咸水里尽你那手足之力，泅得多远？"

"我就从不疲倦过。"

"你欢喜划船吗?"

"我有时也讨厌这些船。"

"你常常是那么一个人把船划到海中玩着吗?"

"我只是一个人。"

"我到过南方。你见不见到过南方的大棕榈树同凤尾草?"

"我在黑龙江黑壤中长大的。"

"那么你到过北京城了。"

"我在北京城受的中学教育。"

"你不讨厌北京吗?"

"我欢喜北京。"

"我也欢喜北京。"

"北京很好。"

"但我看得出你同别的人欢喜北京不同。别人以为北京一切是旧的,一切皆可爱。你必定以为北京罩在头上那块天,踏在脚下那片地,四面八方卷起黄尘的那阵风,一些无边无际那种雪,莫不带点儿野气。你是个有野性的人,故欢喜它,是不是?"

这精巧的阿谀使年轻男子十分愉快。他说:

"是的,我当真那么欢喜北京,我欢喜那种明朗粗豪风光。"

女子注意到面前男子的眉目口鼻,心中想说:"这是个小雏儿,不济事,一点点温柔就会把这男子灵魂高举起来!你并不欢喜粗野,对于你最合适的,恐怕还是柔情!"

但这小雏儿虽天真却不俗气。她不讨厌他。她向他说:

"你傍我这边坐下来,我们再来谈谈一点别的问题,会不会妨碍你?你怕我吗?"

青年人无话可说,只好微带腼腆站近了一点,又把手遮着额部,眺望海中远处，吃惊似的喊着：

"我们的船并不在海中，一定还在岩壁附近。"

他们所在的地方，已接近沙滩，为一个小阜上，却被树林隔着了视线，左边既不能见着岩壁，右边也看不到沙滩，只是前面一片海在脚下展开。年轻男子走过左边去，不见什么，又走过右边去，女人那只白色小艇正斜斜地翻卧在沙滩上，赶忙跑回来告给女人。

女的口上说"船坏了并不碍事"，心中却想着："应当有比这小船儿更坚固结实的'小船'，容载这个心，向宽泛无边的人海中摇去！"她看看面前，却正泊着一只理想的小船。强健的胳膊，强健的灵魂，一切皆还不曾为人事所脏污。如若有所得的微笑着，她几乎是本能地感到了他们的未来一切。

她觉得自己是美丽的，且明白在面前一个人眼光中，她几乎是太美丽了。她明白他曾又怯又贪注意过她的身体的每一部分。她有些羞恶，但她却不怕他也不厌烦他。

他毫无可疑，只是一个大学一年级生，一切兴味同观念，就是对女人的一分知识，也不会离开那一年级生的限制。他读书并不多，对于人生的认识有限，他慢慢地在学习都市中人的生活，他也会成为庸碌而无个性的城市中人。她初初看他，好像全不俗气，多谈了几句话，就明白凡是高级中学所输入于学生的那份坏处，这个人也完全得到他应得的一份。但不知怎么样的稀奇的原因，这带着乡下人气氛的男子，单是那点野处单纯处，使她总觉得比绅士有意思些。他并不十分聪明，但初生小犊似的，天下事什么都不怕的勇气，仿佛虽不使他聪明，却将令他伟大。真是的，这孩子可以伟大起来！

她问他：

"你每天洗海水浴吗？"

他点着头，故她又问：

"你到什么时候方离开这海滨？"

"我自己也不知道。"

"自己应当知道自己。想怎么样就怎么样，你难道不想吗？"

"我想也没有用处。"

"你这是小孩子说法，还是老头子说法？小孩子，相信爸爸，因为家中人管束着他，可以那么说。老头子相信上帝，因为一切事皆以为上帝早有安排，故常常也不去过分折磨自己情感。你……"

女的说到这里时，她眼看着身边那一个有一分害羞的神气，她就不再说下去了。她估计得出他不是个"老头子"。她笑了。

那男子为了有人提说到小孩与老人，意思正像请他自行挑选，他便不得不说出下面的话语。

"我跟了我爸爸来的。我爸爸在××部里做参事，有人请我们上崂山去，我在山上住了两天厌倦了，独自跑回来了，爸爸还在山上作诗！"

"你爸爸会作诗吗？"

"他是诗人，他同梁任公夏××曾……"

"啊，你是××先生的少爷吗？"

"你认识我爸爸吗？"

"在××讲演时我见过一次，我认得他，他不认识我。"

"你愿不愿意告给我……"

女的想起了自己来此本不愿意另外还有人知道她的打算了，她实极不愿意人家知道她是××总长的小姐，她尤其不愿意想傍近她的男子，知道她是个百万遗产的承继人。现在被问到时，她一时不易回答，就把手摇着，且笑着，不许男的询问。且说：

"崂山好地方，你不欢喜吗？"

"我怕寂寞。"

"寂寞也有寂寞的好处，它使人明白许多平常所不明白的事情。

但不是年轻人需要的，人年纪轻轻的时节，只要的是热闹生活，不会在寂寞中发现什么的。"

"你样子像南方人，言语像北方人。"

"我的感情呢，什么都不像。"

"我似乎在什么地方看过你。"

"这是句绅士说的话，绅士看到什么女人，想同她要好一点时，就那么说，其实他们在过去任何一时皆并不见到，他那句话意思也不过是说'我同你熟了'或'看你使人舒服'罢了。你是不是这意思？"

男的有点羞怯了，用手去抓取身边的小石子，奋力向海中掷去，要说什么又不好说，不敢说。其实他记忆若好一点，就能够说得出他在某种画报上看到过她的相片。但他如今一时却想不起。女的希望他活泼点，自由点，于是又说：

"我们应当成为很好的朋友，你说，我是怎么样一种人？"

男的说：

"我不知道你是怎么样身份的人，但你实在是个美人！"

听到这种不文雅的赞美，女的却并不感觉怎样难堪。其实他不必说出来，她就知道她的美丽早已把这孩子眼目迷乱了。这时她正躺着，四肢匀称柔和，她穿的原是一件浴衣，浴衣外面再罩了一件白色薄绸短褂。这短褂落水时已弄湿，紧紧地贴着身体，各处襞皱着。她这时便坐了起来，开始脱去那件短褂，拧去了水，晾到身边有太阳处去。短褂脱掉后，这女人发育合度的肩背与手臂，以及那个紧束在浴衣中典型的胸脯，皆收入了男子的眼底。

男子重新拾起了一粒石子，奋力向海中抛去，仿佛那么一来，把一点引起妄想的东西同时也就抛入了海中。他说："得把它摔得极远极远，我会做这件事！"但石子多着，他能摔尽吗？

女的脱掉短褂后，站起来活动了一下四肢，也拾起了一粒石子向海中摔去，成绩似乎并不出色，女的便解嘲一般说道：

"这种事我不成，这是小孩子做的事！"

两人想起了那只搁在浅滩上的小船，便一同跑下去看船，从水边拉起搁到沙上，且坐在那船边玩。玩得正好，男的忽向先前两人所在的小阜上跑去，过一会儿，才又见他跑回来，原来他为的是去拿女人那件短褂！把短褂拿来时晾到船边，直到这时两人似乎才注意到这个男子身上所穿的衣服，不是入水的衣服。这男孩子把船从浴场方向绕过炮台摇来时，本不预备到水中去，故穿的是一件白色翻领衬衫，一件黄色短裤。当时因为匆忙援救女子，故从岩壁上直向海中跳下，后来虽离了险境，女子苏醒了，只顾同她谈话，把自己全身也忘记了。

若干时以来，湿衣在身上还裹着，这时女子才说：

"你衣全湿了，不好受吧。"

"不碍事。"

"你不脱下衣拧拧吗？"

"不碍事，晒晒就干了。"

男子一面用木枝画着沙土，一面同女子谈了很多的话。他告给她，关于他自己过去未来的事情，或者说得太多了些，把不必说到的也说到了，故后来女人就问他是不是还想下海中去游泳一阵。他说他可以撑小船送她回到惠泉浴场去，她却告他不必那么费事，因为她的船是旅馆的，走到前面去告给巡警一声，就不再需要照料了。她自己正想坐车回去。

其实她只是因为同这男子太接近了，无从认清这男子。她想让他走后，再来细细玩味一下这件凑巧的奇遇。

她爬上小阜去，眼看那男孩子上了船，把船摇着离开了海岸后，这方面摇着手，那方面也摇着手，到后船转过峭壁不见了，她方重新躺下，甜甜地睡了一阵。

他们第二天又在浴场中见了面。

他们第三天又把船沿海摇去，停泊在浴人稀少的长沙旁小湾里，在原来树林里玩了半天。分别时，那女孩子心想："这倒是很好的，他似乎还不知道说爱谁，但处处见得他爱我！"她用的是快乐与游戏心情，引导这个男孩子的感情到了一个最可信托的地位。她忘了这事情的危险。弄火的照例也就只因为火的美丽，忘了一切灼手的机会。

那男孩子呢？他欢喜她。他在她面前时，又活泼，又年轻；离开她时，便诸事毫无意绪。他心乱了。他还不会向她说"他爱了她"，他并不清楚什么是爱。

她明白他是不会如何来说明那点心中烦乱的爱情的，她觉得这些方面美丽处，永远在心上构成一条五色的虹。

但两人在凑巧中成了朋友，却仍然在另一凑巧中发生了点误会，终于又离开了。

（一个极长的冬天。）

那年秋天他转入了北平的工业大学理科。她也到了北平入了燕京教会大学的文科二年级。

他们仍然见了面。她成了往日在南海之滨所见到的一个十七岁女孩子，非得到那个男孩子不成了。

她爱了他。他却因为明白了她就是一个官僚的女子，且从一些不可为据的传闻上，得到这个女人一些故事，他便尽避着她。

年龄同时形成两人间一种隔阂，女人却在意外情形中成为一个失恋者。在各样冷淡中她仍然保持到她那份真诚。至于他呢？还只是一个二十一岁的孩子，气概太强点，太单纯点，只想在化学中将来能有一份成就，对于国家有所贡献。这点单纯处使他对于恋爱看得与平常男子不同了。事实上他还是个小孩子，有了信仰，就不要恋爱了。

如此在一堆无多精彩的连续而来的日子中，打发了将近一千个日子。两人只在一份亲切友谊里自重地过下去。

到后却终于决裂了，女人既已毕了业，且在那个学校研究院过了一年，他也毕业了。她明白这件事应得有一个结束，她便结束了这件事，告给他，她已预备过法国去。那男的只是用三年来已成习惯的态度，对于她所说的话表示同意，他到后却告她，他只想到上海一家酸类工厂做助理技师，积了钱再出国读书。

她告他只要他想读书，她愿意他把她当个好朋友，让她借给他一笔钱。他就说他并不想这样读书，这种读书毫无意思。

他们另外还说了别的，这骄傲俊美的男子，差不多全照上面语气答复女子。

她到后便什么话也不说，只预备走了。

他恰好于这时节在实验室中了毒。

后来入了医院，成为协和医院病房中一位常住者，病房中病人床边那张小椅子上，便常常坐了那个女子。

人在病中性情总温柔了些。

他们每天温习三年前那海上一切，这一片在各人印象中的海，颜色鲜明，但两人相顾，却都不像从前那么天真了。这病对于女人给许多机会，使女人的柔情，在各种小事上，让那个躺在白色被单里的病人，明白它，领会它。

（春天，有雪微融的春天。不，黄叶做证。这不是春天！）

一辆汽车停顿在西山饭店前门土地上，出来了一个男子，一个颀长俊美的男子，一个女人，一个穿了绿色丝质长袍的女人，两人看了

21

三楼一间明亮的房间。一会儿，汽车上的行李，一个黄衣箱，一个黑色打字机小箱，从楼下搬来时，女人告给穿制服的仆役，嘱告汽车夫，等一点钟就要下山。

过了一点钟后，那辆汽车在八里庄坦平官道上向城中跑去时，却只是一辆空车。

…………

将近黄昏时，男子拥了薄呢大衣，伴同女人立定在旅馆屋顶石栏杆边，望一抹轻雾流动于山下平田远村间，天上有赧霞如女人脸庞。天空东北方角隅里，现出一颗星星，一切皆如梦境。旅馆前面是上八大处的大道，山道上正有两个身穿中学生制服的女孩子，同一个穿翻领衬衣黄色短裤子的男子，向旅馆看门人询问上山过某处的道路。一望而知这些年轻人皆是从城中结伴上山来旅行的。

女人看看身旁久病新瘥的男子，轻轻地透了口气。

去旅馆大约半里远近，有一个小小山阜，阜上种的全是洋槐，那树林浴在夕阳中，黄色的叶子更觉得耀人眼目。男子似乎对于这小阜发生了兴味，向女人说：

"我们到那边去看看好不好？"

女人望了望他的脸儿，便轻轻地说：

"你不是应当休息吗？"

"我欢喜那个小山。"男的说，"这山似乎是我们的……"

"你不能太累！"女的虽那么说，却侧过了身，让男的先走。

"我精神好极了，我们去玩玩，回来好吃饭。"

两人不久就到了那山阜树林。这里一切恰恰同数年前的海滨地方一样，两人走进树林时，皆有所惊讶，不约而同急促地举步穿过树林，仿佛树林尽处，即是那片变化无方的大海。但到了树林尽头处，方明白前面不是大海，却只是一个私人的坟地。女的一见坟地，为之一怔，站着发了痴。男的却不注意到这坟地，只愉快地笑着。因为更远处，夕阳把大地上一切皆镀了金色，奇景当前，有不可形容的瑰丽。

男子似乎走得太急促了一些，已微微作喘，把手递给女子后，便问女子这地方像不像一个两人十分熟悉的地方。她听着这个询问时，轻微地透了一口气，勉强笑着，用这个微笑掩饰了自己的感情。

"回忆使人年轻了许多。"男的自语地说着。

但那女的却自心中回答着："一个人用回忆来生活，显见得这人生活也只剩下些残余渣滓了。"

晚风轻轻地刷着槐树，黄色叶子一片一片落在两人身上与脚边，男子心中既极快乐，故意做成感慨似的说：

"夏天过了，春天在夏天的前面，继着夏天而来的是秋天。多美丽的秋天！"

他说着，同时又把眼睛望着有了秋意的女人的眼、眉、口、鼻。她的确是美丽的，但一望而知这种美丽不是繁花压枝的三月，却是黄叶遍地的八月。但他现在觉得她特别可爱，觉得那点妩媚处，却使她超越了时间的限制，变成永远天真可爱，永远动人吸引人的好处了。他想起了几年来两人间的关系，如何交织了眼泪与微笑。他想起她因爱他而发生的种种事情，他想起自己，几年来如何被爱，却只是初初看来好像故意逃避，其实说来则只漫无理性地拒绝，便带了三分羞惭，把一只手向女人伸去，两人握着了手，眼睛对着眼睛时，他便抱歉似的轻轻地说：

"我快乐得很。我感谢你。"

女人笑了。瞳子湿湿的，放出晶莹的光。一面愉快地笑，一面似乎也正孤寂地有所思索，就在那两句话上，玩味了许久，也就正是把自己嵌入过去一切日子里去。

过了一会儿，女人说：

"我也快乐得很。"

"我觉得你年轻了许多，比我在山东那个海边见你时还年轻。"

"当真吗？"

"你看我的眼睛，你看看，你就明白你的美丽处，如何反映在一个男子惊讶上！"

"但你过去并从不为什么美丽所惊讶，也不为什么温柔所屈服。"

"我这样说过吗？"

"虽不这样说过，却有这样事实。"

他傍近了她，把另一只手轻轻地搭上她的肩部，且把头靠近她鬓边去。

"我想起我自己糊涂处，十分羞惭。"

她把脸掉过去，遮饰了自己的悲哀，却轻轻地说道：

"看，下面的村子多美！……"

男子同一个小孩子一样，走过她面前去，搜索她的脸，她便把头低下去，不再说话。他想拥她，她却向前跑了。前面便是那个不知姓氏的坟园短墙，她站在那里不动，他赶上前去把她两只手皆捏得紧紧的，脸对着脸，两人皆无话可说。两人皆似乎触着一样东西，喑哑了，不能用口再说什么了。

女的用一只白白的手抚摩着男的脸颊同胳膊："冷不冷？夜了，我们回去。"男的不说什么，只把那只手拖过嘴边吻着。

两人默默地走回去。

到旅馆后，男的似乎还兴奋，躺在一张靠背椅上，女的则站在他的身边，带着亲切的神气，伸手去抚男子的额部，且轻轻地问他：

"累不累？头昏不昏？"

男的便仰起头颅，看到女人的白脸，做将近第五十次带着又固执又孩气的模样说：

"我爱你。"

女的笑说：

"不爱既不必用口说我就明白，爱也可以无须乎用口说。"

男的说：

"还生我的气吗？"

女的说：

"生你什么气？生气有什么用处？"

两人后来在煤油灯下吃了晚饭。饭吃过后，女的便照医生所嘱咐的把两种药水混合到一个小瓶子里，轻轻地摇了一会儿，再倒到白瓷杯子里去。

服过了药，男的躺在床上，女的便坐在床边，同他来谈说一切过去事情。

两人谈到过去在海边分手那点误会时，男的向女的说：

"……你不是说过让我另外给你一个机会，证明你是个什么样的人吗？我问你，究竟是什么样的机会？"

女的不说什么，站起了一下，又坐下去，把脸贴到男的脸边去。男的只觉得香气醉人，似乎平时从不闻过这种香味。

第二天早上约莫八点钟，男的醒来时，房中不见女人，枕头边有个小小信封，一个外面并不署名，一拈到手中却知道有信件在里面的白色封套。撕去了那个信封的纸皮，里面果然有一张写了字的白纸，信上写着：

　　我不知为什么，总觉得走了较好，为了我的快乐，为了不委屈我自己的感情，我就走了。莫想起一切过去有所痛苦，过去既成为过去，也值不得把感情放在那上面去受折磨。你本来就不明白我的。我所希望的，几年来为这点愿心经验一切痛苦，也只是要你明白我。现在你既然已明白我，而且爱了我，为了把我们生命解释得更美一些，我走了，当然比我同你住下去较好的。你的药已配好，到时照医生说的方法好好吃完，吃后仍然安静地睡觉。学做个男子，学做个你自己平时以为是男子的模样，不必大惊小怪，不必让旅馆中知道什么。

希望你能照往常一样，不必担心我的事情。我并不是为了增加你的想念而走的。我只觉得我们事情业已有了一个着落，我应当走，我就走了。

愿天保佑你！

如蕤留

把信看完后，他赶忙揿床边电铃，听差来了，他手中还捏着那个信，本想询问那听差的，同房女人什么时候下的山，但一看到听差，却不作声，只把头示意，要他仍然出去。听差拉上了门出去后，他伸手去攫取那个药瓶，药瓶中的白汁，被振时便发着小小泡沫。

他望着这些泡沫在振荡静止以后就消失了，便继续摇着。他爱她，且觉得真爱了她。

都市一妇人

一

　　一九三〇年我住在武昌，因为我有个做军官的老弟，那时节也正来到武汉，办理些关于他们师部军械的公事。从他那方面我认识了好些少壮有为的军人。其中有个年龄已在五十左右的老军校，同我谈话时比较其余年轻人更容易了解一点，我的兄弟走后，我同这老军校还继续过从，极其投契。这是一个品德学问在军官中都极其稀有罕见的人物，说到才具和资格，这种人做一军长而有余。但时代风气正奖励到一种恶德，执权者需要投机迎合比需要学识德行的机会较多，故这个老军校命运，就只许他在那种散职上，用一个少将参议名义，向清乡督办公署，按月领一份数目不多不少的薪俸，消磨他闲散的日子。有时候我们谈到这件事情时，常常替他不平，免不了要说几句年轻人有血气的粗话，他就望到我微笑。"一个军人欢喜庄子，你想想，除了当参议以外，还有什么更适当的事务可做？"他那种安于其位与世无争的性格，以及高尚洒脱可爱处，一部《庄子》同一瓶白酒，对于他都多少发生了些影响。

　　这少将独身住在汉口，我却住在武昌，我们住处间隔了一条长年是黄色急流的大江。有时我过江去看他，两人就一同到一个四川馆子去吃干烧鲫鱼。有时他过江来看我，谈话忘了时候，无法再过江了，就留在我那里住下，我们便一面吃酒，一面继续那个未尽的谈话，听到了蛇山上驻军号兵天明时练习喇叭的声音，两人方横横地和衣睡去。

有一次我过江去为一个同乡送行，在五码头各个小火轮趸船上，找寻那个朋友不着，后来在一趸船上却遇到了这少将，正在趸船客舱里，同一个妇人说话。妇人身边堆了许多皮箱行李，照情形看来，他也是到此送行的。送走的是一男一女，男的大致只二十三四岁，一个长得英俊挺拔十分体面的青年，身穿灰色袍子，但那副身材，那种神气，一望而知这青年应是在军营中混过的人物。青年沉默地站在那里，微微地笑着，细心地听着在他面前的少将同女人说话。女人年纪仿佛已经过了三十岁，穿着十分得体，华贵而不俗气，年龄虽略长了一点，风度尚极动人，且说话时常常微笑，态度秀媚而不失其为高贵。这两人从年龄上估计既不大像母子，从身份上看去，又不大像夫妇，我以为或者是这少将的亲戚，当时因为他们正在谈话，上船的人十分拥挤，少将既没有见到我，我就也不大方便过去同他说话。我各处找寻了一下同乡，还没有见到，就上了码头，在江边马路上等候到少将。

半点钟后，船已开行了，送客的陆续散尽了，我还见到这少将站在趸船头上，把手向空中乱挥，且下了趸船在泥滩上追了几步，船上那两个人也把白手巾挥着。船已去了一会儿，他才走上江边马路，我望到他把头低着从跑板上走来，像是对于他的朋友此行有所惋惜的神气。

于是我们见到了，我就告给他，我也是来送一个朋友的，且已经见到了他许久，因为不想妨碍他们的谈话，所以不曾招呼他一声。他听我说已经看见了那男子和妇人，就用责备我的口气说：

"你这讲礼貌的人，真是当面错过了一种好机会！你这书呆子，怎么不叫我一声？我若早见到你就好了。见到你，我当为你们介绍一下！你应当悔恨你过分小心处，在今天已经做了一件错事，因为你如果能同刚才那女人谈谈，你就会明白你冒失一点也有一种冒失的好处。你得承认那是一个华丽少见的妇人，这个妇人她正想认识你！至于那个男子，他同你弟弟是要好的朋友，他更需要认识你！可惜他的眼睛看不清楚你的面目了，但握到你的手，听你说的话，也一定能够给他极大的快乐！"

我才明白那青年男子沉默微笑的理由了。我说："那体面男子是一个瞎子吗？"朋友承认了。我说："那美丽妇人是瞎子的太太吗？"朋友又承认了。

因为听到少将所说，又记起了这两夫妇保留到我印象上那副高贵模样，我当真悔恨我失去的那点机会了。我当时有点生自己的气，不再说话，同少将穿越了江边大路，走向法租界的九江路，过了一会儿，我才追问到船上那两个人从什么地方来，到什么地方去，以及其他旁的许多事情。原来男子是湘南××一个大地主的儿子，在广东黄埔军校时，同我的兄弟在一队里生活过一些日子，女人则从前一些日子曾出过大名，现在人已老了，把旧的生活结束到这新的婚姻上，正预备一同返乡下去，打发此后的日子，以后恐不容易再见到了。少将说到这件事情时，夹了好些轻微叹息在内。我问他为什么那样一个年轻人眼睛会瞎去，是不是受下那军人无意识的内战所赐，他只答复我"这是去年的事情"。在他言语神色之间，好像还有许多话一时不能说到，又好像在那里有所计划，有所隐讳，不欲此时同我提到。结果他却说："这是一个很不近人情的故事。"但在平常谈话之间，少将所谓不近人情故事，我听到的已经很多，并且常常没有觉得怎么十分不近人情处，故这时也不很注意，就没有追问下去。过××路一戏院门前时，碰到了我那个同乡，我们三个人就为另一件事情，把船上两个人忘却了。

回到武昌时，我想起了今天船上那一对夫妇，那个女人在另一时我似乎还在什么地方看到过，总想不出在北京还是在上海。因为忘不掉少将所说的这两夫妇对于我的未识面的友谊，且知道这机会错过去后，将来除了我亲自到湘南去拜访他们时，已无从在另外什么机会上可以见到，故更为所错过的机会十分着恼。

过了两天是星期日，学校方面无事情可做，天气极好，想过江去寻找少将过汉阳，同他参观兵工厂的内部。在过江的渡轮上，许多人望着当天的报纸，谈论到一只轮船失事的新闻，我买了份本地报纸，第一眼就看到了"仙桃"失事的电报。我糊涂了。"这只船不是前天开走的那只吗？"赶忙把关于那只船失事的另一详细记载看看，明白了我的记忆完全不至于错误，的的确确就是前天开行的一只，且明白了全船四百七十几个人，在措手不及情形下，完全皆沉到水中去，一个也没有救起。这意外消息打击到我的感觉，使我头脑发涨发眩，心中十分难过，却不能向身边任何人说一句话。我于是重新又买了另外一份报纸，看看所记载的这一件事，是不是还有歧出的消息。新买那份报纸，把本国军舰目击那只船倾覆情形的无线电消息，也登载出来，人船俱尽，一切业已完全证实了。

我自然仍得渡江过汉口去，找寻我那个少将朋友！我得告知他这件事情，我还有许多话要问他，我要那么一个年高有德善于解脱人生幻灭的人，用言语帮助到我，因为我觉得这件事使我受了一种不可忍受的打击。我心中十分悲哀，却不知我损失的是些什么。

上了岸，在路上我就很糊涂地想："假如我前天没有过江，也没有见到这两个人，也没有听到少将所说的一番话，我不会那么难受吧。"可是人事是不可推测的，我同这两人似乎已经相熟，且俨然早就成为最好的朋友了。

到了少将住处以后，才知道他已出去许久了。我在他那里，等了一会儿，留下了一个字条，又糊糊涂涂在街上走了几条马路。到后忽然又想"莫非他早已得到了消息，跑到我那儿去了吗？"于是才渡江回我的住处。回到住处，果然就见到了少将，见到他后我显得又快乐又忧愁。这人见了我递给他的报纸，就把我手紧紧地揪住握了许久。我们一句话都不说，我们简直互相对看的勇气也失掉了，因为我们都知道了这件事情，用不着再说了。

可是我的朋友到后来笑了，若果我的听觉是并不很坏的，我实在还听到他轻轻地在说："死了是好的，这收场不恶。"我很觉得奇异，由于他的意外态度，引起了我说话的勇气。我问他这是怎么一回事。怎么一回事？只有天知道！这件事可以去追究它的证据和根源，可以明白那些沉到水底去的人，他们的期望，他们的打算，应当受什么一种裁判，才算是最公正的裁判。这当真只有天知道了！

二

一九二七年左右时节，××师以一个最好的模范军誉，驻防到×地方的事，这名誉直到一九三〇年还为人所称道。某一天师部来了四个年轻男子，拿了他们军事学校教育长的介绍信，来谒见师长。这会见的事指派到参谋处来，一个上校参谋主任代替了师长，对于几个年轻人的来意，口头上询问了一番，又从过去经验上各加以一种无拘束的思想学识的检查，到后来，四人之中三个皆委充中尉连附，分发到营上去了，其余一个就用上尉名义，留下在参谋处服务。这青年从大学校脱身而转到军校，对军事有了深的信仰，如其余许多年轻大学生一样，抱了牺牲决心而改图，出身膏腴，脸白身长，体魄壮健，思想正确，从相人术方法上看来，是一个具有毅力与正直的、灵魂极合于理想的军人。年轻人在时代兴味中，有他自己哲学同观念，即在革命队伍里，大众同志之间，见解也不免常常发生分歧，引起争持。即或是错误，但那种诚实无伪的纯洁处，正显得这种年轻灵魂的完美无疵。到了参谋处服务以后，不久他就同一些同志，为了意见不合，发了几次热诚的辩论。忍耐、诚实、服从、尽职，这些美德一个下级军官所不可缺少的，在这年轻人方面皆完全无缺，再加上那种可以说是华贵的气度，使他在一般年轻人之间，乃如群鸡中一只白鹤，超拔挺特，独立高举。

这年轻人的日常办事程序，应受初来时节所见到的那个参谋主任的一切指导。这上校年纪约有五十岁，一定有了什么错误，这实在是安顿到大学校去应分比安顿在军队里还相宜的人物。这上校日本士官学校初期毕业的头衔，限制了他对于事业选择的自由，所以一面读了不少中国旧书，一面还得同一些军人混在一处。天生一种最难得的好性情，就因为这性情，与人不同，与军人身份不称，多少同学同事皆向上高升，做省长督办去了，他还是在这个过去做过他学生现在身充师长的同乡人部队里，认真克己地守着他的参谋职务。

为时不久，在这个年轻人同老军官中间，便发生了一种极了解的友谊了，这友谊是维持在互相极端尊敬上面的。两人年龄上相差约三十岁，却因为知慧与性格有一致契合处，故成了忘年之交。那年长的一个，能够喝很多的酒，常常到一个名为老兵俱乐部去，喝那种高贵的白铁米酒。这俱乐部定名为"老兵"，来的却大多数是些当地的高级军人。这些将军，这些伟人，有些已退了伍，不再做事，有些身居闲曹，事情不多，或是上了点儿年纪，欢喜喝一杯酒，谈谈笑话，打打不成其为赌博的小数目扑克，大都觉得这是一个极相宜的地方。尤其是那些年纪较大一点儿的人物，他们光荣的过去，他们当前的娱乐，自然而然都使他们向这个地方走来，离开了这个地方，就没有更好的更合乎军人身份的去处了。

这地方虽属于高级军人所有，提倡发起这个俱乐部的，实为一个由行伍而出身的老将军，故取名为老兵俱乐部。老兵俱乐部在××还是一个极有名的地方，因为里面不谈政治，注重正当娱乐，娱乐中凡包含了不道德的行为，也不能容许存在。还有一样最合理的规矩，便是女子不能涉足。当初发起人是很得军界信仰的人，主张在这俱乐部里不许女人插足，那意思不外乎以为女人常是祸水，同军人常常特别不相宜。这意见经其他几个人赞同，到后便成为规则了。由于规则的实行，如同军纪一样，毫不模糊，故这俱乐部在××地方倒很维持到一点令誉。这令誉恰恰就是其他那些用俱乐部名义组织的团体所缺少的东西。

不过到后来，因为使这俱乐部更道德一点，却有一个上校董事，主张用一个妇人来主持一切，当时把这个提议送到董事会时，那上校的确用的是"道德"名义。到后来这提议很稀奇地通过了，且即刻就有一个中年妇人来到俱乐部了。据闻其中还保留到一种秘密，便是来到这里主持俱乐部的妇人，原来就是那个老兵将军的情妇。某将军死后，十分贫穷，妇人毫无着落，上校知道这件事，要大家想法来帮助那个妇人，妇人拒绝了金钱的接受，所以大家商量想了这样一种办法。但这种事知道的人皆在隐讳中，仅仅几个年老军官明白一切。妇人年龄已在三十五岁左右，尚保存一种少年风度，性情端静明慧，来到老兵俱乐部以后，几个老年将军，皆对这妇人十分尊敬客气，因此其余来此的人，也猜想得出，这妇人一定同一个极有身份的军人有点古怪关系，但却不明白这妇人便是老兵俱乐部第一个发起人的外妇。

×师上校参谋主任，对于这妇人过去一切，知道得却应比别的老军人更多一点。他就是那个向俱乐部董事会提议的人，老兵将军生时是他最好的朋友，老兵将军死时，便委托他照料过这个秘密的情妇。

这妇人在民国初年间，曾出没于北京上层贵族社交界中。她是一个小家碧玉，生小聪明，相貌俏丽，随了母亲往来于旗人贵家，以穿扎珠花，缝衣绣花为生。后来不知如何到了一个老外交家的宅中去，被收留下来做养女，完全变更了她的生活与命运，到了那里以后，过了些外人无从追究的日子，学了些华贵气派，染了些骄奢不负责任的习惯。按照聪明早熟女子当然的结果，没有经过养父的同意，她就嫁给了一个在外交部办事的年轻科长。这男子娶她也是没有得到家中同意的。两人都年轻美貌，正如一对璧人，结了婚后，曾很狂热地过了些日子。到后男子事情掉了，两人过上海去，在上海又住了些日子，用了许多从别处借来的钱。那年轻男子，不是傻子，他起初把女人看成天仙，无事不遵命照办，到上海后，负了一笔大债，而且他慢慢看出了女人的弱点，慢慢地想到为个女人同家中那方面决裂实在只有傻子才做的事，于是，在某次小小争持上，拂袖而去，从此不再见面了。他到哪儿去了呢？女人是不知道的，可是瞧到女人此后生活，看来，这男子是走得很聪明，并不十分错误的。但男子也许是自杀，因为女子当时并不疑心他有必须走去的理由，且此后任何方面也从不见过这个男子的名姓。自从同住的男子走后，经济的来源断绝了。民国初年间的上海地方住的全是商人，还没有以社交花名义活动的女子，她那时只二十岁，自然地想回到北京去，自然地同那个养父忏悔讲和，此后生活才有办法。因此先寄信过北京去，报告一切，向养父承认了一切过去的错误，希望老外交家给她一点恩惠，仍然许她回来。老外交家接到信后，即刻寄了五百块钱，要她回转北京，一回北京，在老人面前流点委屈的眼泪，说些引咎自责的话，自然又恢复一年前的情形了。

　　但女人是那么年轻，又那么寂寞，先前那个丈夫，很明显的既不曾正式结婚，就没有拘束她行动的权利，为时不久，她就又被养父一个年约四十岁的朋友引诱了去。那朋友背了老外交家，同这女子发生了不正当的关系，女子那么狂热爱着这中年绅士，但当那个男子在议会中被××拉入名流内阁，发表为阁员之一后，却正式同军阀××姨妹订了婚，这一边还仍然继续一种暧昧的往来。女人明白了，十分伤心，便坦白地告给了养父一切被欺骗的经过。由于老外交家的责问，那个绅士承认了一切，却希望用妾媵的位置处置到女子，因为这绅士是知道女人根底，以及在这一家的暧昧身份的。由于虚荣与必然的习惯，女人既很爱这个绅士，没有拒绝这种提议，不久以后就做了总长的姨太太。

××事议会贿案发觉时，牵连了多少名人要人，×总长逃到上海去了。一家过上海以后，×总长二姨太太进了门，一个真实从妓院中训练出来的人物，女子在名分上无位置，在实际上又来了一个敌人，而且还有更坏的，就是为时不久，丈夫在上海被北京政府派来的人，刺死在饭店里。

老外交家那时已过德国考察去了。命运启示到她，为的是去找一个宽广一些的世界，可以自由行动，不再给那些男子的糟蹋，却应当在某种事上去糟蹋一下男子。她同那个新来的姨太太，发生了极好的友谊，依从那个妓女出身妇人的劝告，两人各得了一笔数目可观的款项，脱离了原来的地位。两人独自在上海单独生活下来，实际上，她就做了妓女。她的容貌和本能都适合于这个职业，加之她那种从上流阶级学来的气度，用到社会上去，恰恰是平常妓女所缺少的，所以她很有些成就。在她那个事业上，她得到了丰富的享乐，也给了许多人以享乐。上海的大腹买办，带了大鼻白脸的洋东家，在她这里可以得到东方贵族的印象回去。她让那些对她有所羡慕有所倾心的人，献上他最后的燔祭，为她破产为她自杀的，也很有一些人。她带了一种复仇的满足，很奢侈很恣肆地过了一些日子，在这些日子中，她成了上海地方北里名花之王。"男子是只配做踏脚石，在那份职务上才能使他们幸福，也才能使他们规矩的。"这话她常常说到，她的哲学是从她所接近的那第一个男子以下的所有男子经验而来的。当她想得到某一人，或愚弄某一人时，她便显得极其热情，终必如愿而偿，但她到后厌烦了，一下就撒了手，也不回过头去看看。她如此过了将近十年。在这时期里，她因为对于她的事业太兴奋了一点，还有，就是在某一些情形中，似乎由于缺少了点节制，得了一种意义含混的恶病，在病院里住了好些日子。经过一段长期治疗，等到病好了点，出院以后，她明白她当前的事情，应计划一下，是不是重新来立门户，还照样走原来的一条路。她感到了许多困难，无论什么职业的活动，停顿一次之后，都是如此的。时代风气正在那里时时有所变革，每一种新的风气，皆在那里把一些旧的淘汰，把一些新的举起，在她那一门事业上也并不缺少这种推移。更糟处，是她的病已把几个较亲切的人物吓远，而她又实在快老了。她已经有了三十余岁，一切习气皆不许她把场面缩小，她的此后来源却已完全没有把握，照这样情形下去，将来的生活一定十分黯淡。

　　她踌躇了一些日子，决意离开上海，到长江中部的 × 镇去，试试她的命运。那里她知道有的是大商人同大傻子，两者之中，她还可以得到机会，较从容地选取其一，自由地把终身交付与他，结束了这青春时代的狂热，安静消磨下半生日子。她的希望却因为到了 × 镇以后事业意外的顺手而把它搁下了，除了大商人与大傻子以外，还有大军人拜倒这妇人的脚下，她的暮年打算，暂时不得不抛弃了。

　　人世幸福照例是孪生的，忧患也并不单独存在。在生活中我们常会为一只不能目睹的手所颠覆，也常会为一种不能意想的妒嫉所陷害。一切的境遇稍有头绪，一切刚在恢复时，一个大傻子同一个军籍中人，在她住处弄出了流血命案，这命案牵累到她，使她在一个军人法庭，受了严格的质问。这审判主席便是那个老兵将军，在她的供词里，她稍稍提到一点过去诙奇不经的命运。

命案结束后，这老兵将军成了她妆台旁一位服侍体贴的仆人。经过不久时期，她却成了老兵将军的秘密别室。倦于风尘的感觉，使她性情发生了很大的变化。若这种改变是不足为奇的，则简直可以说她完全变了。在她这方面看来，老兵将军虽然人老了一点，却是在上一次命案上帮得上忙的人；在老兵将军方面，则似乎全为了怜悯而做这件事。老兵将军一面按月给她一笔足支开销的用费，一面又用那个正直节欲的人格，唤起了她点近于宗教的感情。当老兵将军过××做军长时，她也跟了过去，另外住到一个很少有人知道的地方。老兵将军生时，有两年的日子，她很可以说极规矩也极幸福。可是××事变发生，老兵将军死去了。她一定会这样问过自己："为什么我不愿弃去的人，总先把我弃下？"这自然是命运！这命运不由得不使她重新来思索一下她自己此后的事情！

她为了一点预感，或者她看得出应当在某一时还得一个男子来补这个丈夫的空缺。但这个妇人外表虽然还并不失去引人注意的魔力，心情因为经过多少爱情的蹂躏，实在已经十分衰老不堪折磨了。她需要休息，需要安静，还需要一种节欲的母性的温柔厚道的生活。至于其他华丽的幻想，已不能使她发生兴味，十年来她已饱餍那种生活，而且十分厌倦了。

因此一来，她到了老兵俱乐部。新的职务恰恰同她的性情相合，处置一切铺排一切原是她的长处。虽在这俱乐部里，同一般老将校常在一处，她的行为是贞洁的。他们之间皆互相保持到尊敬，没有亵渎的情操，使他们发生其他事故。

这一面到这时应当结束一下，因为她是在一种极有规则的朴素生活中，打发了一堆日子的。可是有一天，那个上校把他的少年体面朋友邀到老兵俱乐部去了，等到那上校稍稍感觉到这件事情做错了时，已经来不及了。

还是那个上尉阶级的朋友，来到××二十天左右，×师的参谋主任，把他朋友邀进了老兵俱乐部。这俱乐部来往的大多数是上了点年纪的人物，少年军官既吓怕到上级军官，又实在无什么趣味，很少有见到那么英拔不群的年轻人来此。两人在俱乐部大厅僻静的角隅上，喝着最高贵的白铁酒同某种甜酒，说到些革命以来年轻人思想行为所受的影响。那时节图书间有两个人在阅览报纸，大厅里有些年老军人在那里打牌，听到笑声同数筹码的声音以外，还没有什么人来此。两人喝了一会儿，只见一个女人，穿了件灰色绸缎青皮做边缘的宽博袍子，披着略长的黑色光滑头发，手里拿了一束朱花，走过小餐厅去。那上校见了女人，忙站起身来打着招呼。女人也望到这边两个人了，点了一下头，一个微笑从那张俊俏的小小嘴角漾开去，到脸上同眼角散开了。那种尊贵的神气，使人想起这只有一个名角在台上时才有那么动人的丰仪。

那个青年上尉，显然为这种壮观的华贵的形体引起了惊讶，当他老友注意到了他，同他说第一句话时，他的矜持失常处，是不能隐瞒到他的老友那双眼睛的。

上校将杯略举，望到年轻人把眉毛稍稍一挤，做了一个记号，意思像是要说："年轻人，小心一点，凡是使你眼睛放光的，就常常能使你中毒，应当明白这点点！"

可是另一个有一点可笑的预感，却在那上校心中蕴蓄着，还同时混合了点轻微的妒嫉，他想："也许一个快要熄灭了的火把，同一个不曾点过的火把并在一处，会放出极大的光来。"这想象是离奇的，他就笑了。

过一刻，女人从原来那个门边过来了，拉着一处窗口的帷幕，指点给一个穿白衣的侍者，嘱咐到侍者好些话，且向这一边望着。这顾盼从上尉看来，却是那么尊贵的，多情的。

"上校，日里好，公事不多吧。"

被称作上校的那一个说："一切如原来样子，不好也不坏。'受人尊敬的星子，天保佑你，长是那么快乐，那么美丽。'"后面两句话是这个人引用了几句书上话语的，因为那是一个绅士对贵妇的致白，应当显得谦逊而谄媚的，所以他也站了起来，把头低了一下。

女人就笑了。"上校是一个诗人，应当到大会场中去读××的诗，受群众的鼓掌！"

"一切荣誉皆不如你一句称赞的话。"

"真是一个在这种地方不容易见到的有学问的军官。"

"谢谢奖语，因为从你这儿听来的话，即或是完全恶骂，也使人不易忘掉，觉得幸福。"

女人一面走到这边来，一面注目望到年轻上尉，口上却说："难道上校愿意被人称为'有严峻风格的某参谋'吗？"

"不，严峻我是不配的，因为严峻也是一种天才。天才的身份，不是人人可以学到的！"

"那么有学问的上校，今天是请客了吧？"女人还是望到那个上尉，似乎因为极其陌生，"这位同志好像不到过这里。"

上校对他朋友看看，回答了女人："我应当来介绍介绍；这是我一个朋友，……郑同志，……这是老兵俱乐部主持人，××小姐。"两个被介绍过了的皆在微笑中把头点点。这介绍是那么得体的，但也似乎近于多余的，因为爱神并不先问清楚人的姓名，才射出那一箭。

那上校接着还说了两句谑不伤雅的笑话，意思想使大家自由一点，放肆一点，同时也许就自然一点。

女人望到上校微微地笑了一下，仿佛在说着："上校，你这个朋友漂亮得很。"

但上校心里却俨然正回答着："你咧，也是漂亮的。我担心你的漂亮是能发生危险的，而我朋友漂亮却能产生愚蠢的。"自然这些话他是不会说出口的。

女人以为年轻军人是一个学生了，很随便地问："是不是骑兵学校的？"

上校说："怎么，难道我带了马夫来到这个地方吗？聪明绝顶的人，不要嘲笑这个没有严峻风度的军人到这样子！"

女人在这种笑话中，重新用那双很大的危险的眼睛，检查了一下桌前的上尉，那时节恰恰那个年轻人也抬起头来，由于一点力量所制服，年轻人在眼光相接以后，腼腆地垂了头，把目光逃遁了。女人快乐得如小孩子一样地说："明白了，明白了，一个新从军校出来的人物，这派头我记起来了。"

"一个军校学生，的确是有一种派头吗？"上校说时望到一下他的朋友，似乎要看出那个特点所在。

女人说："一个小孩子害羞的派头！"

不知什么原因，那上校却感到一点不祥兆象，已在开始扩大，以为女人的言语十分危险，此后不很容易安置。女人是见过无数日月星辰的人，在两个军人面前，那么随便洒脱，却不让一个生人看来觉得可以狎侮，加之，年龄已到了三十四五，应当不会给那年轻朋友什么难堪了。但女人即或自己不知自己的危险，便应当明白一个对女人缺少经验的年轻人，自持的能力却不怎么济事，很容易为她那点力量所迷惑的。可是有什么方法，不让那个火炬接近这个火炬呢？他记起了从老兵将军方面听来的女人过去的命运，他自己掉过头去苦笑了一下，把一切看开了。

但女人似乎还有其他事情等着，说了几句话却走了。

上校见到他的年轻朋友，沉默着没有话说，他明白那个原因，且明白他的朋友是不愿意这时有谁来提到女人的，故一时也不曾作声。可是那年轻朋友，并不为他所猜想的那么做作，却坦白地向他老朋友说："这女人真不坏，应当用充满了鲜花的房间安顿她，应当在一种使一切年轻人的头都为她而低下的生活里生活，为什么却放到这里来做女掌柜？"

上校不好怎么样告给他朋友女人所有过去的历史。不好说女人在十六年前就早已如何被人逢迎，过了些热闹日子，更不好将女人目前又为什么才来到这地方，说给年轻人知道，只把话说到别方面去："人家看得出你军校出身的，我倒分不出什么。"

那年轻上尉稍稍沉默了一下，像是在努力回想先一刻的某种情景，后来就问：

"这女人那双眼睛，我好像很熟悉。"

上校装作不大注意的样子，为他朋友倒了一杯甜酒，心里想说："凡是男子对于他所中意的眼睛，总是那么说的。再者，这双眼睛，也许在五六年前出名的图书杂志上，就常常可以看到！"

后来谈了些别的话，年轻人不知不觉尽望到女人去处那一方，上校那时已多喝了两杯，成见慢慢在酒力下解除了，轻轻地向他朋友说：

"女人老了真是悲剧。"他指的是一般女人而言，却想试试看他的朋友是不是已注意到了先一时女人的年龄。

"这话我可不大同意。一个美人即或到了五十岁，也仍是一个美人！"

这大胆的论理，略略激动了那个上校一点自尊心，就不知不觉怀了点近于恶意的感情，带了挑拨的神气，同他的年轻朋友说："先前那个，她怎么样？她的聪明同她的美丽极相称……你以为……"

年轻上尉现出年轻人初次在一个好女子面前所受的委屈，被人指问是不是爱那个女子，把话说回来了。"我不高兴那种太……的女子的。"他说了谎，就因为爱情本身也是一种精巧的谎话。

上校说："不然，这实在是一个稀见的创作，如果我是一个年轻人，我或许将向她说：'老板，你真美！把你那双为上帝留心的手臂给了我吧。我的口为爱情而焦渴，把那张小小的樱桃小口给了我，让我从那里得到一点甘露吧。'……"

这笑话，在另一时应当使人大笑，这时节从年轻上尉嘴角，却只见到一个微哂记号。他以为上校醉了，胡乱说着，而他自己，却从这个笑话里，生了自己一点点小气。

上校见到他年轻朋友的情形，而且明白那种理由，所以把话说过后笑了一会儿。

"郑同志，好兄弟，我明白你。你刚才被人轻视了，心上难过，是不是？不要那么小气吧。一个有希望有精力的人，不能够在女子方面太苛刻。人家说你是小孩子。你可真……不要生气，不要分辩；拿破仑的事业不是分辩可以成功的，他给我们的是真实的历史。让我问你句话，你说吧，你过去爱过或现在爱过没有？"

年轻上尉脸红了一会儿，并不作答。

"为什么用红脸来答复我？"

"我红脸吗？"

"你不红脸的，是不是？一个堂堂军人原无红脸事情。可是，许多年轻人见了体面妇人都红过脸的。那种红脸等于说：别撩我，我投降了！但我要你明白，投降也不是容易事，因为世界上尽有不收容俘虏的女人。至于你，你自然是一个体面俘虏！"

年轻上尉看得出他的老友醉了，不好怎样解释，只说："我并不想投降到这个女人面前，还没有一个女人可以俘虏我。"

"吓，吓，好的，好的。"上校把大拇指翘起，咧咧嘴，做成"佩服高明同意高见”的神气，不再说什么话。等一会儿又说，“是那么的，女人是那么的。不过世界上假若有些女人还值得我们去做俘虏时，想方设法极勇敢地去投降，也并不是坏事。你不承认吗？一个好军人，在国难临身时，很勇敢地去打仗，但在另一时，很勇敢地去投降，不见得是可笑的！”

“……”

说着女人恰恰又出来了，上校很亲昵地把手招着，请求女人过来：

“来来，受人尊敬的主人，过来同我们谈谈。我正同这位体面朋友谈到俘虏，你一定高兴听听这个。”

女人已换了件紫色长袍，像是预备出去的模样，见上校同她说话，就一面走近桌边，一面说：“什么俘虏？”女人虽那么问着，却仿佛已明白那个意义了，就望到年轻上尉说，“凡是将军都爱讨论俘虏，因为这上面可以显出他们的功勋，是不是？”

年轻上尉并不隐避那个问题的真实：“不是，我们指的是那些为女人低头的……”

女人站在桌旁不即坐下，注意地听着，同时又微笑着，等到上尉话说完后，似乎极同意地点着头：“是的，我明白了，原来这些将军常常说到的俘虏，只是这种意思！女人有那么大能力吗？我倒不相信。我自己是一个女人，倒不知道被人这样重视。我想来或者有许多聪明体面女子，懂得到她自己的魔力。一定有那种人，也有这种人；如像上校所说‘勇敢投降’的。”

把话说完后，她坐到上校这一方，为的是好对了年轻上尉的面说话。上校已喝了几杯，但他还明白一切事情，他懂得女人说话的意思，也懂得朋友所说的意思，这意思虽然都是隐藏的，不露的，且常常和那正在提到的话相反的。

女人走后，上校望到他的年轻朋友，眼睛中正煜爚一种光辉。他懂得那种光辉，是为什么而燃烧为什么而发亮的。回到师部时，同那个年轻上尉分了手，他想起未来的事情，不知为什么觉得有点发愁。平常他并不那么为别的事情挂心，对于今天的事可不大放心得下。或者，他把酒吃多了一点也未可知。他睡后，就梦到那个老兵将军，同那个女人，像一对新婚夫妇，两人正想上火车去，醒来时间已夜了。

　　一个平常人，活下地时他就十分平常，到老以后，一直死去，也不会遇到什么惊心骇目的事情。这种庸人也有他自己的好处，他的生活自己是很满意的。他没有幻想，不信奇迹，他照例在他那种沾沾自喜无热无光生命里十分幸福。另外一种人恰恰相反。他也许希望安定，羡慕平庸，但他却永远得不到它。一个一切品德境遇完美的人，却常常在爱情上有了缺口。一个命里注定旅行一生的人，在梦中他也只见到旅馆的牌子，同轮船火车。"把老兵俱乐部那一个同师部参谋处服务这一个，像两把火炬并在一起，看看是不是燃得更好点？"当这种想象还正在那个参谋主任心中并不十分认真那么打算时，上帝或魔鬼，两者必有其一，却先同意了这件事，让那次晤谈，在两个人印象上保留下一点拭擦不去的东西。这东西培养到一个相当时间的距离上，使各人在那点印象上扩大了对方的人格。这是自然的，生疏能增加爱情，寂寞能培养爱情，两人那么生疏，却又那么寂寞，各人看到对面最好的一点，在想象中发育了那种可爱的影子，于是，老兵俱乐部的主持人，离开了她退隐的事业，跑到上尉住处，重新休息到一个少壮热情的年轻人胸怀里去，让那两条结实多力的臂膀，把她拥抱得如一个处女，于是她便带着狂热羞怯的感觉，做了年轻人的情妇了。

　　当那个参谋上校从他朋友辞职呈文上，知道了这件事情时，他笑着走到他年轻朋友新的住处去，用一个伯父的神气，嘲谑到他自己那么说："这事我没有同意神却先同意了，让我来补救我的过失吧。"他为这两个人证了婚，请这两个人吃了酒，还另外为他的年轻朋友介绍了一个工作，让这一对新人过武汉去。

日子在那些有爱情的生活里照例过得是极快的，虽然我住在××，实在得过了他们很多的信，也给他们写了许多信。我从他们两人合写的信上，知道他们生活过得极好，我于是十分快乐，为了那个女子，为了她那种天生丽质十余年来所受的灾难，到中年后却遇到了那么一个年轻、诚实、富有，一切完美无疵的男子，这份从折磨里取偿的报酬，使我相信一些平时我绝不相信的命运。

女人把上尉看得同神话中的王子，女人近来的生活，使我把过去一时所担心的都忘掉了。至于那个没有同老友商量就做了这件冒险事情的上尉呢？不必他来信说到，我也相信，在他的生活里，所得到的体贴与柔情，应当比做驸马还幸福一点。因为照我想来，一个年纪十九岁的公主，在爱情上，在身体上，所能给男子的幸福，会比那个三十五岁的女人更好更多点，这理由我还找寻不出的。

可是这个神话里的王子，在武汉地方，一个夜里，却忽然被人把眼睛用药揉坏了。这意外不幸事件的来源，从别的方面探听是毫无结果的。有些人以为由于妒嫉，有些人又以为由于另一种切齿。女人则听到这消息后晕过去几次。把那个不幸者抬到天主堂医院以后，请了好几个专家来诊治，皆因为所中的毒极猛，瞳仁完全已失了它的能力。得到这消息，最先赶到武汉去的，便是那个上校。上校见到他的朋友，躺在床上，毫无痛苦，但已经完全无从认识在他身边的人。女人则坐到一旁，连日为忧愁与疲倦所累，显得清瘦了许多。那时正当八点左右，本地的报纸送到医院来了。因为那几天××正发生事情，长沙更见得危迫，故我看了报纸，就把报纸摊开看了一下。要闻栏里无什么大事足堪注意，在社会新闻栏内，却见到一条记载，正是年轻上尉所受的无妄之灾一线可以追索的光明，报纸载"九江捉得了一个行使毒药的人，只需用少许自行秘密制的药末，就可以使人双眼失明。说者谓从此或可追究出本市所传闻之某上尉被人暗算失明案"。上校见到了这条新闻，欢喜得踊跃不已，赶忙告给失明的年轻朋友。可是不知为什么，女人正坐在一旁调理到冷覷纱布，忽然把瓷盘掉到地下脸色全变了。不过在这报纸消息前，谁都十分吃惊，所以上校当时并没有觉得她神色的惨怛不宁处，另外还潜伏了别的惊讶。

武汉眼科医生，向女人宣布了这年轻上尉，两只眼睛除了向施术者寻觅解药，已无可希望恢复原来的状态。女人却安慰到她的朋友，只告他这里医生已感到束手，上海还应当有较好医生，可以希望有方法能够复原。两人于是过上海去了。

整整地诊治了半年，结果就只是花了很多的钱还是得不到小小结果。两夫妇把上海眼科医生全问过了，皆不能在手术上有何效果。至于谋害者一方面的线索，时间一久自然更模糊了。两人听到大连有一个医生极好，又跑到大连住了两个月，还是毫无办法。

那双眼睛看来已绝对不能重见天日，两人决计回家了。他们从大连回到上海，转到武汉。又见到了那个老友，那个上校。那时节，上校已升任了少将一年零三个月。

三

上面那个故事，少将把它说完时，便接着问我："你想想，这是不是一个离奇的事情？尤其是那女人……"

我说："为什么眼睛会为一点药粉弄坏？为什么药粉会揉到这多力如虎的青年人眼睛中去？为什么近世医学对那点药物的来源同性质，也不能发现它的秘密？"

"这谁明白？但照我最近听到一个广西军官说的话看来，瑶人用草木制成的毒药，它的力量是可惊的，一点点可以死人，一点点也可以失明。这朋友所受的毒，我疑心就是那方面得来的东西，因为汉口方面，直到这时还可以买到那古怪的野蛮的宝物。至于为什么被人暗算，你试想想，你不妨从较近的几个人去……"

我实在就想不出什么人来。因为这上尉我并不熟悉，也不大明白他的生活。

少将在我耳边轻轻地说："你为什么不疑心那个女人，因为爱她的男子，因为自己的渐渐老去，恐怕又要被弃，做出这件事情？"

我望到那少将许久说话不出，我这朋友的猜想，使我说话滞住了。"怎么，你以为会……"

少将大声地说："为什么不会？最初那一次，我在医院中念报纸上新闻时，我清清楚楚，看到她把手上的东西掉到地下去，神气惊慌失措。三天前在太平洋饭店见到了他们，我又无意识地把我在汉口方面听人所说'可以从某处买瑶人毒药'的话告给两夫妇时，女人脸即刻变了色，虽勉强支持到，不至于即刻晕去，我却看得出'毒药'这两个字同她如何有关系了。一个有了爱的人，什么都做得出，至于这个女人，她做这件事，是更合理而近情的！"

我不能对我朋友的话加上什么抗议，因为一个军人照例不会说谎，而这个军人却更不至于说谎的。我虽然始终不大相信这件事情，就因为我只见到这个妇人一面。可是为什么这妇人给我的印象，总是那么新鲜，那么有力，一年来还不消灭？也许我所见到的妇人，都只像一只蚱蜢，一粒甲虫，生来小小的，伶便的，无思无虑的。大多数把气派较大，生活较宽，性格较强，都看成一种罪恶。到了春天或秋天，都能按照时季换上它们颜色不同的衣服，都会快乐而自足地在阳光下过它们的日子，都知道选择有利于己有媚于己的雄性交尾。但这些女子，不是极平庸，就是极下贱，没有什么灵魂，也没有什么个性。我看到的蚱蜢同甲虫，数量可太多了一点，应当向什么方向走去，才可以遇到一种稍稍特别点的东西，使回忆可以润泽光辉到这生命所必经的过去呢？

　　那个妇人如一颗光华炫目的流星，本体已向不可知的一个方向流去毁灭多日了，在我眼前只那一瞥，保留到我的印象上，就似乎比许多女人活到世界上还更真实一点。

生　存

　　青年吴勋坐在会馆里南屋一个小房子的窗前，借檐口黄昏余光，修整他那未完成的画稿。一不小心，一点淡墨水滴在纸角上，找寻吸水纸不得，担心把画弄坏了，忙伏在纸上用口去吸吮那墨水，一面想："真糟，真糟，不小心就出乱子！"完事时去看那画上水迹，好在画并未受损失。他苦笑着。

　　天已将夜。会馆里院子中两株洋槐树，叶子被微风刷着，声音单调而无意义，寂寞而闷人，正象征这青年人的生活，目前一无所有，希望全在未来。

　　再过十天半月，成球成串的白花，就会在这槐树枝叶间开放，到时照例会有北平特殊的挟沙带热风，无意义地吹着，香味各处送去，蜂子却被引来了。这些小小虫子终日嘤嘤嗡嗡，不知它从何处来，又飞往何处。院中一定因此多有了一点生气。会馆大门对街的成衣铺小姑娘，必将扛了芦竹秆子，上面用绳子或铁丝做成一个圈儿，来摘树上的花，一大把插到洋酒瓶里去，搁在门前窗口边做装饰（春光也上了窗子，引起路人的注意）。可是这年轻人的希望，到明天会不会实现？他有没有个光明的未来？这偌大一个都会里，城圈内外住上一百五十万市民，他从一个人所想象不到的小地方，来到这大都会里住下，凭一点点过去的兴趣和当前的方便，住下来学习用手和脑建设自己，对面是那么一个陌生、冷酷、流动的人海。生活既极其穷困，到无可奈何时，就缩成一团躺到床上去，用一点空气和一点希望，代替了那一顿应吃而不得吃的饭食。近于奇迹似的，在极短期间中，画居然进步了，所指望的文章，也居然写出而且从友人手中送过杂志编辑手中去了。但这去"成功"实在还远得很，远得很，他知道的。然而如此一来，空气和希望似乎也就更有用，更需要了。因为在先前一时，他还把每天挨饿一次当成不得已的忍受，如今却自觉地认明白了这么办对于目前体力的损害并不大，当成习惯每天只正餐一顿，把仅有的一点点钱，留下来买画笔和应用稿纸了。

这时节看看已不宜于再画，放下了笔，把那未完成的画钉到墙壁上去。他心想："张大千也是个人！征服了许多人的眼睛，集中了许多人的兴味，还是他那一只手。高尔基也是那一只手！"他站在院中那槐树下，捏捏自己两只又脏又瘦的手，那么很豪气地想着。且继续想起一个亲戚劝勉他的话语，把当前的困难忘掉了。听会馆中另外有人在说"开饭"，知道这件事与他无份，就扣了门，上街散步。

会馆那条街西口原接着琉璃厂东口。他上街就是去用眼睛吃那些南纸店、古玩店、裱画铺、笔墨铺，陈列在窗前的东东西西。从那些东西形体颜色上领略一点愉快。尤其是晚上，铺子里有灯光，他更方便。他知道这条街号称京城文化的宝库，一切东西都能增长他的见识，润泽他的心灵。可是事实上任何一家的宝藏当前终无从见到，除了从窗口看看那些大瓶子和一点平平常常的字画外，最多的还是那些店铺里许多青衣光头势利油滑的店伙。他像一个乡下人似的，把两只手插在那件破呢裤口袋里，一家一家地看去（有时还停顿在那些墨盒铺刻字铺外边许久，欣赏铺子里那些小学徒的工作）。一直走到将近琉璃厂西口，才折身回头，再一家一家看去。

　　他有时觉得很快乐，这快乐照例是那些当代画家的劣画给他的。因为他从这些作品上看出了自己未来的无限希望。有时又觉得很悲哀，因为他明白一切成功都受相关机会支配，生活上的限制，他无法打破。他想学，无从跟谁去学。他想看好画，看不着。他想画，纸、笔、墨，都要不得，用目前能够弄到手的工具，简直无从产生好作品。同时，还有那个事实上的问题，一个人总不能专凭空气和希望活下去呀！要一个人气壮乐观，他每天总得有点什么具体东西填到消化器里去，不然是不成的。在街头街尾有的是小食铺，长案旁坐下了三五个车夫，咬他的切糕和大面条，这也要子儿的，他不能冒昧坐拢去。因此这散步有时不能不半途而止，回住处来依然是把身子缩成一团，向床上躺去。吸嗅着那小房中湿霉味、石灰味，以及脏被盖上汗臭味。耳朵边听着街头南边一个包子铺小伙子一面用面杖托托托托敲打案板，一面锐声唱喊，和街上别的声音混杂。心里就胡胡乱乱地想：这是个百五十万市民的大城，至少有十万学生，一万小馆子，一万羊肉铺，二十万洋车，十万自行车，五千公寓和会馆……末了却难受起来。因为自己是那么渺小，消失到无声无息中。每天看小报，都有年轻人穷困自杀的消息。在记者笔下，那些自杀者衣装、神情、年龄，就多半和自己差不多，想来境遇也差不多，在自杀以前理想也差不多。但却死了。跳进御河里淹死的，跑到树林子里去解裤腰带吊死的，躺在火车轨道上辗死的，在会馆、公寓、小客店吃鸦片红矾毒死的。这些人生前都不讨厌这个世界的。活着时也一定各有志气，各有欲望，且各有原因来到个大城市里，用各种方法挣扎过，还忍受过各种苦难和羞辱。也一定还有家庭，一个老父，一个祖母或一个小弟妹，同在一起时十分亲爱关切，虽不得已离开了，还是在另外一个地方，把心紧紧系着这个远人，直到死了的血肉消解多年，还盼望着这远行者忽然归来。他自己就还有个妻，一个同在小学里教过书，因为不曾加入党派，被人抢去那个职务，又害了痨病，目前寄住在岳家养病，还不知近来如何的可怜人。

年轻人在黑暗中想着这些那些。眼泪沿着脸颊流下来。另一时那点求生勇气好像完全馁尽了。觉得生活前途正如当前房中，所有的只是一片黑暗。虽活在一个四处是扰扰人声的地方，却等于虫豸，甚至于不如虫豸。要奋斗，终将为这个无情的社会所战败，到头是死亡，是同许多人一样自己用一个简单方法来结束自己。

于是觉得害怕起来，再也不能忍受了，就起来点上了灯。但是点上灯，对那未完成的画幅照照，在那画幅上他却俨然见出了一线光明。他心情忽然又变了。他那成功的自信，用作品在这大城中建树自己的雄心，回到身边来了。

于是来在灯光下继续给那画幅勾勒润色，工作直到半夜。有时且写信给那可怜的害痨病的妻子，报告一切，用种种空话安慰那可怜妇人。为讨好她起见，还把生活加上许多文学形容词，说一到黄昏，就在京城里一条最风雅的街上去散步。

这一次就是这样散步回来时，他才知道大学生陆尔全来看他。放下个从他转交的挂号信，且留下字条说："你家中来信了，会是汇票，得了钱，来看看我们吧。这里有三个朋友从陕西边地回来，一个病倒了，躺在公寓发热，肠子会烧断的！要十五块钱才给进医院，想不出办法，目前大家都穷得要命！"

年轻人看看信封，是从家乡寄来的，真以为是钱来了。把信裁开，见信是寄住在岳家的妻写的：

哥哥，我得你三月十二的信，知道你在北京的生活，刀割我的心，我就哭了。你是有志气的人，我希望你莫丧气。你会成功，只要你肯忍受眼前的折磨，一定会成功。我听说你常常不吃饭，我饭也吃不下去。我又不能帮你忙。哥哥，刀真是割我心子！

你问我病好不好些，我不能再隐瞒你，老老实实告你，我完了。我知道我快要死了。晚上冷汗只是流（月前大舅妈死时，我摸过她那冷手，汗还是流）。上月咳血不多，可是我知道我一定要死。前街杨伯开方子无效，请王瞎子算命，说犯七，用七星经禳，要十七块七毛办法事。我借了十三块钱，余下借不出，挪不动。问五嫂借，五嫂说，卖儿女也借不来。我托人问王瞎子，十三块钱将就办，不成吗？王瞎子说，人命看得儿戏，这岂是讲价钱事情，少一个不干。你不禳，难击五月五。……哥哥，不要念我，不要心急。人生有命，要死听它死去。我和王瞎子打赌，我要活过五月五。我钱在手边无用处，如今寄十块来（邮费汇费七毛三）。你拿用。身体务要好好保重，好好保重！我俩夫妇要好，来生有缘，还会再见！（本想照一相给哥哥，照相馆人要我一元五角，相不照来。）玉芸拜启。

又我已托刘干妈赊棺木，干妈说你将来发财，还她一笔钱，不然她认账。干妈人心好，病中承她情帮忙不少，你出头了不要忘她。芸又及。

信中果然附有一张十元汇票，还是用油纸很谨慎包好的。看完信时年轻人心中异常纷乱，印象中浮出个寄住在岳家害痨病的妻子种种神情。又重新在字里行间去搜寻妻的话外的意思，读了又读。眼睛潮湿了。两手揪着自己的短发，轻轻地嚷叫："天呀，天呀，我什么事得罪了你，我得到的就是这些！"又语无伦次地说，"我要死的，我要死的。"他觉得很伤心很伤心，像被谁重重地打了一顿。这时唯一办法是赶回去。回去既无能力，并且一回到那小县城，抱着那快要死去的人哭一场，此后又怎么办？回去办不到，就照信上说的在此奋斗，为谁奋斗，纵成功了，有何意义？越想心中越乱。且想起写信的人五月六月就会要死去，勉强再去画画，也画不下去。又想写一封信回家，写去写来也难写好。末了还是上街。在街上乱走了一阵，看看一个铺子里钟还只九点，就进城去找他的朋友。到 × 大学宿舍见到了朋友陆尔全，正在写信。

姓陆的说："老吴，你见我留下那封信了，是不是？"

他说："我见到了那个信。"

"是不是有汇款？"

"有十块钱！你要用，明天取来你拿一半！"

"好极了，我们正急得要命，好朋友 ×× 回来就病倒了住在忠会公寓里，烧得个昏迷不醒。我们看看他去。这是我们朋友中最好的最能干的一个，不应当这样死去。"

年轻人心想："许多人都不应当死去！"

两人到得那公寓里，只见四五个年轻人正围在桌边谈话，其中只有一个人在陆尔全宿舍里见过，其余都面生。靠墙硬板床上躺着一个长个子，很苦闷的样子把头倾侧在床边。两人站在床边，病人竟似乎一点不知道。陆尔全摸摸那病人头额，同火一样灼手。就问另外一个人："怎么样？"

另外一个年轻人就说："怎么样？还不是一样的！明天再不进医院，实在要命！可是在路上一震动，肠子也会破的。"

陆尔全说："我们又得了五块钱。"且把吴勋介绍给那人，"这是好朋友吴勋，学艺术的。他答应借我们五块钱。"

"那好极了，明天就决定进医院！"

吴勋却插口说："钱不够，我还有多的，拿八块也成。"

陆尔全说:"还是拿五块吧,你也要钱用!这里应当差不多了。"

"五块够了,我们已经有了十二块!"

大家于是抛开病人来谈陕西近事,几个青年显然都是从那边才回来的。说到一个朋友在那边死去时,病人忽然醒了,轻轻地说:"死了的让他死去,活下的还是要好好地活!"大家眼睛都向病人看着。到了十点,两人回到学生宿舍,吴勋把那汇票取出来交给陆尔全,信封也交给他,只把信拿在手中。

陆尔全说:"是你家信吗?你那美丽太太写来的吗?"

他咬着下唇不作声,勉强微笑着。

陆尔全又说:"我看你画进步得真快,努力吧,过两年一定成功!"

他依然微笑着。

陆尔全似乎不注意到这微笑里的悲哀,又说:"你那木刻我给×看了,都觉得好。你做什么都有希望,只要努力,大家各在自己份上努力,这世界终究是归我们年轻人来支配的,来创造的。"

他依然微笑着。

看看时候已不早了,就离开他的朋友回转会馆去。在路上记起病人那两句话:"死了的让他死去,活下的还是要好好地活!"且因为已把病妻寄来的钱一部分借给这个陌生病人,好像自己也正在参加另外一种生活,精神强旺多了。到得会馆时已快近十一点。

坐在自己那个床边,重新取出那个信来在灯光下阅看,重新在字里行间去寻觅那些看不见的悲哀,和隐忍不言的希望。想起两人在教书时的种种,结婚的种种,以及在学校里忽然被人撤换,一个病倒,一个不得不离开家乡,向五千里外一个大都市撞去,当前的种种。心里重新纷乱起来,不知如何是好。

那个明知快要死去的妻说的话——

……哥哥，我……知道你在北京的生活，刀割我的心！……你是个有志气的人，我希望你莫丧气！……身体务要好好保重，好好保重！

那个虽要死去却不愿意死去的人说的话——

……死了的让他死去，活下的还是要好好地活！

那个凡事热心的好朋友陆尔全说的话——

……你做什么都有希望，只要努力……世界终归是我们年轻人来支配的，来创造的。

一些话轮流在耳边响着。心里还是很乱，很软弱。他想，我一定要活下来奋斗！我什么都不怕。我要做个人，我要做个人！

可是，临到末了，他却忍不住哭了。

他把身子缩成一团，侧身睡在床上，让眼泪不知羞耻地流到那脏枕头上去。

主　妇

　　碧碧睡在新换过的净白被单上，一条琥珀黄绸面薄棉被裹着个温暖的身子。长发披拂的头埋在大而白的枕头中，翻过身时，现出一片被枕头印红的小脸，睡态显得安静和平。眼睛闭成一条微微弯曲的线。眼睫毛长而且黑，嘴角边还酿了一小窝微笑。

　　家中女用人打扫完了外院，轻脚轻手走到里窗前来，放下那个布帘子，一点声音把她弄醒了。睁开眼看看，天已大亮，并排小床上绸被堆起像个小山，床上人已不见（她知道他起身后到外边院落用井水洗脸去了）。伸手把床前小台几上的四方表拿起，刚六点整。时间还早，但比预定时间已迟醒了二十分。昨晚上多谈了些闲话，一觉睡去直到同房起身也不惊醒。天气似乎极好，人闭着眼睛，从晴空中时远时近的鸽子呼哨可以推测得出。

　　她当真重新闭了眼睛，让那点声音像个摇床，把她情感轻轻摇荡着。

　　一朵炫目的金色葵花在眼边直晃，花蕊紫油油的，老在变动，无从捕捉。她想起她的生活，也正仿佛是一个不可把握的幻影，时刻在那里变化。什么是真实的，什么是最可信的，说不清楚。她很快乐。想起今天是个稀奇古怪的日子，她笑了。

今天八月初五。三年前同样一个日子里，她和一个生活全不相同性格也似乎有点古怪的男子结了婚。为安排那个家，两人坐车从东城跑到西城，从天桥跑到后门，选择新家里一切应用东西，从卧房床铺到厨房碗柜，一切都在笑着、吵着、商量埋怨着，把它弄到屋里。从上海来的姊姊，从更远南方来的表亲，以及两个在学校里念书的小妹妹，和三五朋友，全都像是在身上钉了一根看不见的发条，忙得轮子似的团团转。

纱窗、红灯笼、赏下人用的红纸包封、收礼物用的洒金笺谢帖，全部齐备后，好日子终于到了。正同姐姐用剪子铰着小小红双喜字，预备放到糕饼上去，成衣人送来了一袭新衣。"是谁的？""小姐的。"拿起新衣跑进新房后小套间去，对镜子试换新衣。一面换衣一面胡胡乱乱地想着："……一切都是偶然的，彼一时或此一时。想碰头大不容易，要逃避也枉费心力。一年前还老打量穿件灰色学生制服，扮个男子过北平去读书，好个浪漫的想象！谁知道今天到这里却准备扮新娘子，心甘情愿给一个男子做小主妇！"

电铃响了一阵，外面有人说话："东城陈公馆送礼，四个小碟子。"新郎忙匆匆地拿了那个礼物向新房里跑："来瞧，宝贝，多好看的四个小碟子！你在换衣吗？赶快来看看，送力钱一块吧。美极了。"院中又有人说话，来了客人。一个表姐；一个史湘云二世。人在院中大喉咙嚷："贺喜贺喜，新娘子隐藏到哪里去了？不让人看看新房子，是什么意思？有什么机关布景，不让人看？""大表姐，请客厅坐坐，姐姐在剪花，等你帮帮忙！""新人进房，媒人跳墙；不是媒人，无忙可帮。我还有事得走路，等等到礼堂去贺喜，看王大娘跳墙！"花匠又来了。接着是王宅送礼，周宅送礼；一个送的是瓷瓶，一个送的是陶俑。新郎又忙匆匆地抱了那礼物到新房中来："好个花瓶，好个美人。碧碧，你来看！怎么还不把新衣穿好？不合身吗？我不能进来看看吗？""嗨，嗨，请不要来，不要来！"另一个成衣人又送衣来了。"新衣又来了。让我进来看看好。"

于是两人同在那小套间里试换新衣，相互笑着，埋怨着。新郎对于当前正在进行的一件事情，虽热心神气间却俨然以为不是一件真正事情，为了必须从一种具体行为上证实它，便想拥抱她一下，吻她一下。"不能胡闹！""宝贝，你今天真好看！""唉，唉，我的先生，你别碰我，别把我新衣揉皱，让我好好地穿衣。你出去，不许在这里捣乱！""你完全不像在学校里的样子了。""得了得了。不成不成。快出去，有人找你！得了得了。"外面一片人声，果然又是有人来了。新郎把她两只手吻吻，笑着跑了。

当她把那件浅红绸子长袍着好，轻轻地开了那扇小门走出去时，新郎正在窗前安放一个花瓶。一回头见到了她，笑眯眯地上下望着，"多美丽的宝贝！简直是……""唉，唉，我的大王，你两只手全是灰，别碰我，别碰我。谁送那个瓶子？""周三兄的贺礼。""你这是什么意思？顶喜欢弄这些容易破碎的东西，自己买来不够，还希望朋友也买来送礼。真是古怪脾气！""一点不古怪！这是我的业余兴趣。你不欢喜这个青花瓶子？""唉，唉，别这样。快洗手去再来。你还是玩你的业余宝贝，让我到客厅里去看看。大表姐又嚷起来了。"

一场热闹过后，到了晚上。几人坐了汽车回到家里，从××跟踪来的客人陆续都散尽了。大姐姐表演了一出昆剧《游园》，哄着几个小妹妹到厢房客厅里睡觉去了。两人忙了一整天，都似乎十分疲累，需要休息。她一面整理衣物，一面默默地注意到那个朋友。朋友正把五斗橱上一对羊脂玉盒子挪开，把一个青花盘子移到上面去。

像是赞美盘子，又像是赞美她："宝贝，你真好！你累了吗？一定累极了。"

她笑着，话在心里："你一定比我更累，因为我看你把那个盘子搬了五六次。"

"宝贝，今天我们算是结婚了。"

她依然微笑着，意思像在说："我看你今天简直是同瓷器结婚，一时叫我作宝贝，一时又叫那盘子罐子作宝贝。"

"一个人都得有点嗜好，一有嗜好，总就容易积久成癖，欲罢不能。收藏铜玉，我无财力；搜集字画，我无眼力，只有这些小东小西，不大费钱，也不是很无意思的事情。并且人家不要的我来要……"

她依然微笑着，意思像在说："你说什么？人家不要的你要……"

停停，他想想，说错了话，赶忙补充说道："我玩盘子瓶子，是人家不要的我要。至于人呢，恰好是人家想要而得不到的，我要终于得到。宝贝，你真想不到几年来你折磨我成什么样子？"

她依然笑着，意思像在说："我以为你真正爱的，能给你幸福的，还是那些容易破碎的东西。"

他不再说什么了，只是莞尔而笑。话也许对。她可不知道他的嗜好原来别有深意。他似乎追想一件遗忘在记忆后的东西，过了一会儿，自言自语说："碧碧，你今年二十三岁，就做了新嫁娘！当你二十岁时想不想到这一天？甜甜的眉眼，甜甜的脸儿，让一个远到不可想象的男子傍近身边来同过日子。他简直是飞来的。多稀奇古怪的事情！你说，这是个人的选择，还是机运的偶然？若说是命定的，倘若我不在去年过南方去，会不会有现在？若说是人为的，我们难道真是完全由自己安排的？"

她轻轻地呼了一口气。一切都不宜向深处走，路太远了。昨天或明天与今天，在她思想中无从联络。一切若不是命定的，至少好像是非人为的。此后料不到的事还多着哪。她见他还想继续讨论一个不能有结论的问题，于是说："我倦了。时间不早了。"

日子过去了。

接续来到两人生活里的，自然不外乎欢喜同负气，风和雨，小小的伤风感冒，短期的离别，米和煤价的记录，搬家，换厨子，请客或赴宴，红白喜事庆吊送礼。本身呢，怀了孕又生产，为小孩子一再进出医院，从北方过南方，从南方又过北方。一堆日子一堆人事倏然而来且悠然而逝。过了三年。寄住在外祖母身边的小孩子，不知不觉间已将近满两周岁。

这个从本身分裂出来的幼芽，不特已经会大喊大笑，且居然能够坐在小凳子上充汽车夫，知道嘟嘟嘟学汽车叫吼。有两条肥硕脆弱的小腿，一双向上飞扬的眉毛，一种大模大样无可不可的随和性情。一切身边的都证明在不断地变化，尤其是小孩子，一个单独生命的长成，暗示每个新的日子对人赋予一种特殊意义。她是不是也随着这川流不息的日子，变成了另外一个人呢？想起时就如同站在一条广泛无涯的湖边一样，有点茫然自失。她赶忙低下头去用湖水洗洗手。她爱她的孩子，为孩子笑哭迷住了。因为孩子，她忘了昨天，也不甚思索明天。母性情绪的扩张，使她显得更实际了一点。

当她从中学毕业，转入一个私立大学里做一年级学生时，接近她的同学都说她"美"。她觉得有点惊奇，不大相信。心想：什么美？少所见，多所怪罢了。有作用的阿谀不准数，她不需要。她于是谨慎又小心地回避同那些阿谀她的男子接近。

到后她认识了他。他觉得她温柔甜蜜，聪明而朴素。到可以多说点话时，他告他好像爱了她。话还是和其余的人差不多，不过说得稍稍不同罢了。当初她还以为不过是"照样"的事，也自然照样搁下去。人事间阻，使她觉得对他应特别疏远些，特别不温柔甜蜜些，不理会他。她在一种谦退逃遁情形中过了两年。在这些时间中自然有许多同学不得体的殷勤来点缀她的学生生活。她一面在沉默里享用这份不大得体的殷勤，一面也就渐成习惯，用着一种期待，去接受那个陌生人的来信。信中充满了谦卑的爱慕，混合了无望无助的忧郁。她把每个来信从头看到末尾，随后便轻轻地叹一口气，把那些信加上一个记号，收藏到一个小小箱子里去了。毫无疑问，那些冗长的信是能给她一点秘密快乐，帮助她推进某种幻想的。间或一时也想回个信，却不知应当如何措辞。生活呢，相去太远；性情呢，不易明白。说真话，印象中的他瘦小而羞怯，似乎就并不怎么出色。两者之间，好像有一种东西间隔，也许时间有这种能力，可以把那种间隔挪开，那谁知道。然而她已慢慢地从他那长信习惯于看到许多微嫌鲁莽的字眼。她已不怕他。一点爱在沉默里生长了。她依然不理睬他，不曾试用沉默以外任何方式鼓励过他，很谨慎地保持那个距离。她之所以这样做，与其说是为他，不如说是为另外一些不相干的人。她怕人知道，怕人嘲笑，连自己姐姐也不露一丝儿风。然而这是可能的吗？

自然是不可能的。她毕了业，出学校后便住在自己家里，他知道了，计算她对待他应当不同了一点，便冒昧乘了横贯南北的火车，从北方一个海边到她的家乡来看她。一种十分勉强充满了羞怯情绪的晤面，一种不知从何说起的晤面。到临走时，他问她此后作何计划。她告他说得过北京念几年书，看看那个地方大城大房子。到了北京半年后，他又从海边来北京看她。依然是那种用微笑或沉默代替语言的晤面。临走时，他又向她说，生活是有各种各样的，各有好处也各有是处的，此后是不是还值得考虑一下？看她自己。一个新问题来到了她的脑子里，此后是到一个学校里去还是到一个家庭里去？她感觉徘徊。末了她想：一切是机会，幸福若照例是孪生的，昨天碰头的事，今天还会碰头。三年都忍受了，过一年也就不会飞，不会跑——且搁下吧。如此一来当真又搁了半年。另外一个新的机会使她和他成为一个学校的同事。

同在一处时，他向她很蕴藉地说，那些信已快写完了，所以天就让他和她来在一处做事。倘若她不十分讨厌他，似乎应当想一想，用什么方法使他那点痴处保留下来，成为她生命中一种装饰。一个女人在青春时是需要这个装饰的。

为了更谨慎起见，她笑着说，她实在不大懂这个问题，因为问题太艰深。倘若当真把信写完了，那么就不必再写，岂不省事？他神气间有点不高兴，被她看出了。她随即问他，为什么许多很好看的女人他不麻烦，却老缠住她。她又并不是什么美人。事实上她很平凡，老实而不调皮。说真话，不用阿谀，好好地把道理告给她。

他的答复很有趣，美是不固定无界限的名词，凡事凡物对一个人能够激起情绪引起惊讶感到舒服就是美。她由于聪明和谨慎，显得多情而贞洁，容易使人关心或倾心。他觉得她温和的眼光能驯服他的野心，澄清他的杂念。他认识了很多女子，征服他，统一他，唯她有这种魔力或能力。她觉得这解释有意思。不十分诚实，然而美丽，近于阿谀，至少与一般阿谀不同。她还不大了解一个人对于一个人狂热的意义，却乐于得人信任，得人承认。虽一面也打算到两人再要好一点，接近一点，那点"惊讶"也许就会消失，依然同他订婚而且结婚了。

结婚后她记着他说的一番话，很快乐地在一份新的生活中过日子。两人生活习惯全不相同，她便尽力去适应。她一面希望在家庭中成一个模范主妇，一面还想在社会中成一个模范主妇。为人爱好而负责，谦退而克己。她的努力，并不白费，在戚友方面获得普遍的赞颂和同情，在家庭方面无事不井井有条。然而恰如事所必至，那贴身的一个人，因相互之间太密切，她发现了他对她那点"惊讶"，好像被日常生活在腐蚀，越来越少，而另外一种因过去生活已成习惯的任性处，粗疏处，却日益明显。她已明白什么是狂热，且知道他对她依然保有那种近于童稚的狂热，但这东西对日常生活却毫无意义，不大需要。这狂热在另一方面的滥用或误用，更增加她的戒惧。她想照他先前所说的征服他，统一他，实办不到；于是间或不免感到一点幻灭，以及对主妇职务的厌倦。也照例如一般女子，以为结婚是一种错误，一种自己应负一小半责任的错误。她爱他又稍稍恨他。他看出两人之间有一种变迁，他冷了点。

这变迁自然是不可免的。她需要对于这个有更多的了解，更深的认识。明白"惊讶"的消失，事极自然，惊讶的重造，如果她善于调整或控制，也未尝不可能。由于年龄或性别的限制，这事她做不到。既昧于两性间在情绪上自然的变迁，当然就在欢乐生活里掺入一点眼泪。因此每月随同周期而来短期的悒郁、无聊以及小小负气，几乎成为固定的一份。她才二十六岁，还不到能够静静地分析自己的年龄。她为了爱他，退而从容忍中求妥协，对他行为不图了解但求容忍。这容忍正是她厚重品德的另一面。然而这有个限度，她常担心他的行为有一时会溢出她容忍的限度。

他呢，是一个血液里铁质成分太多，精神里幻想成分太多，生活里任性习惯太多的男子。是个用社会做学校，用社会做家庭的男子。也机智，也天真。为人热情而不温柔，好事功，却缺少耐性。虽长于观察人事，然拙于适应人事。爱她，可不善于媚悦她。忠于感觉而忽略责任。特别容易损害她处，是那个热爱人生富于幻想忽略实际的性格，那性格在他个人事业上能够略有成就，在家庭方面就形成一个不可救药的弱点。他早看出自己那毛病，在预备结婚时，为了适应另外一个人的情感起见，必须改造自己。改造自己最具体方法，是搁下个人主要工作，转移嗜好，制止个人幻想的发展。他明白玩物丧志，却想望收集点小东小西，因此增加一点家庭幸福。婚后他对于她认识得更多了一点，明白她对他的希望是"长处保留，弱点去掉"。她的年龄，还不到了解"一个人的性格，在某一方面是长处，于另一方面恰好就是短处"。他希望她对他多有一分了解，与她那容忍美德更需要。到后他明白这不可能。他想：人事常常得此则失彼，有所成必有所毁，服从命定未必是幸福，但也未必是不幸。如今既不能超凡入圣，成一以自己为中心的人，就得克制自己，尊重一个事实；既无意高飞，那必须剪除翅翼。三年来他精神方面显得有点懒惰，有点自弃，有点衰老，有点俗气，然而也就因此，在家庭生活中显得多有一点幸福。

她注意到这些时，听他解释到这些时，自然觉得有点矛盾。一种属于独占情绪与纯理性相互冲突的矛盾。她相信他解释的一部分。对这问题思索向深处走，便感到爱怨的纠缠，痛苦与幸福平分，十分惶恐，不知所向。所以明知人生复杂，但图化零为整，力求简单。善忘而不追究既往，对当前人事力图尽责。删除个人理想，或转移理想成为对小孩关心。易言之，就是尽人力而听天命，当两人在熟人面前被人称谓"佳偶"时，就用微笑表示"也像冤家"的意思；又或从人神气间被目为"冤家"时，仍用微笑表示"实是佳偶"的意思。在一般人看来她很快乐，她自己也就不发掘任何愁闷。她承认现实，现实不至于过分委屈她时，她照例是愉快而活泼，充满了生气过日子的。

过了三年。他从梦中摔碎了一个瓶子，醒来时数数所收集的小碟小碗，已将近三百件。那是压他性灵的沙袋，铰他幻想的剪子。他接着记起了今天是什么日子，面对着尚在沉睡中的她，回想起三年来两人的种种过去。因性格方面不一致处，相互调整的努力，因力所不及，和那意料以外的情形，在两人生活间发生的变化。且检校个人在人我间所有的关系，某方面如何种下了快乐种子，某方面又如何收获了些痛苦果实。更无怜悯地分析自己，解剖自己，爱憎取予之际，如何近于笨拙，如何仿佛聪明。末后便想到那种用物质嗜好自己剪除翅翼的行为，看看三年来一些自由人的生活，以及如昔人所说"跛者不忘履",情感上经常与意外的斗争,脑子渐渐有点糊涂起来了。觉得应当离开这个房间,到有风和阳光的院子里走走,就穿上衣,轻轻地出了卧房。到她醒来时,他已在院中水井边站立一点钟了。

他在井边静静地无意识地觑着院落中那株银杏树,看树叶间微风吹动的方向。辨明风向哪方吹,应向哪方吹,俨然就可以借此悟出人生的秘密。他想,一个人心头上的微风,吹到另外一个人生活里去时,是偶然还是必然?在某种人常受气候年龄环境所控制,在某种人又似乎永远纵横四溢,不可范围。谁是最合理的?人生的理想,是情感的节制恰到好处,还是情感的放肆无边无涯?生命的取予,是昨天的好,当前的好,还是明天的好?

注目一片蓝天,情绪做无边岸的游泳,仿佛过去未来,以及那个虚无,他无往不可以自由前去。他本身就是一个抽象。直到自觉有点茫然时,他才知道自己原来还是站在一个葡萄园的井水边。他摘了一片叶子在手上,想起一个贴身的她,正同葡萄一样,紧紧地植根泥土里,那么生活贴于实际。他不知为什么对自己忽然发生了一点怜悯,一点混合怜悯的爱。"太阳的光和热给地上万物以生命悦乐,我也能够这样做去,必需这样做去。高空不是生物所能住的,我因此还得贴近地面。"

躺在床上的她稍稍不同。

她首先追究三年来属于物质环境的变迁,因这变迁而引起的轻微惆怅与轻微惊讶。旋即从变动中的物质的环境,看出有一种好像毫不改变的东西。她觉得稀奇(似乎稀奇)。原来一切在寒暑交替中都不同了,可是个人却依然和数年前在大学校里读书时差不多。这种差不多的地方,从一些生人熟人眼色语言里可以证明,从一面镜子中也可以证明。

她记起一个朋友提起关于她的几句话，说那话时朋友带着一种可笑的惊讶神气。"你们都说碧碧比那新娘子表妹年纪大，已经二十六岁，有了个孩子。二十六岁了，谁相信？面貌和神气，都不像个大人，小孩子已两岁，她自己还像个孩子！"

一个老姑母说的笑话更有意思："碧碧，前年我见你，年纪像比大弟弟小些；今年我看你，好像比五弟弟也小些了。你做新娘子时比姐姐好看，生了孩子，比妹妹也好看了。你今年二十六岁，我看只是二十二岁。"

想起这些话，她觉得好笑。人已二十六岁，再过四个足年就是三十，一个女子青春的峰顶，接着就是那一段峻急下坡路；一个妇人，一个管家婆，一个体质日趋肥硕性情日变随和的中年太太，再下去不远就是儿孙绕膝的老祖母。一种命定的谁也不可避免的变化。虽然这事在某些人日子过得似乎特别快，某些人又稍慢一些，然而总得变化！可是如今看来，她却至少还有十个年头才到三十岁关口。在许多人眼睛里因为那双眼睛同一张甜甜的脸儿，都把她估作二十二到二十四岁。都以为她还是在大学里念书。都不大相信她会做了三年主妇，还有了个两岁大孩子。算起来，这是一个如何可笑的错误！这点错误却俨然当真把她年龄缩小了。从老姑母戏谑里，从近身一个人的狂热里，都证明这错误是很自然的，且将继续下去的。仿佛虽然岁月在这个广大人间不息地成毁一切，在任何人事上都有新和旧的交替，但间或也有例外，就是属于个人的青春美丽的常驻。这美丽本身并无多大意义，尤其是若把人为的修饰也称为美丽的今日。好处却在过去一时，它若曾经激动过一些人的神经，缠缚着一些人的感情，当前还好好保存，毫无损失。那些陌生的熟悉的远远近近的男子因她那青春而来的一点痴处，一点鲁莽处，一点从淡淡的友谊而引起的忧郁或沉默，一点从微笑或一瞥里新生的爱，都好好保存，毫无损失。她觉得快乐。她很满意自己那双干净而秀气浅褐颜色的小手。她以为她那眉眼耳鼻，上帝造做时并不十分马虎。她本能地感觉到她对于某种性情的熟人，能够煽起他一种特别亲切好感，若她自愿，还可给予那些陌生人一点烦恼或幸福（她那对于一个女子各种德行的敏感，也就因为从那各种德行履行中，可以得到旁人对她的赞颂，增加旁人对她的爱慕）。她觉得青春的美丽能征服人，品德又足相符，不是为骄傲，不是为虚荣，只为的是快乐；美貌和美德，同样能给她以快乐。

其时她正想起一个诗人所说的"日子如长流水逝去，带走了这世界一切，却不曾带走爱情的幻影，童年的梦，和可爱的人的笑和颦"，有点害羞，似乎因自己想象的荒唐处而害羞。他回到房中来了。

她看他那神色似乎有点不大好。她问他说：

"怎么的？不记得今天是什么日子了吗？为什么一个人起来得那么早，悄悄跑出去？"

他说："为了爱你，我想起了许多我们过去的事情。"

"我呢，也想起许多过去的事情。吻我。你瞧我多好！我今天很快乐，因为今天是我们两个人最可纪念的一天！"

他勉强微笑着说："宝贝，你是个好主妇。你真好，许多人都觉得你好。"

"许多人，许多什么人？人家觉得我好，可是你却不大关心我，不大注意我。你不爱我！至少是你并不整个属于我。"她说的话虽挺真，却毫无生气意思。故意装作不大高兴的神气，把脸用被头蒙住，暗地里咕咕笑着。

一会儿猛然把绸被掀去，伸出两条圆圆的臂膀搂着他的脖子，很快乐地说道："宝贝，你不知道我如何爱你！"

一缕新生忧愁侵入他的情绪里。他不知道自己应当如何来努力，就可以使她高兴一点，对生活满意一点，对他多了解一点，对她自己也认识清楚一点。他觉得她太年轻了，精神方面比年龄尤其年轻。因此她当前不大懂他，此后也不大会懂他。虽然她爱他，异常爱他。他呢，愿意如她所希望的"完全属于她"，可是不知道如何一来，就能够完全属于她。

灯

　　因为有个穿青衣服的女人，常到住处来，见桌上的一个灯，非常旧且非常清洁，想知道这灯被主人敬视的理由，所以他就告给这青衣女人关于这个灯的故事。

　　两年前我住到这里，在××教了一点书，仍然是这样两间小房子，前面办事后面睡觉，一个人住下来。那时正是五月间，不知为什么事情，住处的灯总非常容易失职。一到了晚间，或者刚刚把饭碗筷子摆上了桌子，认清楚了菜蔬，正想由那形色方面，对于我厨子加以一点不失诚实的称赞，灯忽然一熄，晚饭就吃不成了。有时是饭后正预备开始做一点事或看看书的时节，有时是有客人拿了什么问题同我来讨论的时节，就像有意捣乱那种神气，灯会忽然熄灭了的。有几回，正当我同一个朋友，把一段不下注解的章草，从那形体上加以估计的当儿，或者是把一个印章考察它的真伪中间，灯骤然熄灭，朋友同我皆非常扫兴。从来不曾开口骂过人的书画家××，也不能节制这点愤怒，把电灯公司对于市民的不尽职，加以不容恕的指摘了。

　　这事情发生了几几乎有半个月，似乎有人责问过电灯公司，公司方面的答复，放在当地报纸上登载出来，情形仿佛是完全推诿到由于

"天气"。既不是公司的那一方面的过失，所以小换钱铺子的洋烛，每包便忽然比上月贵了五个铜子了。洋烛涨价这件事，是从为我照料饮食的厨子方面知道的。这当家人对于上海人故意居奇的行为，每到晚上为我把饭菜拿来，唯恐电灯熄灭，在预先就点上一支洋烛的情形下，总要同我说过一次的。

这人是一个非常忠诚的中年人。这人年纪很轻的时节，就随同我的父亲到过中国的西北东北，出过外蒙古，上过四川。他一个人又走过云南、广西。在家乡，且看守过我祖父的坟墓，很有了些年月。上年随了北伐军队过山东，在济南府眼见日本军队对于济南省平民所施的暴行，那时他在七十一团一个连上做司务长，一个晚上被机关枪的威胁，糊糊涂涂走出了团部，把一切东西全损失了。人既空手逃回南京，听到一个熟人说我在这里住，所以就写了信来，说是愿意来侍候我。我告给他来玩玩是很好的，要找事做恐怕不行，我生活也非常简单，来玩玩，住一会儿，想要回去了，我或者能设点法，只是莫希望太大。到后人当真就来了。初次见到，一身灰色中山布军服，衣服又小又旧，好像还是三年前国民革命军初过湖南时节缝就的。一个巍然峨然的身体，就拘束到这军服中间。另外随身的只一个小小包袱，一个热水瓶，一把牙刷，一双黄杨木筷子，热水瓶像千里镜那么佩到身边，牙刷是放在衣袋里，筷子是仿照军营中老规矩插在包袱外面，所以我能够一望就知道的。这真是我日夜做梦的伙计！这个人，一切都使我满意，一切外表以及隐藏在这样外表下的一颗单纯优良的心，我不必同他说话也就全部清楚了！

既来到了我这里，我们要谈的话可多了。从我祖父谈起，一直到我父亲同他说过的还未出世的孙子为止，他都想在一个时节里同我说及。他对于我家里的事情永远不至于说厌，对于他自己的经历又永远不会说完。实在太动人了，请想想，一个差不多用脚走过半个中国的五十岁的人物，看过庚子的变乱，看过辛亥的改革，参加过多少战争，跋涉过多少山水，吃过多少异样的饭，睡过多少异样的床，简直是一部永远翻看不完的名著！我的嗜好即刻就很深很深地染上了。只要一有空闲我即刻就问他这样那样，只要问到，我所得的经验都是些动人的事实。

　　因为平常时节我的饮食是委托了房东娘姨包办的，所以十六块钱一个月，每天两顿，一些菜蔬总是任凭这江北妇人意思安排。这主人看透了我的性格，知道我对于饮食不大苛刻，今天一碟大蚕豆，明天一碟小青蚶，到后天又是一碟蚕豆。总而言之，蚕豆同青蚶是少不了的好菜。另外则吃肉时无论如何总不至于忘记加一点儿糖，吃鱼多不用油煎，只放到饭上去蒸，就拿来加点酱油摆上桌子。本来像做客的他，吃过了两天空饭，到第三天实在看不惯，问我要了点钱。从我手上拿了十块钱去的他，先是不告我这钱的用处，到下午，把一切吃饭用的东西通通买来了。这事在先我还一点儿不知道，一直到应当吃晚饭时节，这老兵，仍然是老兵打扮，恭恭敬敬地把所有由自己两手做成的饭菜，放到我那做事桌上来，笑眯眯地说这是自己试做的，而且声明以后也将这样做下去。从那人的风味上，从那菜饭的风味上，都使我对于过去的军营生活生出一种眷念，就一面吃饭一面同他谈军中事情。把饭吃过后，这司务长收拾了碗筷，回到灶房去，过一阵，我正坐在桌边凭借一支烛光看改从学校方面携回的卷子，忽然门一开，这老兵闪进来了，像本来原知道这不是军营，但忽然因为电灯熄灭，房中代替的是烛光，坐在桌边的我还不缺少一个连长的风度，这人恢复了童心，对我取了军中上士的规矩，喊了一声"报告"，站在门边不动。"什么事情？"听到我问他了，才走近我身边来，呈上一个单子，写了一篇账。原来这人是同我来算伙食账的！我当时几几乎要生气了，望到这人的脸，想起司务长的职务，却只有笑了。"怎么这样同我麻烦?""我要弄明白好一点。我要你知道，自己做，我们两个人每月都用不到十六块钱。别人每天把你蚌壳吃，每天是过夜的饭，你还送十六块！""这样你不是太累了吗？""累！煮饭做菜难道是下河抬石头？你真是少爷！"望望这好人的脸，我无话可说了。我不答应是不行的。所以到后做饭做菜就派归这个老兵了。

这老兵，到这儿都会上来，因为衣服太不相称，我预备为他缝一点衣，问他欢喜要什么样子，他总不作声。有一次，知道我得了许多钱，才问我要了十块钱，到晚上，不知往什么地方买了两套呢布中山服，一双旧皮靴，还有刺马轮，把我看时非常满意。我说："你到这地方何必穿这个？你不是现役军官，也正像我一样，穿长衣好！""我永远是军人。"我有一个军官厨子，这句话的来源是这样发生的。

电灯的熄灭，在先还只少许时间，一会儿就恢复了光明，到后来越发不成样子，所以每次吃饭都少不了一支烛。但是这老兵，不知从什么地方又买来了一个旧灯，擦得罩子非常清洁，把灯头剪成圆形，放到我桌子上来了。因为我明白了他的脾气，也不大好意思说到上海地方用灯是愚蠢事情。电灯既然不大称职，有这灯也真给了我不少方便。因为不愿意受那电灯时明时灭的作弄，索性把这灯放在桌上，到了夜里，望着那清莹透明的灯罩，以及从那里放散的薄明微黄的灯光，面前又站得是那古典风度的军人，总使我常常幻想到那些驻有一营人马的古庙，同小乡村的旅店，发生许多幻想。我是曾经太与那些东西相熟，因为都市生活的缠缚，又太与那些世界离远了的。我到了这些时候，不能不对于目下的生活，感到一点烦躁了。这是什么生活呢？一天爬上讲台去，那么庄严，那么不儿戏，也同时是那么虚伪，站在那小四方木榻上，谈这个那个，说一些废话谎话，这本书上如此说，那本书上又如此说。说了一阵，自己仿佛受了催眠，渐渐觉得是把问题引到严重方面去。待听到下面什么声音一响，憬然有所觉悟，再注意一下学生，才明白原来有几个快要在本学期终了就戴方帽儿的学士某君，已经伏在桌上打盹，这么一来，头绪完全为这现象把它纷乱了。到了教员休息室里，一些有教养的绅士，一得到机会，就是一句聪明询问："天气好，又有小说材料！"在他们自己，或者还非常得意，以为这是一种保持教授身份的雅谑，但是听到这个蠢话，望望那些扁平的脸嘴，觉得同这些吃肉睡觉打哈哈的人，不能有所争持，只得认了输，一句话不说，走出外面长廊下去晒太阳。到了外面，又是一些学生，取包围声势走拢来，谈天气，谈这个那个，似乎我因为教了点课，就必得负了一种义务，随时来告他们所谓作家们的逸事，似乎就说点这些空话，他们也就算了解文学了。从学校返回家里，坐近满是稿件以及各处寄来的新书新杂志的桌前，很努力地把桌面匀出一个位置，放下从学校带回的一束文章，一行一行地来过目，第一篇，五个"心灵儿为爱所碎"，第二篇有了七个，第三篇是革命的了，有泪有血，仍然不缺少"爱"。把一堆文章看过一小部分，看看天气有黑下来的样子，弄堂对过王寡妇家中三个年轻女儿，照例到了时候把话匣子一开，意大利情歌一唱，我忽然感到小小冤屈，什么事也不能做，觉得自己究竟还是从农村培养长大的人，现在所处的世界，仍然不是自己所习惯的世界，都会生活得厌倦，生存得厌倦，愿意同这世界一切好处离开，愿意再去做十四吊钱的屠税收捐员，坐到团防局，听为雨水汇成小潭的院中青蛙叫，用夺金标笔写索靖《出师颂》同钟繇《宣示表》了。但是当我面对这煤油灯，当我在煤油灯不安定的光度下，望到那安详的和平的老兵的脸，望到那古典的家乡风味的略显弯曲的上身，我忘记了白日的辛苦，忘记了当前的混乱，转为对于这个人的精神发生极大兴味了。

"怎么样？是不是懂得军歌呢？"我这样问他，同他开一点小小玩笑。

他就说:"怎么军人不懂军歌?我不懂洋歌。"

"不懂也很好,山歌懂不懂?"

"看是什么山歌。"

"难道山歌有两样山歌吗?'天上起云云重云''天上起云云起花',①全是好山歌,我小时不明白。后来在游击支队司令杨处做小兵,太放肆了,每天吃我们所说过的那种狗肉,唱我们现在所说的这种山歌,真是小神仙。"

"我们是不好意思唱那种山歌的。一个正派军人,这样撒野算是犯罪。"

"那我是罪恶滔天了。可是我很挂念那些新从父母身边盘养大的人,因为不知这时在这样好天气下,还有这种歌在一些人口中唱着没有。"

"好的都完了!好人同好风俗,都被一个不认识的运气带走了。就像这个灯,我在上年同老爷到乡下去住,就全是这样灯。"

老兵到这些事上,有了因为清油灯的消灭,使我们常常见到的乡绅一般的感慨了。

我们这样谈着,凭了这诱人的空气,诱人的声音,我正迷醉到一个古旧的世界里,非常感动,可是这老兵,总是听到外面楼廊房东主人的钟响了九下,即或是大声地咄他,要他坐到椅子上,把话继续谈下去也不行。一到时候了,很关心地看了一下我的卧室,很有礼貌地行了个房中的军人礼,用着极其动人的神气,站在那椅子边告了辞,就走下楼到亭子间睡去了。这是为什么?他怕耽搁我的事情,恐我睡得太迟,所以明明白白有许多话他很欢喜谈到的,他也必得留到第二天来继续。谈闲话总不过九点,竟是这个老兵的军法,一点不能通融,

---

① 是两首山歌的第一句。

所以每当到他走去后，我总觉得有一些新的寂寞安置到心上一角，做事总不大能够安定。

因为当到我面前，这个老兵以他五十年的生活经验，吓人的丰富，消化入他的脑中，同我谈及一切。平常时节对于以农村因经济影响到社会组织来写成的短篇小说，是我永远不缺少兴味的工作，但如今想要写一个短篇的短篇，也像是不好下笔了。我有什么方法可以把这个人的单纯优美的灵魂，平平地来安置到这纸上？望到这人的颜色，听到这人的声音，我感觉过去另外一时所写作的人生的平凡。我实在懂得太少了。单是那眼睛，带一点儿忧愁，同时或不缺少对于未来作一种极信托的乐观，看人时总像有什么言语要从那无睫毛的微褐的眼眶内流出，我是缺少气力来为作一种说明的。望着他一句话不说，或者是我们正谈到那些战事，那些把好人家房子一把火烧掉，牵了农人母牛奏凯回营的战事，这老兵忽然想起了什么，不再说话。我猜想他是要说一些话的，但言语在这老兵头脑中好像不大够用，一到这些事情上，他便哑口了。他只望到我！或者他也能够明白我对于他的同意，所以后来总是很温柔地也很妩媚地一笑，把头点点就转移了一个方向，唱了一支四句头的山歌。他哪里料得到我在这些情形下所生的动摇！我望着这老兵一个动作，就觉得看见了中国多数愚蠢的朋友，他们是那么愚蠢，同时又是那么正直，那最东方的古民族和平灵魂，为时代所带走，安置到这毫不相称的战乱世界里来，那种忧郁，那种拘束，把生活妥协到新的天地中，所做的梦，却永远是另一个天地的光与色，我简直要哭了。

有时，就因为这些感觉扰乱了我，我不免生了小小的气，似乎带了点埋怨神气，要他出去玩玩，不必尽待在我房中。他就像一尾鱼那么悄悄地溜出去，一句话不说。看到那样子我又有点不安，就问他："是不是想看戏？"恐怕他没有钱了，就一面送了他两块钱，说明白这是可以拿去随意花到大世界或者什么舞台之类地方的。他仍然望了我一下，很不自然地做了一个笑样子，把钱拿到手上，走下楼去了。我照例做事多数到十二点才上床，先是听到这个老兵开了门出去，大约有十点多样子，又转来了。我以为若不是看过戏，一定也是喝了一点酒，或者照例在可以做赌博的事情上狂了一会儿，把钱用掉回来了，也就不去过问。谁知第二天，午饭时就有了一钵清蒸母鸡放在桌上，对于这鸡的来源，我不敢询问，我们就相互交换了一个微笑，在这当儿我又从那褐色眼睛里看到流动了那种说不分明的言语。我只能说："应当喝一杯，你不是很能喝吗？""已经买得了的，这里的酒是火酒，亏我找，到后找到了一家乡亲铺子，才得那么一点点米酒。"仿佛先是不好意思劝我喝，听到说及酒，于是忙匆匆地走下楼去，用小杯子倒了半杯白酒，并且把那个酒瓶也拿来了。"你喝一点点，莫多吃。"本来不能喝酒不想喝酒的我，也不好意思拒绝这件事了。把酒喝下，接过了杯子，自己又倒了小半杯，向口中一灌，抿抿嘴，对我笑了一会儿，一句话不说，又拿着瓶子下楼去了。第二天还是鸡，就因为上海的鸡只要一块钱一只。

学校的事这老兵士像是漠不关心的。他问过我那些大学生将来做些什么事，是不是每人都去做县长。他又问过我学校每月应当送我多少钱，这薪水是不是像军队请饷一样，一起了战争就受影响。但他的意思全不是对于学校的关心。他想知道学生是不是都去做县长，只是要明白我有多少门生是将来的知事老爷。他问欠薪不欠薪，只是要明白我究竟钱够不够用。他最关心的是我的生活。这好人，越来越不守本分，对于我的生活，先还是事事赞同，到后来，好像找出了许多责任，不拘是我愿不愿意，只要有机会总就要谈到了。即或不是像一些不懂事故的长辈那种偏见的批评，但对那些问题，他的笑，他的无言语的轻轻叹息，都代表了他的语言，使我感受不安。我当然不好生他的气，我不能把他踢下楼梯去，也不好意思骂他。他实在又并不加上多少意见，对于我的生活，他就只是反抗，就只是否认，对于我这样年龄，还不打量找寻一个太太，他比任何人皆感觉到不平。在先我只装作不懂他的意思，尽他去自言自语，每天只同他讨论点军中生活，以及各地各不相同的风俗习惯。到后来他简直有点麻烦人了，并且他那麻烦，又永远使人感到他是诚实的麻烦。所以我只得告他我是对于这件事毫无办法的，因为做绅士的方便我得不到，做学生的方便我也得不到，所以不能注意这些空事情。我还以为同他这样一说，自然就一切谅解，此后就不再也不会受他的批评了。谁知因此一来更糟了。他仿佛把责任放在他自己身上去，从此与我来往的女人，皆被他所注意了。每一个来我住处的女人，或者是朋友，或者是学生，在客人谈话中间，不待我的呼唤，总忽然见到他买了一些水果，把一个盘子装来，非常恭敬地送上，到后就站到门外楼梯上去听我们谈话，待到我送客人下楼时，常常又见他故意做成在梯边找寻什么东西神情，目送客人出门，客人走去后，总又装成无意思的样子，从我口中探寻这女人一切，且窥探我的意思，他并且不忘记对这客人的风度言语加以一种批评，常常引用他所知道的"麻衣相法"，论及什么女人多子，什么女人聪明贤惠，若不是看出我的厌烦，绝不轻易把问题移开。他虽然这样关心这件事情，暗示了我什么女人多福，什么女人多寿，但他总还以为他用的计策非常高明。他以为这些关心是永远不会为我明白的，他并不是不懂得到他的地位。这些事在先我实在也是不曾注意的，不过稍稍长久一点，我可就看出这好管闲事的人，是如何把同我来往的女人加以分析了。对于这种行为他所给我的还是忧愁，我不能恨他，又不能同他解释，又不能同他好好商量，只有少同他谈到这些事情为妙。

这老兵，在那单纯的正直的脑中，还不知为我设了多少法，尽了帮助我得到一个女人的多少设计的义务！他那欲望隐藏到心上，以为我完全不了解，其实我什么都懂。他不单是盼望他可以有一个机会，把他那从市上买来的呢布军服穿得整整齐齐，站到亚东饭店门前去为我结婚日子的迎宾主事，还非常愿意穿了军服，把我的小孩子，打扮得像一个将军的儿子，抱到公园中去玩！他在我身上，一定还做得最夸张的梦，梦到我带了妻儿、光荣、金钱回转乡下去，他骑了一匹马最先进城，对于那些来迎接我的同乡亲戚朋友，如何询问他，他又如何飞马地走去，一直跑到家里，禀告老太太，让一个小小县城的人如何惊讶到这一次的荣归！他这些希望，十余年前放到我的父亲身上，失败了，后来又放到我的哥哥身上，哥哥又失败了，如今是只有我可以安置他这可怜希望了。他那对于我们父兄如何从衰颓家声中爬起恢复原来壮观的希望，在父亲方面受了非常的打击，父亲是回家了，眼看到那老主人，从西北，从外蒙古，带了因与马贼作战的腰痛，带了沙漠的荒凉，带了因频年争斗的衰老，回到家乡去做他那默默无闻的上校军医正了。他又看到哥哥从东北，从那些军队生活中，得到奉天省人的粗豪与黑龙江人的勇迈坚忍，从流浪中，得到了上海都市生活的嚣杂兴味，也转到家乡做画师去了。还有我的弟弟，这老兵认为同志却尚无机会见到的弟弟，从广东得了冰冷的铁与热烈的革命的血两种糅合的经验，用起码下级军官的名分，打岳州，打武昌，打南昌，打龙潭，侥幸中的安全，引起了对生存深的感喟，带了喊呼、奔突、死亡、腐烂、一时代人类愚蠢、兴奋、高潮各种印象，也寂寞地回到家乡，在那参军闲散职分上过着休息的日子了。他如今只认为我这无用人，可以寄托他那最无私心最诚恳的希望。他以为我做的事比父兄们的都可以把它更夸张地排列到故乡人眼下，给那些人一些歆羡，一些惊讶，一些永远不会忘记的豪华光荣。

我在这样一个人面前，感到忧郁，也十分感到羞惭。因为那仿佛由于自己脑中成立的海市，而又在这海市景致中对于海市中人物的我的生活加以纯然天真的信仰，我不好意思把这老兵的梦戳破，也好像缺少那戳破这个梦的权利了。

　　可是我将怎么来同这老兵安安静静生活下去？我做的事太同我这老家人的梦离远了。我简直怕见他了。我只告他现在做点文章教点书，社会上对我如何好，在他那方面，又总是常常看到体面的有身份朋友同我来往，还有那更体面的精致如酥如奶做成的年轻女人到我住处来，他知道我许多关于表面的生活，这些情形就坚固了他的好梦。他极力在那里忍耐，保持着他做仆人的身份，但越节制到自己，也就越容易对于我的孤单感到同情。这另一世界长大的人，虽然有了五十岁，完全不知道我们的世界是与他的世界两样。他没有料得到来我处的人同我生活的距离是多远，他没有知道我写一个短篇小说得费去多少精力，他没有知道我如何与女人疏隔，与生活幸福离开。他像许多人那样，看到了我的外表，他称赞我，也如一般人所加的赞美一样，以为我聪明，以为我待人很好，以为我不应当太不讲究生活，疏忽了一身的康健。这个人，他还同意我的气概，以为这只是一个从军籍中出身才有的好气概！凡是这些他全在另一时用口用眼睛用行动都表示到了的。许多时候当这个人面前时节，我觉得无一句话可说，若是必须要做些什么事，最相宜的，倒真是痛痛地打他一顿较好。

　　那时到我处来往次数最多的，是一个穿蓝衣服的女孩子，好像一年四季这人都穿的是蓝颜色，也只有蓝色同这女人相称。这是我一个最熟的人，每次来总有很多话说，一则因为这女子是一个××分子，二则是这人常常拿了文章来我处商量。因为这女人把我当成一个最可靠的朋友，我也无事不与她说到。我的老管家私下注意了这女人许多日子，他看准了这个人一切同我相合。他一切同意。就因为一切同意，比一个做母亲的还细腻，每次当这客人来到时，他总故意逗留到我房中，意思很愿意我向女人提及他。他又常常采用了那种学来的官家体裁，在我面前问女人这样那样。我不好对于他这种兴味加以阻碍，自然同女人谈到他的生活，谈到他为人的正直，以及经验的丰富等事情，渐渐地，时间一长，女人对于他自然也发生一种友谊了。可是这样一来，当他同我两个人在一块儿时，这老兵，这行伍中风霜冰雪死亡饥饿打就的结实的心，谈到我婚姻问题上，完全柔软如蜡了。他觉得我若是不打量同那蓝衣女人同住，简直就是一种罪过。他把这些意见带着了责备样子很庄严地来同我讨论过。

先是这老兵还不大好意思同女人谈话，女人问到这样那样，像请他说故事么把生活经验告给她听时，这老兵，总还用着略略拘束的神气，又似乎有点害羞，非常矜持地同女人谈话。后来因为一熟悉，竟同女人谈到我的生活来了！他要女人劝我做一个人，劝我少做点事，劝我稍稍顾全一点穿衣吃饭的绅士风度，劝我……虽然这些话谈及时，总是当着我的面，却又取了一种在他以为是最好的体裁来提的。他说的只是我家里父亲以前怎么样讲究排场，我弟兄又如何亲爱为乡下人所敬视，母亲又如何贤惠温和。他实正在用了一种最笨拙的手段，暗示到女人应当明白做这人家的媳妇是如何相宜的。提到这些，因为那稍稍近于夸张处，这老兵虑及我的不高兴，一面谈说一面对我笑，好像不许我开口。把话说完，看看女人，仿佛看清楚了女人已经为他一番话所动摇，责任已尽，这人就非常满意，同我飞了一个眼风，奏凯似的橐橐走下楼预备点心去了。

他见我写信回到乡下去，总问我，是不是告给了老太太有一个非常……的女人？他意思是非常"要好"非常"相称"这一类名词，当发现我眉毛一皱，这老兵，就"吓""吓"地低低喊着，带着"这是笑话，也是好意，不要见怪"的要求神气赶忙站远了一点，占据到屋角一隅去，好像怕我会要当真动手攫了墨水瓶掷到他头上去。

然而另外任何时节，他是不会忘记谈到那蓝衣女子的。

我能在这些事上有什么办法？我既然不能像我的弟弟那样，处置多嘴的副兵用马粪填口，又不能像我的父亲，用废话去支使他走路。我一见了这老兵就只有苦笑，听他谈到他自己生活同谈到我的希望，都完全是这个样子。这人并不是可以请求就能缄默的。就是口哑了，但那一举一动，他总不忘记使你看出他是在用一颗善良的心为你打算一切。他不缺少一个戏子的天才，他的技巧，使我见到只有感动。

有一天，穿蓝衣的女人来到我的住处，第一次我不在家，老兵同女人说了许多话（从后来他的神气上，我知道他在与女人谈话时节一定是用了一个对主人的恭敬而又亲切的态度应答着的）。因为恐怕我不能即刻回家，就走了。我回来时老兵正同我讨论到女人，女人又来了。那时因为还没有吃晚饭，这老兵听说要招待这个女客了，显然十分高兴，走下楼去，到吃饭时，菜蔬排列到桌上，却有料不到的丰盛。不知从什么地方学得了规矩，知道了女客不吃辣子，平素最欢喜用辣子的煎鱼，也做成甜醋的味道排上桌子了。

把饭吃过，这老兵不待呼唤，又去把苹果拿来，把茶杯倒满了从酒精炉子烧好的开水，一切布置妥帖了，趑趄了好一会儿才走出去。他到楼下喝酒去了。他觉得非常快乐。他的梦展开在他眼前，一个主人，一个主妇，在酒杯中，他一定还看到他的小主人，穿陆军制服，像在马路上所常常见到的小洋人，走路挺直，小小的皮靴套在白嫩的脚上，在他前面忙走，他就用一个军官的姿势，很有身份很觉尊贵的在后面慢慢跟着。他因为我这个客人的来临，把梦肆无忌惮地做下去了。可是，真可怜，来此的朋友，是告我她的爱人 W 君的情形，他们在下个月过北平去，他们将在北平结婚！无意中，这"结婚"的字眼，断章取义地又为那尖耳朵老战马听去，他自以为一切事果不出其所料，他相信这预兆，也非常相信这未来的事情，到女人走去，我正伏到桌子旁边，为这朋友的好消息感到喜悦，也感到一点应有的惘怅时节，喝了稍稍过量的酒的好人，一个红红的脸在我面前晃动了。

"今天你喝多了，你怎么忽然有这样好菜，客人说从没有吃过这样菜。"

本来要笑的他，听到这个话样子更像猫儿了。他说："今天我快乐。"

我说："你应当快乐。"

他分辩，同我故意争持："怎么叫作应当？我不明白！我从来没有今天快乐！我喝了半瓶白酒了！"

"明天又去买，多买一瓶存放身边，你到这里别的没有，酒总是当要让你喝够量！"

"这样喝酒我从不曾有过。我应当快乐！为什么应当？我常常是不快乐！我想起老爷，那种运气，快乐不来了。我想起大少爷，那种体格，也不能快乐了。我想起三少爷，我听人说到他一点儿，一个豹子，一个金钱豹，一个有脾气有作为的人，我要跟到他去打仗，我要跟到他去冲锋，捏了枪，爬过障碍物，吼一声杀，把刺刀劐到北佬胸膛里去。我要向他请教，手榴弹七秒钟的引线，应当如何抛去。但同他们在一处的都烂了，都埋成一堆，我听到人家说，四期黄浦军官生在龙潭作战的全烂了，两个月从那里过身，还有使人作呕臭气味，三少爷命好，他仍然能够骑马到黄罗寨打他的野猪，一个英雄！我不快乐，因为想起了他不做师长。你呢，我也不快乐。你身体多坏！你为什么不——"

"早睡点好不好？我要做点事情，我心里不大高兴。"

"你瞒我。你把我当外人。我耳朵是老马耳朵，听得懂的，我知道我要吃喜酒，你这些事都不愿意同我说，我明天回去了。"

"你听到什么？有什么事说我瞒你？"

"我懂我懂，我求你——你还不知道我这时的心里像什么样子！"

说到这里，这老兵哭了。那么一个中年人，一个老军人，一个……他真像一个小孩子哭了。但我知道这哭是为欢喜而流泪的。他以为我快要与刚走去不久的女人结婚。他知道我终久不能瞒他，也不愿意瞒他。他知道还有许多事我都不能缺少他。他知道这事情不拘大小，要他尽力的地方很多。他有了一个女主人，从此他的梦更坚固更实在地在那单纯的心中展开，欢喜得非哭不可了。他这感情是我即刻就看清楚了的。他同时也告给我哭的理由了，一面忙匆匆地又像很害羞地用那有毛的大手掌拭他的眼泪，一面就问我是什么日子，是不是要到吴瞎子处去问问，也选择一下，从一点俗。

一切事都使我哭笑两难。我不能打他骂他。他实在又不是吃醉了酒的人。他只顽固地相信我对于这事情不应当瞒他，还劝我打一个电报，把这件事即刻通知七千里外的几个家中人。他称赞那女人，他告我白天就同女人谈了一些话，很懂得这女人一定会是老太太所欢喜的媳妇。

我不得不把一切事在一种极安静的态度下为他说明。他望到我，把口张着，听完我的解释，信任了我的话，后来看到他那颜色惨沮的样子，我不得不谎了他一下，又告他我另外有了一个女人，相貌性情都同这穿蓝衣的女人差不多。可是这老兵，只愿意相信我前面那一段说明，对于后一段明白是我的谎话。我把话谈到末了，他毫不作声，那黄黄的小眼睛里，酿了满满的一泡眼泪，他又哭了。本来是非常强健的身体，到这时显出万分衰弱的神情了。

楼廊下的钟已经响了十点。

"睡去，明天我们再谈好不好？"

听到我的请求，这老兵忽然又像觉悟了自己的冒失，装成笑样子，自责似的说自己喝多点酒就像颠子，且赌咒以后一定要戒酒，又问我明天欢喜吃鲫鱼没有。我不作声，他懂得我心里难过处，他望到桌上那一个建漆盘子里面的苹果皮，拿了盘子，又取了鱼的溜势，溜了出去，悄悄地把门拉拢，一步一步走下楼梯去了。听到那衰弱的脚，踏着楼梯的声音，我觉得非常悲哀。这中年人给我的一切印象，都使我对于人生多一个反省的机会，且使我感觉到人类的关系，在某一姿态下，所谓人情的认识，全是酸辛，全是难于措置的纠葛。这人走后听响过十二点钟我还没有睡觉，正思索到这些琐碎人情上，失去了心上的平衡。忽然楼梯上有一种极轻的声音，走近了门口，我猜得着这必定是他又来扰我了，他一定是因为我的不睡觉，所以来督促我上床了，就赶忙把桌前的灯扭小，就听到一个低低的叹息起自门外。我不好意思拒绝这老兵好意了，我说："你听吧，我事情已经做完，就要睡了。"外面没有声音，待一会儿我去开门，他已经早下楼去了。

经过这一次喜剧的排场，老兵性格变更了。他当真不再买酒吃了，问他什么缘故，就只说市上全是掺火酒的假酒。他不再同我谈女人，女客来我处，好像也不大有兴味加以注意了。他对我的工作，把往日的乐观成分抽去，从我的工作上看出我的苦闷，我不作声时，他不大敢同我说及生活上的希望了。他把自己的梦，安置到一个新的方向上来，却仿佛更大方更夸诞了一点，做出很高兴的样子，但心上那希望，似乎越缩越小得可怜。他不再责备我储蓄点钱预备留给一个家庭支配，也不对于我的衣服缺少整洁加以非难了。

我们互相了解得多一点，我仍然是那么保持到一种同世界绝缘的寂寞生活，并不因为气候时间有所不同，在老兵那一方面，由于从我这里，他得到了一些本来不必得到的认识，那些破灭的梦，永远无法再用一个理由把它重新拼合成为全圆，老兵的寂寞，比我更可怜了。关于光明生活的估计，从前完全由他提出，我虽加以否认也毫无办法挫折他的勇气，但后来反而需要我来为他说明那些梦的根据，如何可以做到如何可以满意，帮助他把梦继续来维持了。

但是那蓝衣女人，预备过北平结婚去了，到我住处来辞行，老兵听说女人又要到此吃饭，却只在平常饭菜上加了一样素菜，而且把菜拿来时节那种样子，真是使人不欢的样子。这情形只有我明白。不知为什么，我那时反而不缺少一点愉快，因为我看到这老兵，在他名分上哀乐的认真。一些情感上的固执，绝对不放松，本来应当可怜他，也应当可怜自己，但因为本来就没有对那女人作另外打算的我，因为老兵糊涂的梦，几几乎把我也引到烦恼里去，如今看到这难堪的嘴脸，我好像报了小小的仇，忘记自己应当同情他了。

从此蓝衣女人在我的书房绝了踪迹，而且更坏的是两个青年男女，到天津皆被捕了。我没有把这件事告过老兵，那老兵也从不曾问到过。我明白他不但有点恨那女人，也似乎有点恨我的。

本来是答应同我在七月暑假时节，一块儿转回乡下去，因为我已经有八年不曾看过我那地方的天空，踹过我那地方的土泥，他也有了六年没有回去了，可是到仅仅只有十八天要放假的六月初，福建方面起了战事，他要我送他点路费，说想到南京去玩玩。我看他脾气越来越沉静，不能使他快乐一点，并且每天到灶间去做菜做饭，又间或因为房东娘姨欢喜随手拖取东西，常常同那娘姨吵闹。我想就尽他到南京去玩几天也好。可是这人一去就不回来了。我不愿意把他的故事结束到那战事里去。他并不死，如许多人一样，还是活着，还是做他的司务长，驻扎到一个庙里，大清早就同连上的伙夫上市镇去买菜，到相熟的米铺去谈谈天，到河边去看看船，一到了夜里，就坐在一个子弹箱上，靠一盏满堂红灯照着，同排长什长算日里的伙食账，用草纸记下那数目，为一些小小数目上的错误赌发着各样的重誓，睡到硬板子的高脚床上去，用棉絮包裹了全身，做梦必梦到同点验委员喝酒，或下乡去捉匪，过乡绅家吃蒸鹅。这人应当永远这样活到世界上，这人至少还应当在中国活二十年，所以他再不同我来信问候我，我总以为他仍然还是在这个世界上。

这就是我桌上有这样一盏灯的理由了。这灯我仍然常常用它。当我写到我所熟悉的那个世界上一切时，当我愿意沉溺到那生活里面去时节，把电灯扭熄，燃好这个灯，我的房子里一切便失去了原有的调子，我在灯光下总仿佛见到那老兵的红脸，还有那一身军服，一个古典的人，十八世纪的老管家——更使我不会忘记的，是从他小小眼睛里滚出的一切无声的言语。

故事说完时，穿青衣服的女人，低低地叹了一声气，走过那桌子边旁去，用纤柔的手去摩挲那盏小灯。女人稍稍吃惊了，怎么两年来还有油？但主人×是说过了的，因为在晚上，把灯燃好，就可在灯光下看到那个老行伍中人的声音颜色。女人好奇似的说晚上要来试试看，是不是也可以看得出那司务长，显然的是女人对于主人所说的那老兵是完全中意了。

到了晚上，×的房间里，那旧洋灯放了薄薄光明，火头微微地动摇，发出低微的嗞嗞声音，用惯了五十支烛光的人，在这灯光下是感到一切情调皆非常暗默模糊的。主人同穿青衣女人把身体搁在两个小小圈椅里，主人又说起了那灯，且告给女人，什么地方是那老兵所站的地方，老兵说话时是如何神气，这灯罩子在老兵手下是擦得如何透明清澈，桌上那时是如何混乱……末了，他指点那蓝衣女人的坐处，恰恰正是这时她的坐处。

听到这个话的穿青衣女人，笑了又仍然轻轻地叹着。过了一会儿，忽然惋惜似的说：

"这人一定早死了！"

主人说:"是的,这人一定死了,在穿蓝衣人心上这人也死了的,但他活在你的心上,他一定还那么可爱地活在你心上,是不是?"

"很可惜我见不着这个人。"

"他也应当很可惜不见你!"

"我愿意认识他,愿意同他谈话,愿意……"

"那有什么用处!不是因为见到,便反而将给许多人添麻烦吗?"

女人觉得有些事情应当红脸下来。

于是两人在灯光中沉默下来。

另外一个晚上,那穿青衣的女人忽然换了一件蓝色衣服来了,×懂得这是为凑成那故事而来的,非常欢喜。两人皆像这件事全为的使老兵快乐而做的,没有言语,年轻人在一种小小惶恐情形中抱着接了吻。到后女人才觉得房中太明亮了,询问那个灯,今晚为什么不放在桌上,×笑了:"是嫌电灯光线太强吗?"

"是要司务长看另外一个穿蓝衣服的人在你房里的情形!"

听到这个俏皮的言语,×想下楼去取灯,女人问他:

"放在楼下吗?"

"是在楼下的。"

"为什么又放到楼下去?"

"那是因为前晚上灯泡坏了不好做事,借他们楼下娘姨的,我再去拿来就是了。"

"是娘姨的灯吗?"

"不,我好像说过是老兵买的灯!"主人×加以分辩,还说,"你知道这灯是老兵买的!"

"但那是你说的谎话!"

"若谎话比真实美丽……并且,穿蓝衣的人如今不是有一个了吗!"

女人承认："穿蓝衣的虽有一个，但她将来也一定不让老兵快乐。"

"我赞成你这个话，倘若真有这个老兵，实在不应当好了他。"

"真是一个坏人，原来说的全是空话！"

"可是有一个很关心他的听差，而且仅只把这听差的神气样子告给别人，就使这人对于那主人感到兴味，十分同情，这坏人⋯⋯"

女人忍不住笑了。他们于是约定下个礼拜到苏州去，到南京去，男的还答应了女人，这种旅行为的是探听那个老司务长的下落。

绅士的太太

> 我不是写一个可以用你们石头打他的妇人，我是为你们高等人造一面镜子。

他们的家庭

一个曾经被人用各样尊敬的称呼加在名字上面的主人，国会议员、罗汉、猪仔、金刚，后来又是顾问、参议，于是一事不做，成为有钱的老爷了。

人是读过书，很干练的人，在议会时还极其雄强，常常疾声厉色地与政敌论辩，一言不合就祭起一个墨盒飞到主席台上去，又常常做一点政治文章到《金刚月刊》上去发表，现在还只四十五岁。四十多岁就关门闭户做绅士，是出于什么缘故，很少有人明白的。

绅士为了娱悦自己，多数念点佛，学会静坐，会打太极拳，能谈相法，懂鉴赏金石书画，另外的事情，就是喝一点酒，打打牌。这个绅士是并不把自己生活放在例外的地位上去的，凡是一切坏绅士的德行他都不会缺少。

一栋自置的房子，门外有古槐一株，金红大门，有上马石安置在门外边（因为无马可上，那石头，成为小贩卖冰糖葫芦憩息的地方了）。门内有门房，有小黑花哈巴狗。门房手上弄着两个核桃，又会舞石槌，哈巴狗成天寂寞无事可做，就蹲到门边看街。房子是两个院落的大小套房子，客厅里有柔软的沙发，有地毯，有写字台，壁上有名人字画，红木长桌上有古董玩器，同时也有打牌用的一切零件东西。太太房中有小小宫灯，有大铜床、高镜台、细绢长条的仕女画、极精致的大衣橱。僻处有乱七八糟的衣服，有用不着的旧式洋伞草帽，以及女人的空花皮鞋。

绅士有个年纪不大的妻，有四个聪明伶俐的儿女，妻曾经被人称赞过为美人，儿女都长得体面干净，因为这完全家庭，这主人，培养到这逸乐安全生活中，再无更好的理由拒绝自己的发胖了。

绅士渐渐胖下来，走路时肚子总先走到，坐在家中无话可说时就打呼睡觉，吃东西食量极大，谈话时声音呆滞，太太是习惯了，完全不感觉到这些情形是好笑的。用人则因为凡是有钱的老爷天南地北都差不多是这个样子，也就毫不引起惊讶了。对于绅士发生兴味的，只有绅士的儿子，那个第三的，看到爹爹的肚子同那神气，总要发笑地问，这里面是些什么东西。绅士记得苏东坡故事，就告给儿子，这是满腹经纶。儿子不明白意思，请太太代为说明，遇到太太兴致不恶的时节，太太就告给儿子说这是"宝贝"，若脾气不好，不愿意在这些空事情上唠叨，就大声喊奶妈，问奶妈为什么尽少爷牙痛，为什么尽少爷头上长疙瘩。

少爷大一点是懂事多了的，只爱吃零碎，不欢喜谈空话，所以做母亲的总是欢喜大儿子。大少爷因为吃零碎太多，长年脸庞黄黄的，见人不欢喜说话，读书聪明，只是非常爱玩，九岁时就知道坐到桌子边看牌，十岁会"挑土"，为母亲拿牌，绅士同到他太太都以为这小孩将来一定极其有成就。

绅士的太太，为绅士养了四个儿子，还极其白嫩，保留到女人的美丽，从用人眼睛估计下来，总还不上三十岁。其实三十二岁，因为结婚是二十多，现在大少爷已经是十岁了。绅士的儿子大的十岁，小的三岁，家里按照北京做官人家的规矩，每一个小孩请娘姨一人，另外还有车夫、门房、厨子、做针线的、抹窗子扫地的，一共十一个下人。家里常常有客来打牌，男女都有，把桌子摆好，人上了桌子，四双白手争到在桌上洗牌，抱引小少爷的娘姨就站到客人背后看牌，待到太太说，娘姨，你是看少爷的，怎么尽待到这里？这三河县老乡亲才像记起了自己职务，把少爷抱出外面大街，看送丧事人家大块头吹唢呐打鼓打锣去了。引少爷的娘姨，厨子娘姨，虽不必站在桌边看谁输赢，总而言之是知道到了晚上，汽车包车把客人接走以后，太太是要把人喊在一处，为这些下等人分派赏号的。得了赏号，这些人就按照身份，把钱用到各方面去，厨子照例也欢喜打一点牌，门房能够喝酒，车夫有女人，娘姨们各个还有瘦瘦的挨饿的儿子，同到一事不做的丈夫，留在乡下，靠到得钱吃饼过日子。太太有时输了，不大高兴，大家就不作声，不敢讨论到这数目，也不敢在这数目上作那种荒唐打算，因为若是第二次太太又输，手气坏，这赏号分给用人的，不是钱，将只是一些辱骂了。实在说来使主人生气的事情也太多了，这些真是完全吃闲饭的东西，一天什么事也不做，什么也不能弄得清楚，这样人多，还是糊糊涂涂，有客来了，喊人摆桌子也找不到，每一个人又都懂得到分钱，不忘记伸手。太太是常常这样生气骂人的，用人从不会接嘴应声，人人皆明白骂一会儿，回头不是客来就是太太到别处去做客，太太事情多，不会骂得很久，并且不是输了很多的钱也不会使太太生气，所以每个下人都懂得做下人的规矩，对于太太非常恭敬。

　　太太是很爱儿子的，小孩子哭了病了，一面打电话请医生，一面就骂娘姨，因为一个娘姨若照料得尽职，像自己儿子一样，照例小孩子是不大应当害病爱哭的。可是做母亲的除了有时把几个小孩子打扮得齐全，引带小孩子上公园吃点心看花以外，自己小孩子是不常同母亲接近的。另外时节母亲事情都像太多了，母亲常常有客，常常做客，平时又有许多机会同绅士吵嘴斗气，小孩子看到母亲这样子，好像也不大愿意亲近这母亲了。有时顶小的少爷，一定得跟到母亲做客，总得太太装成生气的样子骂人，于是娘姨才能把少爷抱走。

绅士为什么也缺少这涵养，一定得同太太吵闹给下人懂到这习惯？是并不溢出平常绅士家庭组织以外的理由。一点点钱，一次做客不曾添置新衣，更多次数的，是一种绅士们总不缺少的暧昧行为，太太从绅士的马褂袋子里发现了一条女人用的小小手巾，从朋友处听到了点谣言，从娘姨告诉中知道了些秘密，从汽车夫处知道了些秘密，或者，一直到了床上，发现了什么，都得在一个机会中把事情扩大。于是骂一阵，嚷一阵，有眼睛的就流眼泪，有善于说谎赌咒的口的也就分辩，发誓，于是本来预备出去做客也就不去了，本来预备睡觉也睡不成了。哭了一会儿的太太，若是不甘示弱，或遇到绅士恰恰有别的事情在心上，不能采取最好的手段赔礼，太太就一人出去到别的人家做客去了，绅士羞惭在心，又不无小小愤怒，也就不即过问太太的去处。生了气的太太，还是过相熟的亲戚家打牌，因为有牌在手上，纵有气，也不是对于人的气了。过一天，或者吵闹是白天，到了晚上，绅士一定各处熟人家打电话，问太太在不在。有时太太记得到这行为，正义在自己身边，不愿意讲和，就总预先嘱咐那家主人，告给绅士并不在这里。有时则虽嘱咐了主人，遇到公馆来电话时，主人知道是绅士想讲和了，总仍然告给了太太的所在地方，于是到后绅士就来了，装作毫无其事的神气，问太太输赢，若旁人说赢了，绅士不必多说什么，只站在身后看牌，到满圈，绅士一定就把太太接回家了。若听到人说输了呢，绅士懂得自己应做的事，是从皮包里甩一百八十的票子，一面放到太太跟前去，一面挽了袖子自告奋勇，为太太扳本。既然加了股份，太太已经愿意讲和，且当到主人面子，不好太不近人情，自然站起来让座给绅士。绅士见有了转机，虽很欢喜地把大屁股贴到太太坐得热巴巴的椅子上去，仍然不忘记说："莫走莫走，我要你帮忙，不然这些太太要欺骗我这近视眼！"那种十分得体的趣话，主人也仿佛很懂事，听到这些话总是打哈哈笑，太太再不好意思走开，到满圈，两夫妇也仍然就回家了。遇到各处电话打过，太太的行动还不明白时节，主人照例问汽车夫，照例汽车夫受过太太的吩咐，只说太太并不让他知道去处，是要他送到市场就下了车的。绅士于是就坐了汽车各家去找寻太太。每到一个熟人的家里，那家公馆里仆人，都不以为奇怪，公馆中主人，姨太太，都是自己才讲和不久，也懂得这些事情男主人照例袒护绅士，女主人照例袒护太太，同这绅士来谈话。走到第二家，第三家，有时是第七家，太太才找着。有时找了一会儿，绅士新的气愤在心上慢慢滋长，不愿意再跑路了，吼着要回家（或索性到那使太太出走的什么家中去玩了一道）。回到家中躺在柔软的大椅子上吸烟打盹，这方面一坚持，太太那方面看看无消息，有点软弱惶恐了。或者就使那家主人打电话回家来，作为第三者转圜，使绅士来接；或者由女主人伴送太太回家，且用着所有绅士太太的权利，当到太太把绅士教训了一顿。绅士虽不大高兴，既然见到太太归来了，而且伴回来的又正说不定就是在另一时方便中也开了些无害于事的玩笑过的女人，到这时节，利用到机会，把太太支使走开，主客相对会心地一笑，大而肥厚的柔软多脂的手掌，把和事佬小小的善于搅牌也善于做别的有趣行为的手捏定，用人不在客厅，一个有教养的绅士，总得对于特意来做和事佬的人有所答谢，一面无声地最谨慎地做了些使和事佬忍不住笑的行为，一面又柔声地喊着太太的小名，用"有客在怎么不出来"这一类正义相责，太太本来就先服了输，这时又正当到来客，再不好坚持，就出来了。走出来了，谈了一些空话，因为有了一主一客，只需再来两个就是一桌，绅士望到客人做了一个会心的微笑，赶忙去打电话邀人，坐在家里发闷的女人正多，自然不到半点钟，这一家的客厅里又有四双洁白的手同几个放光的钻戒在桌上稀里哗啦乱着了。

关于这家庭战争，由太太这一面过失而起衅，由太太这一面错误来出发，这事是不是也有过？也有过。不过男子到底是男子，一个绅士，学会了别的时候以前，先就学会了对这方面的让步。所以除了有时无可如何才把这一手拿出来抵制太太，平常时节是总以避免这冲突为是的。因为绅士明白每一个绅士太太，都在一种习惯下，养成了一种趣味，这趣味有些人家是在相互默契情形下维持到和平的，有些人家又因此使绅士得了自由的机会。总而言之，太太们这种好奇的趣味，是可以使绅士阶级把一些友谊僚谊更坚固起来的，因这事实绅士们装聋装哑过着和平恬静的日子，也就大有其人了。这绅士太太，是缺少这样把柄给丈夫拿到，所以这太太比其余公馆的太太更使绅士尊敬畏惧了。

另外一个绅士的家庭

因为做客，绅士太太到西城一个熟人家中去。

也是一个绅士，有姨太太三位，儿女成群。大女儿在大学念书，小女儿在小学念书，有钱有势，儿子才从美国回来，即刻就要去新京教育部做事。绅士太太一到这人家，无论如何也有牌打，因为没有客这个家中也总是一桌牌。小姐从学校放学回来，争着为母亲替手，大少爷还在候船，也常常站到庶母后面，间或把手从隙处插过去，抢去一张牌，大声吼着，把牌掷到桌上去。绅士是因为风瘫，躺到藤椅上哼，到晚饭上桌时，才扶到桌边来吃饭的。绅士太太是到这样一个人家来打牌的。

到了那里，看到瘫子，用自己儿女的口气，同那个废物说话。"伯伯这几天不舒服一点吗？"

"好多了。谢谢你们那个橘子。"

"送小孩子的东西也要谢吗？伯伯吃不得酸的，我那里有人从上海带来的外国苹果，明天要人送点来。"

"不要送，我吃不得。××近来忙，都不过来。"

"成天同和尚来往。"

"和尚也有好的，会画会诗，谈话风雅，很难得。"

自己的一个姨太太就笑了，因为她就同一个和尚有点熟。这太太是不谈诗画不讲风雅的，她只觉得和尚当真也有好人，很可以无拘束地谈一些话。

那从美利坚得过学位的大少爷，一个基督教徒，就说：

"和尚都该杀。"

绅士把眼睛一睁，很不平了：

"怎么，乱说！佛同基督有什么不同吗？不是都要度世救人吗？"

少爷记起父亲是废物了，耶稣是怜悯老人的，取了调和妥协的神气："我说和尚不说佛。"

姨太太A说："我不知道你们男人为什么都恨和尚。"

这少爷正想回话，听到外面客厅一角有电话铃响，就奔到那角上接电话去了。这里来客这位绅士太太就说："伯伯媳妇怎么样？"废物不作声，望到大小姐，因为大小姐在一点钟以前还才同爹爹吵过嘴。大小姐笑了。大小姐想到这件事，就笑了。

姨太太B说："看到相片了，我们同大小姐到他房里翻出相片同信，大小姐读过笑得要不得。还有一个小小头发结子，不知是谁留下的，还有……"

姨太太 C 不知为什么红了脸，借故走出去了。

大小姐追出去："三娘①，婶婶来了，我们打牌！"

绅士太太也追出去，走到廊下，赶上大小姐："慢走，我同你说。"

大小姐似乎懂得所说的意思了，要绅士太太走过那大丁香树下去。两人坐到那小小绿色藤椅上去，两人互相望着对方白白的脸同黑黑的眼珠子。大小姐笑了，红脸了，伸手把绅士太太的手捏定了。

"婶婶，莫逼我好吧。"

"逼你什么？你这丫头，那么聪明，你昨天装得使我认不出是谁了。我问你，到过那里几回了？"

"婶婶你到过几回？"

"我问你！"

"只到过三次，千万莫告给爹爹！"

"我先想不到是你。"

"我也不知道是婶婶。"

"输了赢了？"

"输了不多。姨姨输二千七百，把戒子也换了，瞒到爹爹。"

"几姨？"

"就是三娘。"

三娘正在院中尖声唤大小姐，到后听到这边有人说话，也走到丁香花做成的花墙后面来了。见到了大小姐同绅士太太，就说："请上桌子，摆好了。"

绅士太太说："三娘，你手气不好，怎么输很多钱。"

这妇人为妓女出身，会做媚笑，就对大小姐笑，好像说大小姐不

_____

① 三娘，娘读作 niāng。湘西方言，称姑母为娘，三娘即三姑。

该把这事告给外人。但这姨太太一望也就知道绅士太太不是外人了，所以说："×× 去不得，一去就输，还是大小姐好。"又问，"太太你常到那里？"绅士太太就摇头，因为她到那里是并不为赌钱的，只是监察到绅士丈夫，这事不能同姨太太说，不能同大小姐说，所以含混过去了。

她们记起牌已摆上桌子了，从花下左边小廊走回内厅，见到大少爷在电话旁拿着耳机，说洋话，疙疙瘩瘩，大小姐听得懂是同女人说的话，就嘻嘻地笑，两个妇人皆莫名其妙，也好笑。

四个人哗啦哗啦洗牌，分配好了筹码，每人身边一个小红木茶几，上面摆纸烟，摆细料盖碗，泡好新毛尖茶，另外是小瓷盘子，放得有切成小片的美国橘子。四个人是主人绅士太太、客人绅士太太、姨太太 B、大小姐。另外有人各人背后站站，谁家和了就很伶俐地伸出白白的手去拿钱，是"做梦"的姨太太 C。废人因为不甘寂寞，要把所坐的活动椅子推出来，到厅子一端，一面让姨太太 A 捶背，一面同打牌人谈话。

大少爷打完电话，穿了洋服从厅旁过身，听到牌声洗得热闹，本来预备出去有事情，也在牌桌边站定了。

"你们大学生也打牌！"

"为什么不能够陪妈陪婶婶？"

客人绅士太太就问大少爷："春哥，外国有牌打没有？"

主人绅士太太笑了："岂止有牌打，我们这位少爷还到美国做教师，那些洋人送他十块钱一点钟，要他指点！"

"当真是这样，我将来也到美国去。"

大小姐说："要去，等我毕业了，我同婶婶一路去。我们可以……慢点慢点，一百二十副。妈你为什么不早打这张麻雀，我望这麻雀望了老半天了，哈哈，一百二！"说了，女人把牌放在嘴边亲了那么一下，表示这幺索同自己的感情。

母亲像是不服气样子，找别的岔子："玉玉，怎么一个姑娘家那么野？"

大小姐不作声，因为大少爷捏着她的膀子，要代一个庄，大小姐就嚷："不行不行，人家才第一个上庄！"

大少爷到后坐到母亲位置上去，很热心地洗着牌，很热心地叫骰子，和了一牌四十副，才哼着美国学生所唱的歌走去了。

这一场牌一直打到晚上，到后又来了别的一个太太，姨太太 B 让出了缺，仍然是五个人打下去。到晚饭时许多鸡鸭同许多精致小菜摆上了桌子，在非常光亮的电灯下，打牌人皆不必调换位置，就仍然在原来座位上吃晚饭。废人也镶拢来了，问这个那个的输赢，吃了很多的鱼肉，添了三次白饭，还说近来厨子所做的菜总是不大合口味，因为在一体鸡中发现了一只鸡脚没有把外皮剥去，就叫厨子来，骂了一些吃冤枉饭的大人照例骂人的话，说是怎么这东西还能给人吃，要把那鸡收回去。厨子把一个大瓷盆拿回到灶房，看看所有的好肉已经吃尽，也就不说什么话，回头上房喊再来点汤，于是又在那煨鸡缸里舀了一盆清汤送上去了。

吃过了晚饭，晚上的时间觉得尚长，大小姐明早八点钟得到学校去上课，做母亲的把这个话提出来，在客人面前不大好意思同母亲作对，于是退了位，让姨太太 C 来补缺，四人重新上了场，不过大小姐站到母亲身后不动，一遇到有牌应当上手时，总忽然出人意料地飞快地把手从母亲肩上伸到桌中去，取着优美的姿势，把牌用手一摸，看也不看，嘘的一声又把牌掷到桌心去。母亲因为这代劳的无法拒绝，到后就只有让位了。

八点了，二少爷三小姐三少爷不忘记姐姐日里所答应的东道，选好了 ×× 主演的《妈妈趣史》电影，要大小姐陪到去做主人。恰恰一个大三元为姨太太 C 抢去单吊，非常生气，不愿意再打，就伴同一群弟妹坐了自己汽车到××去看影戏去了。主人绅士太太仍然又上了桌子。

大少爷回来时，废物已回到卧房去睡觉去了。大少爷站到姨太太 C 身后看牌，看了一会儿，走去了。姨太太 C 到后把牌让姨太太 B 打，说要有一点事，也就走去了。

于是客人绅士太太一面砌牌一面说："伯母，你真有福气。"

主人绅士太太说："吵闹极了，都像小孩子。"

另外来客也有五个小孩，就说："把他们都赶到学校去也好，我有三个是两个礼拜才许他们回来一次的。"这个妇人却料不到那个大儿子每星期到××饭店跳舞两次。

"家里人多也好点。"

"我们大少爷过几天就要去南京，做什么'边事'，不知边些什么。"

"有几百一个月？"

"听说有三百三，三百三他哪里够，好的是也可以找钱，不要老子养他了。"

"他们都说美国回来好，将来大小姐也应当去。"

"她说她不去美国，要去就去法国。法国女人就只会装扮，这个丫头爱好。"

轮到绅士太太，做梦赋闲了，站到红家身后看了一会儿，又站到痞家身后看了一会儿，吃了些糖松子儿，又喝了口热茶，想出去方便一下，就从客厅出去，过东边小院子，过圆门，过长廊。那边偏院辛夷树开得花朵动人，在月光里把影子通通映在地下，非常有趣味。辛夷树那边是大少爷的书房，听到有人说话，引起了一点好奇的童心，就走过那边窗下去，只听到一个极其熟悉的女人笑声，又听到说话，声音很小，像在某一种情形下有所争持。

"小心一点……"

"你莫把手挡着，我就……"

听了一会儿，绅士太太忽然明白这里是不适宜于站立的地方，脸上觉得发烧，悄悄地又走回到前面大院子来。月亮挂到天上，有极小的风吹送花香，内厅里不知是谁一个大牌和下了，只听到主客的嬉笑与搅牌的热闹声音，绅士太太想起了家里的老爷，忽然不高兴再在这里打牌了。

听到里面喊丫头，知道是在找人了，就进到内厅去，一句话不说，镶到主人绅士太太的空座上去补缺，两只手皆放到牌里去乱和。

不到一会儿，姨太太C来了，悄静无声地，极其矜持地，站到另外那个绅士太太背后，把手搁到椅子靠背上，看大家发牌。

另外一个绅士太太，一面打下一张筒子，一面鼻子皱着，说："三娘，你真是使人要笑你，怎么晚上也擦得一身这样香。"

姨太太C不作声，微微地笑着，又走到客人绅士太太背后去。绅士太太回头去看姨太太C，这女人就笑，问赢了多少。绅士太太忽然懂到为什么这人的身上有浓烈的香味了，把牌也打错张了。

绅士太太说："外面月亮真好，我们打完这一牌，满圈了，出去看月亮。"

姨太太C似乎从这话中懂得一些事情，用齿咬着自己的红红嘴唇，离开了牌桌，默默地坐到较暗的一个沙发上，把自己隐藏到松软的靠背后去了。

一点新的事情

××公馆大少爷到东皇城根绅士家来看主人，主人不在家，绅士太太把来客让到客厅里新置大椅上去。

"昨天我以为婶婶会住到我家里的，怎么又不打通夜？"

"我恐怕我们家里小孩子发烧要照应。"

"我还想打四圈，哪晓得婶婶赢了几个就走了。"

"哪里，你不去南京，我们明天又打。"

"今天就去也行，三娘总是一角。"

"三娘同……"绅士太太忽然说漏了口，把所要说的话都融在一个惊讶中，她望到这个整洁温雅的年轻人呆着，两人互相皆为这一句话不能继续开口了。年轻人狼狈到无所措置，低下了头去。

过了一会儿大少爷发现了屋角的一架钢琴，得到了救济，就走过去用手按琴键，发出高低的散音。小孩子听到琴声，手拖娘姨来到客厅里，看奏琴。绅士太太把小孩子抱在手里，叫娘姨削几个梨子苹果拿来，大少爷不敢问绅士太太，只逗着小孩，要孩子唱歌。

随后两人坐了汽车又到××废物公馆去了，在车上，绅士太太，很悔自己的失言，因为自己也还是年轻人，对于这些事情，在一个二十六七岁的晚辈面前，做长辈的总是为一些属于生理上的种种，不能拿出长辈样子。这体面的年轻人，则同样也因为这婶婶是年轻女人，对于这暧昧情形有所窘迫，也感到无话可说了。车到半途，大少爷说："婶婶，莫听他们谣言。"绅士太太就说："你们年轻人小心一点。"仍然不忘记那从窗下听来的一句话，绅士太太把这个说完时，自己觉得脸上发烧得很，因为两个人是并排坐得那么近，身体的温皆互相感到，年轻人，则从绅士太太方面的红脸，起了一种误会，他那聪明处到这时仿佛起了一个新的合理的主意，而且这主意也觉得正是救济自己一种方法。到了公馆，下车时，先走下去，伸手到车中，一只手也有意那么递过来，于是轻轻地一握，下了车，两人皆若为自己行为，感到了一个憧憬的展开扩大，互相会心地交换了一个微笑。

到了废物家，大少爷消失了，不到一会儿又同三娘出现了。绅士太太觉这三娘今天特别对她亲切，在桌边站立，拿烟拿茶剥果壳儿，两人望到时，就似乎有些要说而不必用口说出的话，从眼睛中流到对方心里去。绅士太太感到自己要做一个好人，要为人包瞒打算，要为人想法成全，要尽一些长辈所能尽的义务。这是为什么？因为从三娘的目光里，似乎得到一种极其诚恳的信托，这妇人，已经不能对于这件事不负责任了。

　　大小姐已经上坤范女子大学念书去了，少爷们也上学了，今天请了有两个另外的来客，所以三娘不上场，到绅士太太休息时，三娘就邀绅士太太到房里去，看新买的湘绣。两人刚走过院子，望见偏院里辛夷，开得红火，一大树花灿烂夺目，两人皆不知忌讳，走到树下去看花。

　　"昨夜里月光下这花更美。"绅士太太在心上说着，微微地笑。

　　"我想不到还有人来看花！"姨太太C也这样想着，微微地笑。

　　书房里大少爷听到有人走路声音，忙问是谁。

　　绅士太太说："××，不出去吗？"

　　"是婶婶吗？请进来坐坐。"

　　"太太就进去看看，他很有些好看的画片。"

　　于是两个妇人就进到这大少爷书房了，一个并不十分阔大的卧室，四壁裱得极新，小小的铜床，小小的桌子，四面皆是书架，堆满了洋书，红绿面子印金字，大小不一，似乎才加以整理的神情，稍稍显得凌乱。床头一个花梨木柜橱里，放了些女人用的香料，一个高脚维多利亚式话匣子，上面一大册安置唱片的本子，本子上面一个橘子，橘子边旁一个烟斗。大少爷正在整理一个像小钟一类东西，那东西就搁到窗前桌上。

　　"有什么用处？"

"无线电盒子，最新从美国带回的，能够听上海的唱歌。"

"太太，大少爷带的一个小闹表，很有趣味。"

"哎呀，这样小，值几百？"

"一百多块美元，婶婶欢喜就送婶婶。"

"这怎么好意思，你只买得这样一个，我怎么好拿。"

"不要紧，婶婶拿去玩，还有一个小盒子。这种表只有美国一家专利，若是坏了，拿到中央表店去修理，不必花钱，因为世界凡是代卖这钟表公司出品的都可以修理。"

"你留到自己玩吧，我那边小孩子多，掉到地下也可惜。"

"婶婶真是当作外人。"

绅士太太无话可说。因为姨太太C已经把那个表放到绅士太太手心里，不许她再说话了。这女人，把人情接受了，望一望全房情景，像是在信托方面要说一句话，就表示大家可以开诚布公作商量了，就悄悄地说道：

"三娘，你听我说一句话，家里人多了，凡事也小心一点。"

三娘望到大少爷笑："我们感谢太太，我们不会忘记太太对我们的好处。"

大少爷，这美貌有福的年轻人，无话可说，正翻看到一本日日放在床头的英文《圣经》，不作声，脸儿发着烧，越显得娇滴滴红白可爱，忽然站起来，对绅士太太作了三个揖，态度非常诚恳，用一个演剧家扮演哈姆雷特青年的姿势，把绅士太太的左手拖着，极其激动地向绅士太太说道：

"婶婶的关心地方，我不会忘记到脑背后。"

绅士太太右手捏着那纽扣大的小表，左手被人拖着，也不缺少一个剧中人物的风度，谦虚而又温和地说："小孩子，知道婶婶不是妨碍你们年轻人事情就行了，我为你们担心！我问你，什么时候过南京有船？"

"我不想去，并不是没有船。"

"母亲也瞒到？"

"母亲只知道我不想去，不知道为什么事情，她也不愿意我就走，所以帮同瞒到老瘫子说是船受检查，极不方便。"

绅士太太望望这年轻侄儿，又望望年轻的姨太太 C，笑了："真是一对玉合子。"

三娘不好意思，也咪地笑了。"太太，今夜去 ×× 试试运气，他们那里主人还会做很好的点心，特别制的，不知尝过没有？"

"我不欢喜大数目，一百两百又好像拿不出手——××，美国有赌博的？"

"法国美国都有，我不知道这里近来也有了，以前我不听到说过。婶婶也熟悉那个吗？"

"我是悄悄地去看你的叔叔，我装得像妈子那样戴一副墨镜，谁也不认识，有一次我站到我们胖子桌对面，他也看不出是我。"

"三娘今天晚上我们去看看，婶婶莫打牌了。假装有事要回去，我们一道去。"

姨太太 C 也这样说："我们一道去。到那里去我告给太太巧方法扎七。"

事情就是这样定妥了。

到了晚上约莫八点，绅士太太不愿打牌了，同废物谈了一会儿话，邀三娘送她回去，大少爷正有事想过东城，搭乘了绅士太太的汽车，三人一道儿走。汽车过长安街，一直走，到哈德门大街了，再一直走，汽车夫懂事，把车向右转，因为计算今天又可以得十块钱特别赏赐，所以乐极了，把车也开快许多了。

三人到 ××，留在一个特别室中喝茶休息，预备吃特制点心，三姨太太悄悄同大少爷说了几句话，扑了一会儿粉，对穿衣镜整理了一会儿头发，说点心一时不会做来，先要去试试气运，拿了皮夹想走。

绅士太太说："三娘你就慌到输！"

大少爷说："三娘是不怕输的，顶爽利，莫把皮夹也换筹码输去才好。"

姨太太C走下楼去后，小房中只剩下两个人。两人说了一会儿空话，年轻人记起日里的事情，记起同姨太太C商量得很好了的事情，感到游移不定，点心送来了。

"婶婶吃一杯酒好不好？"

"不吃酒。"

"吃一小杯。"

"那就吃甜的。"

"三娘也总是欢喜甜酒。"

当差的拿酒去了，因为一个方便，大少爷走到绅士太太身后去取烟，把手触了她的肩。在那方，明白这是有意，感到可笑，也仍然感到小小动摇，因为这贵人记起日里在车上的情形，且记起昨晚上在窗下窃听的情形，显得拘束，又显得烦懑了，就说：

"我要回去，你们在这里吧。"

"为什么忙？"

"为什么我到这里来？"

"我同婶婶要说一句话，又怕骂。"

"什么话？"

"婶婶样子像琴雪芳。"

"说瞎话，我是戏子吗？"

"是三娘说的，说美得很。"

"三娘顶会说空话。"虽然这么答着，侧面正是一个镜台，这绅士

106

太太，不知不觉把脸一侧，望到镜中自己的白脸长眉，温和地笑了。

男子低声地蕴藉地笑着，半天不说话。

绅士太太忽然想到了什么的神情，对着了大少爷："我不懂你们年轻人做些什么诡计。"

"婶婶是我们的恩人，我……"那只手，取了攻势，伸过去时，受了阻碍。

女人听这话不对头，见来势不雅，正想生气，站在长辈身份上教训这年轻人一顿，拿酒的厮役已经在门外轻轻地叩门，两人距离忽然又远了。

把点心吃完，到后两人用小小起花高脚玻璃杯子，吃甜味橘子酒。三娘太太回来了，把皮夹掷到桌上，坐到床边去。

绅士太太问："输了多少？"

三娘不作答，一面拿起皮夹欢欢喜喜掏出那小小的精巧红色牙骨筹码数着，一面作报告，一五一十，除开本，赢了五百三。

"我应当分三成，因为不是我陪你们来，你一定还要输。"绅士太太当笑话说着。

大少爷就附和到这话说："当真婶婶应当有一半，你们就用这个做本，两人合份，到后再结算。"

"全归太太也不要紧，我们下楼去，现在热闹了点，张家大姑娘同到张七老爷都来了，×总理的三小姐也在场。五次输一千五，骄傲极了，越输人越好看。"

"我可不下去，我不欢喜使她知道我在这里赌钱。"

"大少爷？"

"我也不去，我陪婶婶坐坐，三娘你去吧，到十一点我们回去。"

"……莫走！"

三娘还是笑笑地走了。

回到家中，皮夹中多了一个小表，多了四百块钱，见到老爷在客厅中沙发上打盹，就骂用人，为什么不喊老爷去睡。当差的就说，才有客到这里谈话刚走不久，问老爷睡不睡觉，说还要读一点书，等太太回来再叫，他所以不敢喊叫。绅士见到太太回了家，大声地叱娘姨，惊醒了。

"回来了，太太！到什么人家打牌？"

绅士太太装成生气的样子，就说："运气坏极了，又输一百五。"

绅士正恐怕太太追问到别的事，或者从别的地方探听到了关于他的消息，贼人心虚，看到太太那神气，知道可以用钱调和了，就告给绅士太太明天可以还账，且安慰太太，输不要紧，又同太太谈各个熟人太太的牌术和那属于打牌的品德。这贵人日里还才到一个饭店里同一个女人鬼混过一次，待到太太问他白天做些什么事时，他就说到佛学会念经，因为今天是开化老和尚讲《楞严》日子。若是往日，绅士太太一定得诈绅士一阵，不是说杨老太太到过佛学会，就是说听说开化和尚已经上天津，绅士照例也就得做戏一样，赌一个小咒，事情才能和平了结，解衣上床。今晚上因为赢了钱，且得了一个小小金表，自己又正说着谎话，所以也就不再追究谈《楞严》谈到第几章那类事了。

两人回到卧室，太太把皮夹子收到自己小小的保险箱里去，绅士作为毫不注意的神气，一面弯腰低头解松绑裤管的带子，一面低声地模仿梅畹华老板的《天女散花》摇板，用节奏调和到呼吸。

到后把汗衣剥下，那个满腹经纶的尊贵肚子出于换衣的原因，在太太眼下，用着骄傲凌人的态度，挺然展露于灯光下，暗褐色的下垂的大肚，中缝一行长长的柔软的黑毛，刺目地呈一种图案调子，太太从这方面得到一个联想，告绅士，今天西城××公馆才从美国回来不久的大少爷来看过他，不久就得过南京去。

绅士点点头："这是一个得过哲学硕士的有作为的年轻人，废物有这样一个儿子，自己将来不出山，也就不妨事了。"

绅士太太想到别的事情，就笑，这时也已经把袍子脱去，夹袄脱去，鞋袜脱去，站在床边，对镜用首巾包头，预备上床了。绅士从太太高硕微胖的身材上，在心上展开了一幅美人出浴图，且哗哗的隔房浴室便桶的流水声，也仿佛是日里的浴室情景，就用鼻音做出亵声，告太太小心不要着凉。

更新的事情

约有三天后，××秘密俱乐部的小房子里又有三个人在吃点心，那三娘又赢了三百多块钱，分给了绅士太太一半。这次绅士太太可在场了，先是输了一些，到后大少爷把婶婶邀上楼去，姨太太C不到一会儿就追上来，说是天红得到五百，把所输的收回，反赢三百多，绅士太太同大少爷除了称赞运气，并不说及其他事情。

绅士太太对于他们的事更显得关切，到废物公馆时，总借故到姨太太C房中去盘旋，打牌人多，也总是同三娘合手，两股均分，输赢各半。

星期日另外一个人家客厅里红木小方桌旁，有西城××公馆大小姐，有绅士太太。大小姐不明奥妙，问绅士太太，知不知道三娘近来的手气。

"婶婶不知道吗？我听人说她输了五百。"

"输五百吗？我一点不明白。"

"我听人说的，她们看到她输。"

"我不相信，三娘太聪明了，心眼玲珑，最会看风色，我以为她扳了本。"

大小姐因为抓牌就不说话了，绅士太太记到这个话，虽然当真不大相信，可是对于那两次事情，有点小小怀疑起来了。到后新来了两个客，主人提议再拼成一桌，绅士太太，主张把三娘接来。电话说不来，有小事，今天少陪了。绅士太太要把耳机接线拿过身边来，捏了话机，用着动情的亲昵调子：

"三娘，快来，我在这里！"

那边说了一句什么话，这边就说："好好，你来，我们打过四圈再说。"

说是有事的姨太太 C，得到绅士太太的嘱咐，仍然答应就来了，四个人皆拿这事情当笑话说着，但都不明白这友谊的基础建筑到些什么关系上面。

不到一会儿，三娘的汽车就在这人家公馆大门边停住了。客来了，桌子摆在小客厅，三娘不即去，就来在绅士太太身后。

"太太赢了，我们仍然平分，好不好？"

"好，你去吧，人家等得太久，张三太快要生气了。"

三娘去后大小姐问绅士太太：

"这几天姊姊同三娘到什么地方打牌？"

绅士太太摇头喊："五万碰，不要忙！"

休息时，三娘扯了绅士太太，走到廊下去，悄悄地告她，大少爷要请太太到 ×× 去吃饭。绅士太太记起了大小姐先前说的话，问姨太太 C：

"三娘，你这几天又到 ×× 去过吗？"

"哪里，我这两天门都不出。"

"我听谁说你输了些钱。"

"什么人说的？"

"没有这回事就没有这回事，我好像听谁提到。"

三娘把小小美丽嘴唇抿了一会儿，莞尔而笑，拍着绅士太太肩膊："太太，我谎你，我又到过××，稍稍输了一点小数目。我猜这一定是宋太太说的。"

绅士太太本来听到三娘说不曾到过××，以为这是大小姐或者明白她们赢了钱，故有意探询，也就罢了。谁知姨太太C又说当真到过，这不是谎话的谎话，使她不能不对于前两天的赌博生出疑心了。她这时因为不好同三娘说破，以为另外可去问问大少爷，就忙为解释，说是听人说过，也记不起是谁了。她们到后都换了一个谈话方向，改口说到花。一树迎春颜色黄澄澄的像碎金缀在枝头上，在晚风中摇摆，姿态绝美，三娘为折了一小枝来，替绅士太太插到衣襟上去。

"太太，你真是美人，我一看到你，就好像自己会嫌自己肮脏卑俗。"

"你太会说话了，我是中年人了，哪里抵得过你们年轻太太们。"

到了晚上，两人借故有事要走，把两桌牌拼成一桌，大小姐似乎稍稍奇怪，然而这也管不了许多，这位小姐是对于牌的感情太好了，依旧上了桌子摸风，这两人就坐了汽车到××饭店去了。

××饭店那方面，大少爷早在那里等候了许久，人来了，极其欢喜。三娘把大少爷扯到身边，咬着耳朵说了两句话，大少爷望到绅士太太只点头微笑，两个人不久就走到隔壁房间去了。房里剩下绅士太太一个人，襟边的黄花掉落到地下，因为拾花，想起了日里三娘的称誉，回头去照镜子，照了好一会儿，又用手抹着自己头上光光的柔软的头发，顾影自怜，这女人稍稍觉得有点烦恼，从生理方面有一些意识模糊的反抗，想站起身来走过，看两个人在商量些什么事情。

推开那门，见到大少爷坐在大椅上，三娘坐在大少爷腿上，把头聚在一处，蜜蜜地接着吻。绅士太太不待说话，心中起着惊讶，就缩回来了，仍然坐到现处，就听到两人在隔壁的笑声，且听到接吻嘴唇离开时的声音。三娘走过房中来了，一只手藏在身后，一只手扶在绅士太太肩上，悄悄地说：

"太太，要看我前回所说那个东西没有？"

"你怎么当真？"

"不是说笑话。"

"真是丑事情。"

三娘不再作声，把藏在身后那只手所拿的一个折子放到绅士太太面前，翻开了第一页。于是第二页，第三页……两人相对低笑，大少爷，轻脚轻手，已经走到背后站定许久了。

……

回家去，绅士太太向绅士说头痛不舒服，要绅士到书房去睡，她好静静地睡一会儿。

一年以后

绅士太太为绅士生养了第五个少爷，寄拜给废物三姨太太做干儿子。三娘送了许多礼物给小孩，绅士家请酒，客厅卧房皆摆了牌，小孩子们皆穿了新衣服，由娘姨带领，来到这里做客。绅士家一面举行汤饼宴，一面接亲家母过门，头一天是女客，废物不甘寂寞也接过来了。废物在客厅里一角，躺在那由公馆抬来的轿椅中，一面听太太们打牌嚷笑，一面同绅士谈天，讲到佛学中的果报，以及一切古今事情，按照一个绅士身份，采取了一个废人的感想，对于人心世道，莫不有所议及。绅士同废人说一阵，又各处走去，周旋到妇人中间，这里看看，那里玩玩。

院子中小客人哭了，就叹气，大声喊娘姨，叫取果子糖来款待小客人。因为女主人不大方便，不能出外走动，干妈收拾得袅袅婷婷，风流俏俊，代行主人的职务，也像绅士一样忙着一切。

到了晚上，客人散尽，娘姨把各房间打扫收拾清楚，绅士走到太太房中去，忙了一整天，有点疲倦了，就坐到太太床边，低低地叹了一声气。看到桌上一些红绿礼物，看到干妈送来的大金锁同金寿星，想起那妇人飘逸风度，非常怜惜似的同太太说：

"今天干妈真累了，忙了一天！"

绅士太太不作声，要绅士轻说点，莫惊吵了后房的小孩。

似乎因为是最幼的孩子，这孩子使母亲特别关心，虽然请得有一个奶娘，孩子的床就安置在自己房后小间。绅士也极其爱悦这小小生命的嫩芽。正像是因为这小孩的存在，母亲同父亲互相也都不大欢喜在小事上寻隙缝吵闹，家庭也变成非常和平了。

因为这孩子是西城××公馆姨太太 C 的干儿子，从此以后三娘有一个最好的理由来到东城绅士公馆了。因这贵人的过从，从此以后，绅士也常常有理由同自己太太讨论到这干亲家母的为人了。

有一天，绅士从别处得到了一个消息，拿来告给了太太。

"我听到人说西城××公馆的大少爷，有人做媒。"

太太略略惊讶，注意地问："是谁？"

两人在这件事情上说了一阵，绅士也不去注意到太太的神气，不知为什么，因为谈到消息，这绅士记起另外一种消息，就笑了。

太太问："笑什么？"

绅士还是笑，并不作答。

太太有点生气样子，其时正为小孩子剪裁一个小小绸胸巾就放下了剪刀，一定要绅士说出。

绅士仍然笑着，过了好一会儿，才嚅嚅滞滞地说："太太，我听到有笑话，说那大少爷……有点……"

绅士太太愕然了，把头偏向一边，惊讶而又惶恐地问："怎么，你说什么？！"

"我是听人说的，好像我们小孩子的……"

"怎么，说什么？！你们男子的口！！"

绅士望到太太脸上突然变了颜色，料不到这事情会有这样吓人，就忙分辩说："这是谣言，我知道！"

绅士太太要哭了。

绅士赶忙匆匆促促地分辩说："是谣言，我是知道的！我只听说我们的孩子干妈三娘，特别同那大少爷谈得合适，听到人这样说过，我也不相信。"

绅士太太松了一口气，才明白谣言所说的原是孩子的干妈，对于自己先前的态度忽然感到悔恨，且非常感到丈夫的可恼了，就骂绅士，以为真是一个堕落的人，那么大年纪的人了，又不是年轻小孩子，不拘到什么地方，听到一点毫无根据的谰言，就拿来嚼咀。且说：

"一个绅士都不讲身份，亏得你们念佛经，这些话拿去随便说，拔舌地狱不知怎么容得下你们这些人。"

绅士听到这教训，一面是心中先就并不缺少对于那干亲家母的一切憧憬，把太太这义正词严的言语，嵌到肥心上去后，就不免感到一点羞惭了。见到太太样子还很难看，这尊贵的人，照老例，做戏一样赔了礼，说一点别的空话，搭搭讪讪走到书房继续做阿难伽叶传记的研究去了。

绅士太太好好保留到先前一刻的情形，保留到自己的惊，保留到丈夫的谦和，以及那些前后言语，给她的动摇，这女人，再把另外一些时节一些事情追究了一下，觉得全身忽然软弱起来，发着抖，再想支持到先前在绅士跟前的生气倔强，已经是万万办不到了。于是她就哭了，伏在那尚未完成的小孩子的胸巾上面，非常伤心地哭了。

悄悄溜到门边的绅士，看到太太那情形，还以为这是因为自己失去绅士身份的责难，以及物丧其类的痛苦，才使太太这样伤心，万分羞惭地转到书房去，想了半天主意，才亏得想出一个计策来。不让太太知道，出了门雇街车到一个亲戚家里去，只说太太为别的事使气，想一个老太太装作不知道到他家里，邀她往公园去散散。把计策办妥当后，这绅士才又忙忙地回到家中，仍然去书房坐下，拿一本陶渊明的诗来读。读了半天，听到客来了，到上房去了，又听到太太喊叫拿东西，过了一会儿又听到叫把车子预备，来客同太太出去以后，绅士走到天井中，看看天气，天气非常好，好像很觉得寂寞，就走到上面房里去。看到一块还未剪裁成就的绸子，湿得像从水中浸过，绅士良心极其难过，本来乘到这机会，可以到一个相好的妇人处去玩玩，也下了决心，不再出门了。

绅士太太回来时，问用人，老爷什么时候出去，什么时候回来，用人回答太太，老爷并不出门，在书房中读书，一个人吃的晚饭。太太忙到书房去，望着老爷正跪在佛像前念经，站到门边许久，绅士把经念完了，回头才看到太太。两人皆有所内恧，都愿好好的讲了和，都愿意得到对方谅解，绅士太太极其温柔地走到老爷身边去。

"怎么一个人在家中，我以为你到傅家吃酒去了。"

绅士看到太太神气，是讲和的情形，就做着只有绅士才会做出的笑样子，问到什么地方去玩了来，明白是到公园了，就又问到公园什么馆子吃的晚饭，人多不多，碰到什么熟人没有。两人于是很虚伪又很诚实地谈到公园的一切，白鹤，鹿，花坛下围棋的林老头儿，四如轩的水饺子，说了半天，太太还不走去。

"累了，早睡一点。"

"你呢？"

"我念了五遍经，近来念经真有了点奇迹，念完了神清气爽。"

听着这样谎话的绅士太太，容忍着，不去加以照例的笑谑，沉默了一阵，一个人走到上房去了。绅士在书房中，正想起傅家一个婢女打破茶碗的故事，一面脱去袜子，娘姨走来了，静静地怯怯地说："老爷，太太请您老人家。"绅士点点头，娘姨退出去了，绅士不知什么缘故，很觉得好笑，在心中搅起了些消失了多年的做新郎的情绪，趿上鞋，略显得匆促地向上房走去。

第二天，三娘来看孩子，绅士正想出门，在院子里遇到了。绅士红着脸，笑着，敷衍着，一溜烟儿走了。三娘是也来告给绅士太太关于大少爷的婚事消息的，说了半天，到后接到别处电话，来约打牌，绅士太太却回绝了。

两个人在家中密谈了一些时候，小孩子不知为什么哭了，绅士太太叫把小孩子抱来，小孩子一到母亲面前就停止了啼哭，望到这干妈，小小的伶精的黑眼仁，好像因为要认清楚这女人那么注意集中到三娘的脸。三娘把孩子抱在手上，哄着喝着：

"小东西，你认得我！不许哭！再哭你爹爹会丢了你！"

绅士太太不知什么原因，小孩子一不哭泣，又教奶妈快把孩子抱去了。

一个女剧员的生活

一、后台

办了许多的交涉，××名剧，居然可以从大方剧团在光明戏院上演了。

××没有开始时，一个短剧正在开始，场中八百个座位满是看客，包厢座上人也满了，楼上座人也满了。因为今天所演的是××的名剧，且在大方剧团以外，还加入了许多其他学校团体演剧人才，所以预料到的空前成就，在没有结果以前，还不知道，但从观众情形上看来，已经就很能够使剧团中人乐观了。这时正在开始一个短短谐剧，是为在××演过独幕剧自杀以后的插话而有的，群众拍手欢笑的声音，震动了瓦屋，使台上扮丑角的某君无法继续说话。另外一个女角，则因为还是初次上台，从这种热烈赞美上，心中异常快乐，且带着一点惊眩，把自己故意矜持起来，忘了应当接下的说辞。于是下面为这自然的呆相，更觉得开心，就有许多人笑得流出眼泪，许多人大声呼叫，显然的，是剧本上演员所给观众趣味，已经太过分了。

导演人是一个瘦个儿身材的人，是剧艺运动著名的人物，从事演剧已经有十三年了。今晚上的排演，大家的希望，就是从××名剧上给观众一种做人的指示，一点精神的粮食，一服补药，所以这导演忙了半月，布置一切，精神物质皆完全牺牲到这一个剧本上。如今看到××还没有上演，全堂观众为了一个浅显的社会讽刺剧，疯狂地拍掌，热心地欢迎，把这指导人气坏了。他从这事上看出今天台上即或不至于完全失败，但仍然是失败了。台下的观众，还是从南京影戏院溜出的观众，这一群人所要的只是开心，花了钱，没有几个有趣味的故事，回头出场时是要埋怨不该来到这里的。没有使他们取乐的诨科，他们坐两点钟会借着头痛这一类名称，未终场就先行溜走。来到这里的一群观众若不是走错了路，显然这失败又一定不能免了，他非常气闷地在幕后走来走去。

外面的抚掌声音使他烦恼，他到后走到地下化妆室去，在第七号门前，用指头很粗暴地叩着门，还没有得到内面的答应以前，就推开了那门撞进去了。这里是他朋友陈白的房中，就是谐剧收场以后开始上演××时的主角。这时这主角正在对着镜子，用一种颜色敷到脸上去，旁边坐的有本剧女主角萝女士。这女子穿了出场时的粗布工人衣服，把头发向后梳去，初初看来恰如一个年轻男子。导演望到与平时小姐风度完全两样的萝女士，动人的朴素装扮，默默地点着头，似乎是为了别人正在询问他一句话，他承认了这话那么样子。导演进去以前两个人正为一件事情争持，因为多了一个人，两人就不再说及了。

因为这两个年轻人在一处时总是欢喜争辩，士平先生就问："又在说什么了？"陈白说："练习台词。"导演士平就笑，不大相信这台词是用得着在台上说的问题。

"士平先生，今天他们成功了，年轻人坐满了戏场，我听宋君说，到后还有许多人来，因为非看不可，宁愿意花钱站两个钟头，照规矩宋君不答应，他们还几几乎打起来了！"这是萝女士说的话语。言语在这年轻人口中，变成一种清新悦耳快乐的调子，这调子使导演士平先生在心上起着小小骚乱，又欢喜又忧郁，站到房中游目四瞩，俨然要找到一个根据地才好开口。

"是的，差不多打起来了！"那个导演到后走到男角身后去，一面为男角陈白帮助他做一件事情，一面说，"有八百人！这八百个同志，是来看我们的戏，从各处学校各处地方走来的。对于今天的观众，我们都应当非常满意了。可是你们不听到外面这时的拍掌声音吗？我真是生气了。他们就只要两个人上台去相对说点笑话，扮个鬼脸，也能够很满意回去的。他们来到这里坐两点钟，先得有一个谐剧使他们精神暴长起来，时间只要十分，或者二十分，有了这打哈哈机会，到后才能沉闷地看完我们主要所演的戏。我听到他们这时的拍掌，我觉得今天是又失败了！"

"这是你的意思。你不适宜于这样悲观。在趣剧上拍掌的观众未尝不能在悲剧上流泪，一切还是看我们自己！"

他说，"是的"，像是想到他的导演责任，应当对于演员这话，加以同意才算尽职那种神气，又连说"是的，是的"。

把话说完，两人互相望望，沉默了。

陈白这时可以说话了。这是一个在平时有自信力的男子，他像已经到了台上，用着动人的优美姿势站了起来。"我们不能期望这些人过高。对于他们，能够花了钱，能够在这时候坐到院子里安静地看，我们就应当对这些人致谢了。我们在这时节，并没有什么理由，可以把一切进出电影院以看卓别林受难为乐事的年轻人趣味换一个方向。我们单是演剧太不够。上一些日子，×××的戏不是在完全失败以外，还有欠上一笔债这件事吗？ ××的刊物还只能印两千，我们的观众如今已经就有八百，这应当是很好的事情了。我是乐观的，士平先生，我即或看到你这忧愁样子，我仍然也是乐观的。"

"我何尝不能乐观？我知道并不比你为少。可是我听到那掌声仍然使我要忍受不了。我几乎生气，要叫司幕的黄小姐闭幕了。我并不觉得××的趣剧是那么无价值，可是我总觉不出××趣剧那么有价值。"

"趣味的标准是因人不同的。我们常是太疏忽了观众的程度，珍重剧本的完全，所以我们才有去年在××地方的失败。以后我主张俯就观众的多数，不知道……"萝女士把话止住了，"你这意见顶糟。"

"为什么？"

"你说为什么？你以为这样一来就可以得多数，是不是？"

"我并不以为这是取得多数的方法，不过我们若果要使工作在效率上找得出什么结果，在观众兴味上注点意也不是有害的主张。"

"我以为是能够在趣剧上发笑的人也能在悲剧上流泪，这是我说过的话。一切失败成就都是我们本身，不是观众！我心想，在伦敦的大剧场，也仍然是有人在趣剧上发笑不止的。我相信谁都不欢迎无意义的东西，但谁也不会拒绝这无意义的东西在台上出现。因为这是戏场，是戏场，不明白吗，这原是戏场！"

"我懂了，是戏场，正因为这样，我们的高尚理想也得穿上一件有趣的衣裳，这是我的意思！"

"你是说大家都浅薄不是？我以为不穿也行，但也让那些衣裳由别的机会别的人穿出来，士平先生以为怎么样？"

士平先生本来有话可说，但这时却不发表什么意见，因为萝女士的意见同自己意见一样，他点了头。可是他相信这两个人说话都有理由，却未必走到台上以后，还能给那本戏成就得比谐剧还大。因为观众的趣味不行，并没有使这两个人十分失望，这事在一个导演地位上来说，他也不应当再说什么话使台上英雄气馁了。他这时仿佛才明白自己的牢骚是一种错误，是年轻人在刺激上不好的反应，很不相宜了，他为自己的性情发笑。过了一会儿，他想说，"大家对于你的美丽是一致倾倒的"，可是并不说出口。

他把门开了一点，就听到又有一种鼓掌声音，摇动着这剧场。他笑了。

"陈白，收拾好了，我们上去。"

"他们在快乐！"陈白说着。

"天气这样热，为什么不快乐一点？"女的有意与男的为难似的也说着。

三个人从化妆室走出时，因为在甬道上，那一个美观的白磁灯在楼梯口，美丽与和谐的光线，起了"真是太奢侈了"这种同样感想。

陈白走在前面，手扶着闪光的铜栏杆不动了。"这样地方，我们来演我们为思想斗争的问题戏，我觉得是我们的错误。"

"正因为这样好地方被别人占据，我们才要来演我们的戏！因为演我们的戏才有机会把这样地方收为我们所有，这不是很明显的事吗？"

"我总觉得不相称。"

"要慢慢地习惯。先是觉得不相称，到后就好了。为什么你一个男子总是承认一切的分野，命定……"女角萝话没有说完，从上端跑来了一个人，一个配角，艺术专科演剧班的二年级学生，导演士平问他："完了吗？"

那学生一面到女角萝的装束，一面很无趣地做成幽默地回答："趣剧是不会完的。"说了又像为自己的话双关俏皮，在这美人面前感到害羞，就想要走。

"我们真是糟糕，自杀那么深刻，没有一个人感动，这一幕这样浅薄，大家那样欢迎。"导演士平这话像是同那学生说的，又像为自己而说，学生也看得出这意思了，就不作声，过后又觉得不作声是不对了，就赶忙追认几个"是"字。

大家还站到那梯级前不动。女角萝接续了她要说而不说完的话。

"这剧场将来有一天是应当属于我们的。我相信由我们来管理比别的任何人还相称。我们一定要有许多这样的剧场，才能使我们的戏剧运动发达。我们并且能借到这剧场供给他们观众的一切东西，即或是发笑，也总比在别人手上别的绅士剧团一定要多！"

"一定要多！正是！可是——"陈白不说下去，因为有一个学生在这里，才忍住了。

"我们要演许多戏，士平先生以为怎么样？"

导演士平笑，那笑意思像是说明了一句话，"这是做梦"。这意思在女角萝即刻也看出了，就问他："士平先生，你以为这是一个梦吗？"

"是梦，可是合理的梦，是你们年轻人能够做的。"

"我倒以为最合理。为什么我们就比别人坏许多？为什么我们演剧就不适宜于用这样一个堂皇富丽的剧场？刚才同陈白说，化妆室分开，在中国任何地方还没有这样设备，他像害羞样子，真是可怜。他不说话，但比说话还要使人难受，就是他那神气总以为我们到这里来演戏是一种奢侈事情。他宁愿在××借煤油灯演易卜生的《野鸭》，同伯纳萧的《武力与人生》。他以为那是对的，因为这样就安心了。这理由，我可说不出，不过总不外乎是先服从了一切习惯所成的种种，我相信他要这样主张，还以为为的是良心，因为他自己放在谦卑方面去他就舒适，这是怪可笑的也极通常的男子们的理智，——我还不知要用什么字为相宜呢。哈哈……"

"哈哈哈！"

大家全笑了。

陈白又像在台上背戏的激动样子了，这年纪二十四岁，有一个动人身体动人脸貌的角色，手抓着铜栏，摇着那高贵的头，表示这言语的异议。他为了一种男子的虚荣而否认着。

"萝小姐，你今天是穿上了工人衣服，没有到台上以前，所以就有机会来嘲笑我了。但你用的字并不错，那些就算是男子的理智，或者更刻薄一点，可以说是男子的聪敏。可是许多女人在生活界限上，凭这理智处置自己到原有位置上，是比男子更多的。"

"你说许多，这是什么意思呢？你并不能指出是谁，我却知道你是这样。"

"你相信你比我更能否认一切习惯吗？"

"为什么我不应当相信自己可以这样呢？"

"士平先生懂这个，女人总是说能够相信自己，其实女人照例就只能服从习惯。关于这一点，普希金提到过，其他一个什么剧本也似乎提到过。不过她们照例言语同衣饰一样，总极力去求比本身为美观，这或者也是时髦咧。我是觉得我承认习惯，因为我是个学科学的人，我能在因果中找结论的。"

"可是，你的结论是我们只应当永远到肮脏地方演剧，同时能不怕肮脏来剧场的观众，或习于肮脏来剧场的观众，不是同志就是应超度者，这样一来你就满意了，成功了。你这诗人的梦，离科学却远得很，自己还不承认吗？"

"穿工人衣服不一定就算是做工，所以你的话并不能代表你完全处。"陈白的话暗指到另外一件事上去，这话只有两人能够明白，听到这个话后的女角莠，领会到这话的意思，沉默了。

她望了陈白一眼，像是说，"我要你看出我的完全"，就先走上去了。导演士平先生，对陈白做了一个奇怪的笑脸，他懂得到最后那自不说出的话，他说："你是输了理由赢了感情的人，所以我不觉得你是对的。要是问我的地位，我还是站在她那一边。"

陈白笑着，说："我让你们站在她那一边，因为我这一边有我一个人也够了。"说完他就在心上估计到女人的一切，因为对女角莠的爱情，这年轻男子是放在自信中维持下来的。

两个人皆互相会心地笑着，使那个配角学生莫名其妙，只好回头走了。

导演士平同陈白，走到后台幕背，发现了女角萝独坐在一个假造机器边旁，低头若有所思，陈白赶忙走过去，傍着她，现着亲切的男子的媚态，想用笑话把事情缓和过来："你莫生气吧，士平先生刚才说过是同你站在一块儿的，我如今显然是孤立无援了。"

女角萝就摇头，骄傲地笑着，骄傲地说："我可以永远孤立，也不要人站在一个主张下面。"

男角陈白心中说："这话还是为了今天穿的是工人衣服，如果不是这样，情形或者要不同了一点。"

女角萝见陈白没有说话，就以为用话把男子窘倒，自己所取的手段是对了，神气更加骄傲了一点。

事情的确是这样的，因为在平常，男角陈白也是没有今天那么在一种尊贵地位上，自信感情可以得到胜利的。这两个人是正在恋爱着，过着年轻人羡慕的日子，互相以个性征服敌人，互相又在一种追逐中拒绝到那必然的接近。两人差不多每一天都有机会在言语上争持生气，因为学到近代人的习气，生了气，到稍过一阵，就又可以和好如初，所以在地下室时导演士平先生说的话，使陈白十分快乐。理由说输了，但仍然如平常一样，用他那做男子的习惯，上到戏台背后，又傍在萝一处了。

站了一会儿两人皆不作声，这美男子陈白照演剧姿势，拿了女子的手想放到嘴边去，萝稍稍把手一挣，就脱开了，于是他略带忧愁地顾盼各处，且在心上嘲弄到自己的行为。这时许多搬取布景道具的人来往不息，另外一个女角发现了女角萝，走了过来。

这时女角萝正在扮着一种愤怒神情，默诵那女工受审的一幕戏。

"你那样子太……"她一时找不到恰当的字，她就笑了。

"为什么太……"

"我说你不像工人。"

"工人难道有样子吗？"

"为什么工人就没有工人身份？"

"可是我们是演剧，不得不在群众中抓出一个模范榜样来，你想想，一个被枪毙的女工人，难道不应当像我这样子……"

"可是，被枪毙的工人，不同的第一是知识，第二是机会，神气是无关的。"

"我信你的话，我把神气做俗一点。"她站到那木制假纺纱机横轴上，一面表演着一种不大受教育女子的动作，一面说话，"我这样，我倒以为像极我见到过的一位女工人！"

"你还要改。"

"还要改！这是士平先生的意见！……可是依照你，因为你同她们熟，这样，对了吗？"

陈白的男角位置是一个技师。这时这技师正停在一个假锅炉旁望到这两个女子扮演，感到十分趣味。他看到女角萝对于别人意见的虚心接受，记起这人独对自己就总不相下，从这些事上另外有一种可玩味的幽玄的意义。先是看到两人争持，到后又看到女人容让，自己像从这另外女人把她征服一事上，就报了一种小小的仇，所以等到两人在模仿一种女子动作时，他又说话了。他喊另外那个女子作郁小姐。

"郁小姐，你对于今天剧本有什么意见没有？"

"我不明白你说什么。"

"我说你觉得萝——"

还没有把话说完，萝从那机械上面，轻捷地取着跳跃姿势落下，拉着郁的手走到幕边人多处去了。望到这少女苗条优美的背影，男角陈白感觉到这时两人扮演的是一剧"恋爱之战争"。

导演士平抹着汗从那个通到前台的小门处走来，见到陈白一人在此，就问他"萝小姐往什么地方去了？"萝听到这声音，又走回来了。她仍然重新爬到那现地方去坐下，好像是多了一个人就不怕。陈白见了那样子，她因为才从那边过来，听到有人讨论到 ×× 第一幕的事，就问士平先生，是不是第一幕要那几个警察，因为大家正讨论到这件事情，若是要警察，当假扮的警察从台下跃上去干涉演讲时，是不是会引起维持剧场的警察干涉？并且这样做戏，当假警察跃上戏台殴打演讲工人时，观众知道了不成其为戏，观众不知道又难免混乱了全场秩序，所以大家皆觉得先前不注意到这点，临时有点为难了。

士平说："我同巡警说好了，我们的假巡警仍然从下面上去。只要他们真巡警不生误会，观众在这事上小有混乱是容易解决的。这样小小意外混乱或者正可以把全剧生动起来，因为这一个剧本是维持在'动'的一点上。"

这时从地下室又另外来了两个男子，是应当在第一幕出场作为被殴打的工人，在衣袋里用胶皮套子装上吸满了红色液体的海绵，其中一个一面走来一面正在处置他的"夹袋"。导演士平见到了，同那个人说："密司特吴，警察方面我已经交涉好了，他们仍然从台下走来，到了上面，你们揪打时小心一点。这第一幕一定非常生动，因为我告给我们的巡警，先同那真巡警站在一块，到时就从那方面走过来。今天我们的观众秩序不及上次演争斗为好，可是完全是年轻人，完全是学生，萝小姐说得大致不错，会在趣剧上打哈哈的也一定能在悲剧上流泪，今天这戏第一幕的混乱是必须的。可惜我们找不出代替手枪发声的东西，我主张买金钱炮，他好像把钱用来喝杏仁茶了，说是各处找到了还买不出。我们应当要一点大声音，譬如……好，好，好，我想起来了，我要 ×× 去买几个电灯泡来。要他在后面掷，就像枪声了。有血，有声音，有……"

面前有一个配角，匆匆地从南端跑到地下室去，导演见到了，就赶过去拉着那学生，"喊××来，赶快一点。"虽然这样说过，又像还不放心样子，这个人自己即刻走到地下室找人去了。

在那里，陈白问那个行将被殴打的角色，血是用什么东西做的代替。听到说是药水，陈白就笑了。"这个怎么行？应当用真血，猪血或鸡血，不是很方便吗？"

另外一个工人装扮的角色，对于这个提议，表示不能接受，在一旁低低地冷笑。这一面是这个人对于主角的轻视，一面还有另外意思在内。这也是一个××剧学院的学生，有着一副用功过度的大学生的苍白色脸庞，配上一个颀长躯干，平素很少说话，在女人面前时，则总显着一种矜持神气。这人自从随了××剧团演剧以来，三个月中暗暗地即对××一剧主角的萝怀着一种热情，出于种种原因，自己在一个卑贱地位上只能保持着沉默，所以毫不为谁所觉到的。但在团体方面，陈白与女角萝的名字，为众人习惯连在一处提及的已经有了多日，这就是说他们的恋爱已到成了公开的事实。因为这理由，这大学生对于陈白抱了一种敌忾，也就很久了。照着规矩××男主角，应为陈白扮演，萝所扮演女工之一，又即是与技师恋爱，所以在全剧组织上其他工人应为此事愤怒，这时节这男子就已经把所扮的角色身份，装置在自己的灵魂上了。

陈白还在说到关于一切血的事情，听到闭幕的哨子已经发声，几个人才匆匆地向前台走去。

这时大幕已经垂下，外面还零碎地有拍掌声音可以听到。许多人都在前台做事情，搬移一切原有布景，重新布置工场的门外情形。导演士平各处走动，像一头长颈花鹿，供给指挥的学生们很有几个侏儒，常常从他那肩胛下冲过去时，如逃阵的兵卒一样显出可笑的姿态。

两个装扮工人的学生，在布置还未妥当以前，就站到那应当留下的位置上，并且重新去检查身旁夹袋的假血。女角萝因为应当在工人被巡警殴打时候才与另外几个女工出场，所以这时就站在一角看热闹。男角陈白傍到她站了一会儿，正要说话，又为前台主任请他牵了一根绳子走到另一端去，所以不大高兴地一面做着这事，一面望到女角萝这一面，年轻女人的柔软健康的美，激发到这男子的性欲，动摇到这男子的灵魂。

许多装扮巡警的也在台上走动，一面演习上台扭打姿势，一面笑着。

台上稀乱八糟，身穿各样衣服的演员们，皆毫无阶级地散乱走动。一个律师同一个厂长，正在帮同抬扛大幅背景，一个女工人又正在为资本家女儿整理头上美丽的鬃发，另外一个工人却神气泰然坐到边旁一个沙发上，同一个扮演过谐剧中公爵的角色谈天。一切是混杂不分的，一切调子皆与平常世界不同。导演士平各处走动，看到这个情形心中很觉得好笑，但还是皱着眉头。他的头已忙昏了，还没有吃过晚饭！

忙了一会儿，秩序已经弄好了一点，巡警走了，律师走了，一切人都隐藏到景后去，公爵好奇似的从幕角露出一个头来，台下观众就有人一面大声喊叫公爵一面拍掌，导演士平走过去，一把拉着这公爵，拖到后面去了。

哨子吹出急剧的音，剧场灯光全熄了，两个工人站到预定的木台上，取演讲姿势，面前围了一群人，约二十五个，还没有启幕，面孔都露出笑容，因为许多角色还是初次上台来充第一次配角的男女。女角萝本来已到一旁去了，见到一个听讲女工神气不好，又赶忙走出来为纠正那不恰当的姿态。

第二次哨子响过后，台前大绒幕拉开了，灯光处开始把光配合，映照到台上的木堆上面两个工人用油修饰过的脸与下面装扮群众的一些人的神气。

女角萝还一时不及出场，走到较远僻一点的一堆东西方面去坐下了，陈白跟到过来，露出一种亲昵，这亲昵在平时是必须的东西，而且陈白是自觉用这个武器战胜过一切女子的。这时情形却引起了女角萝的心上不安，感到不快。

"萝，还没有轮到我们，我们坐一会儿。"

"可是也还没有轮到你技师同女工坐在一块儿的时候！"说了这话，女人就想，"我为什么要说这空话，今天像是这个人特别使我不快乐。"

陈白说："女工是恋爱技师的。"说了，看了女角萝让出了一点地方了，就坐下去，心中想："不知道为什么忽然不高兴了，一定是为一句话伤了她的自尊心，女子照例是在这方面注意的。"

过了一会儿，听到前面演戏的工人，那个苍白脸学生高声的演讲，陈白想说话，就说："这个人倒像当真可以做工人运动。"

女角萝记着了"穿工人衣不一定就能做工"那句话，讽刺地说道："谁都不能像你扮技师那样相称。"

"你这意思是说我像资本家的奴隶，还是……"

"我不是说你像……"

"那我是快乐的，因为我只要不像站在资本家一面的人，我是快乐的。"

"不必快乐吧。"她意思是，"不像一个奴隶也并不能证明女工××会爱你！"

男角陈白也想到这点了，特意固执地说："我找不出不快乐的理由。"

"但是，假若，……"

陈白勉强地笑了："不必说，我懂你意思。"

"我想那样聪明的人也不会不懂。"

"你还是不忘记报复，好像意思说：你看不起我女人，你以为你同我好是自然的事，那么，我就偏偏不爱你，且要你感到难过……是不是这样子打算？"

"我知道你自己是顶得意你的聪明的。你正在自己欣喜自己懂女人。你很满意你这一项学问。"

陈白心想："或者是这样的，一个男子无论如何比女子总高明一点。"

因为陈白没有把话答应下去，女角萝就猜想自己的话射中了这男子的心，很痛快地笑了，且同时对于过去一点报复的心也没有了，就抓了陈白的手放到自己另一只手上来，表示这事情已经和平解决了。但这行为却使陈白感到不满，他故意使女角萝难堪，走了。女角萝喊着："陈白，陈白，转来，不然你莫悔。"听到这个话的他，本来不叫他也要转来的，但听到话后，像是又听出了女子有照例用某种意义来威胁的意味，为了保持男子的尊严与个性，索性装成不曾听到，走过导演士平所站立处去了。

女角萝见到陈白没有回头，就用话安慰到自己："我要你看你自己会悔的事情。"她的自信比男子还大，当她想到将因任性这一类原因，使陈白痛苦，且能激起这男子虚荣与欲望，显出狼狈样子时，她把这时陈白的行为原谅了。

一个学生走过来，怯怯地喊这女角："萝小姐！"喊了，像是还打量说一句话，因喉咙为爱情所扼，就装成自然，要想走过去。女角萝懂得到这学生是愿意得到一个机会来谈两句话的，一眼就看清楚了对面人的灵魂最深地方。她为了一种猜想感到趣味，她从这年轻学生方面得到一些所要的东西，而这东西却又万万不是相熟太久的陈白所能供给，就特别的和气了。她说："密司特王你忙！"

虽然一面说着"忙"又说着"不忙"，可是这年轻人心上是忙乱着不知所答的。

女角萝仍然看得这情形极其分明，就说："不忙，你坐坐吧。"当那学生带着一点惶恐，坐到那堆道具上时，女角萝想："男子就是这样可怜，好笑。"

那学生无话可说，在心上计划："我同她说什么？"

照着一个男子的身份，一种愚蠢的本能，这学生总不忘记另一个人，就说："陈白先生很有趣。"

女角萝说："为什么你们都要同我谈到陈白。"心中就想："这事你为什么要管为什么不忘记他，我是明白的。"

这人红了脸，一面是知道自己失了言，一面是为到这话语还容得有两面意义；"这是笑我愚蠢还是奖励我向前？"为这原因，这人糊涂了，就憨憨地望到女角萝笑。且说，"他们都以为陈白是……"当女角萝不让这话说下，就为把这意思补充，说，"以为我爱他"时，学生显出窘极羞极的神气。又过了一会儿，就不知所措地动了动膝头。

"不要太放肆了，愚蠢的人。"女角萝打算着，站起身走了，她知道这种行为要如何激动到这学生青年人的血。她约略又感觉到这种影响及人，是自己一种天赋的财源，也仍然在这行为上有一点儿惆怅。男子一到这些事情上就有蠢呆样子出现，她讨厌这事了，就不再注意这男子，忙走到前面去，看看还有多少时候她才出场。

到前面去时，就又听到那个苍白脸学生扮的角色，大声地说话，非常激昂。她记到这个人平常是从不多说话的，只有这个人似乎没有为她的美所拘束过，不知如何忽然觉得这人似乎很可爱了。这思想的一瞬就过去了，她觉得自己这是一个可笑的抽象，一点有危险性的放肆。仿佛为了要救济这个过失，她把陈白找到，站在陈白身旁不动了。

二、家

女角萝是这样一个人。一个孤儿，小小的时节就由外祖母所养大，到后便随到一个舅父在北京读书，生活在中产阶级的家庭里，受过完全的教育。因为在北京时受时代的影响，这女人便同许多年轻女子一样，在学校中养成了演剧的习惯。同时因为生活环境，她有自主的气概，在学校，围绕在面前的总是一群年轻男子，为了适应于这女人一切生活的安全与方便，按照女子自私的天赋，这女人把机警就学到了。她懂得一切事情很多，却似乎更能注意到男子的行为。她有点儿天生的骄傲，这骄傲因智慧的生长，融和到世故中，所以平常来往的人皆看不出。她虽具有一个透明理智，因这理智常常不免轻视一切，可是少女的热情也并不缺少。自从离开了北平学校到上海以后，她就住到舅父的家里。舅父恰恰与导演士平先生相识，到后不久她就成为××剧团的要角，同一些年轻人以演剧过着日子了。

陈白是在××戏剧学校的教授，是导演士平多年来合作的一个人。这人从演剧经验上学到了许多对于女人的礼貌，又从别的事上学得了许多男子的美德。他认识过许多女人，却在女人中选了又选，按照一个体面男子所有的谨慎处，总是把最好的一个放在手边，又另外同那些不十分中意的女子保持一种最好友谊的亲切。他自己以为这样可以得到许多女子的欢喜，却因此总没有一个女子变成他的唯一情人。过了一些日子，看看一些女人通通从别一个热情的追求中，随到别人走去了，一些新来女子代替了那些从前的人，这美男子就仍然在那原有的地位上，过着并不觉得颓唐的日子。他对于他自己的处置总是非常满意，因为一点天赋的长处，一个美男子的必需种种，在他全不缺少。因为有这美德，所以这个人，就矜持起来，在新的日子中用理智同骄傲很快乐地生活下去。看到一个熟人，同什么人已经订下了契约，来告给他时，自信力极强的男子，自然在心上小小受了打击，感到一点怅惘，一种虚荣的损失，对于自己平时行为稍稍追悔。可是，过一会儿，他就想到一种发笑的机会了，"这样女子是只配同这样男子在一处过活的！"他就笑了。他为自己打算得很好，难受总不会长久占据到自己的心中。"她还懂事，知道尽别人爱她，就嫁给别人，这是好女子。"他把这女子这样嘲笑一会儿，就又同别的女子谈话喝茶去了。

不过，这样男子是也不可厚非的。这男子还属于××。他要革命，××并不能拒绝一个这样男子加入，同样正如××不能拒绝另外一些女子加入一样。他做事能干，演戏热心，工作并不比谁懒惰。他有时也很慷慨，能把一些钱用到别人做不了的事上去，只要这事情使他快乐。他有一种侠气，就是看到了不合理的事情，总要去干。一切行为虽都是为的一点自私，一点虚荣，但比起一些即或用虚荣也激不起来的人时，这个人是可爱了很多的。

在士平先生家，这个有傲骨同年轻人的血的陈白，遇到了同样也有相似个性的女角萝。第一次晤面时，两人皆在心上作一种打算："这是一个对手，要小心一点。"果然，第二次两人就照到心上的计划，谈了半天。他们谈到一切事情，互相似乎故意学得年轻爽利一点；非常的坦白，毫无遮拦地讨论，因为按照习惯要这样才算是直率，但同时两个人是明知道一些坦白的话，说去说来只使人更加糊涂的。不过两人皆不缺少一种吸引对方的外表，两人皆得屈服到这外表上，所以第三次见面，谈了又谈，互相仿佛非常理解，两人就成为最好的朋友了。

女角萝的风貌比灵魂容易为××剧团的一切年轻人认识，因为照例年轻人的眼睛是光亮的。自从女角萝一到了大方剧团，一切人皆不用了。原有的女子，在一种小小妒意下过着日子，她们本来不是一道的，这时也忽然亲热起来了。青年男子呢，人人皆有一种野心，同时这些人又为这野心害着羞，把欲望隐藏到衣服底下，人人全是那么处置到自己。这些人，平时对于服饰原是注意的，到后来更极注意，就是出于那野心躲藏的缘故。

看到这些情景，陈白同女角萝都知道。不过陈白是因为知道这事情，为了别的男子妒嫉，为了报女子的仇，为了虚荣，为了别的同虚荣不甚相远的一些理由，这男子，做出十分钟情样子，成为女角萝的友谊保护人了。女角萝则很聪明地注意到别人，以及注意到陈白的外表、谈话的趣味，所以在众人注目下，也十分自然地做着陈白的爱人了。可是因为各人在心上都还是有一种偏见，这偏见或者就是两人在谈话中太缺少了节制。因为都太聪明了，一到谈话时，两人都想坦白，又总是觉得对方坦白得好笑，有时还会觉得那是糊涂，而自己又只好同样糊涂，因此这两人实际上还是只能保持到一种较亲切的友谊。不过两人似乎皆因为了旁人，故意仿佛接近了一点，所以这恋爱不承认也不行了。

在大方剧团士平先生的指导下，两个人合演了很有几个剧本，这些剧本自然都是入时的，新鲜而又合乎潮流的。陈白在戏上得到了空前的成功，因为那漂亮身材同漂亮嗓子，一说到问题上的激昂奋发情形，许多年轻人都觉得陈白不坏，很有一个名角的风度。至于女角萝，也是同样得到了成功，而又因为本身是女子，所以更受年轻人欢迎的。在上海地方大家是都看厌了影戏，另外文明戏又不屑于去看，大家都懂艺术，懂美，年轻学生都订过一份《良友》杂志，有思想的都看过许多小说新书，因此多情美貌的萝，名字不久便为各处学校的口号了。大家都欢喜讨论到这女人应当属谁，大家都悬想在导演士平先生与陈白两人中有一个是女角萝的情人。大家全是那么按照到所知道的一点点事实，即或是有思想的青年，闲着无事，也还是把这个事拿来讨论的。因为政治的沉闷，年轻人原是那么无聊寂寞，那么需要说话，萝便成为一时代的焦点了。

使年轻人欢喜，从各处地方买了票来到光明剧场看××，为的是看女角萝的动人表演，女角萝自己是很清楚的。所以当导演士平先生生着气，说是观众不行时，她提出了抗议。其实这一点，导演士平先生知道也许比起女角萝还要多。他明白女角的力量，因为这中年人，每次看到她在装扮下显出另外一种女人风度时，就总免不了一点炫目，女角萝的力量，在他个人本身方面就生了一点影响。不过这人是一个绅士，一个懂人情世故太多，变成了非常谨慎的人，他为了安全，就在一个做叔父的情形下，好好地安顿到自己，所以从极其敏感的女角萝那一面看来，是也料不到士平先生会爱她的。

××的戏演过后，第二天，萝正在所住舅父家中客厅里，阅读日报所载昨天演戏的记录。一个与士平相熟的记者，极其夸张地写下了一篇动人的文章，对于××剧本与主角的成就，观众的情形，无不详细记入。这记者并且在附题上，对于巡警真假不分混乱了全场的事情，用着特殊惊人的字样，"巡警竟跃上台上去殴打台上角色!"一切全是废话，一切都近于夸张失实，看到这个，她笑了又笑，到后真是要生气了。但接着展开了那一张印有昨日××名剧主角相片的画报，看到自己那种明艳照人而又不失其为英雄的小影，看到士平先生指挥情形，看到陈白，看到那用红色液汁涂到脸上去的剧艺科学生，昨天的纷乱，重新在眼底现出，她记起台下拍掌声音，记起台下浓浓的空气，记起自己在第三幕时捏了手枪向厂长做欲放姿势，陈白听到枪声跑来情形，她重新笑了。她看到自己很美丽动人的照相，看了许久，没有离开。

舅父是一个老日本留学生，年纪已经有了四十四岁，因为所学是经济，现在正是海关做一个职员，这时正预备要去办公，走到客厅中来取皮包。

"萝，昨天你的戏演得怎么样？"

"失败了。士平先生满脸是汗，也不能使观众安静一点。"这女子在舅父面前故意这样说着，把画报放到一旁去。

这绅士不即离开客厅，说："那么人是很多了。"

"满了座。下星期四还要演一场，舅父你再去看看好不好？"

"我怕坐那两点钟。我想你一定比上次我看到的好。你太会演戏了，又这样美，你是不是出了三次场？"

"可是在第三次我是已经被人枪毙，抬起来游街的。"

"为什么要演这样戏？"

女角萝听到这个问话，以为是舅父同往日一样，又在挑战了，就说："除了这戏没有别的可演。"

"你同士平先生在一处，近来思想也越不同了。"

"是不好，还是好？"这女子望到绅士，神气又骄又似乎很认真。

那中年绅士笑着不答，看到报纸已经来了，就取了报纸看，看那演剧记录，先是站到不动，到后，微笑着，坐在一个沙发上去了。

女角萝在舅父面前是早就有了说话习惯的。她看到舅父的生活，感到一种敌视，这敌视若不是为了中年人的秩序生活而引起的反响，就不知从何而起的。她常常故意来同这中年绅士为难，因为有这样一个舅父，她才觉得她是有新思想的人物。她从一些书上，以及所接触的新言行上，找到了一种做人的道德标准，又从舅父这方面，找到了一个辩论攻击的对象。她每每同舅父辩论，一面就在心中嘲弄怜惜这个中年绅士，总以为舅父是可怜悯的。有时她还抱着一种度世救人伟大的理想，才来同舅父谈文学政治与恋爱，望着舅父摇摆那有教养的头颅，望着那种为固持所形成的微笑，就更加激起了要挽回这绅士新生的欲望。这中年舅父，有时为通融这骄傲而美丽的唯一甥女起见，说了几句调和的话时，她看得出这是舅父有意的作为，却仍然自信这作为也是自己努力的结果，才能有这点成绩，使他妥协屈服。

为了这时又动了要感化舅舅的愿心，想了一会儿找着说话的开端，她说："舅父，你还说你是老革命党，为什么就这样……"

那中年人把报纸略略移开一点："你是说我太顽固了，是不是……你看到这纸上的记载没有？他们说你是唯一的好角。他们这样称赞你，我真快乐。"

因为先前的话被舅父支吾到另一件事上去了，女人感到不平。舅父是最欢喜狡遁的，虽然她是欢喜称赞的人，这时可不行！她要在革命题目上说话！她的心是革命的，她的血是革命的。她把声音提高了一点："我说舅父不行。你这样不行。"

"要怎么样才行？"

"你想你年轻时做些什么事情？"

"年轻时糊涂一点，做糊涂事。"

"就算是糊涂，要改过来，要重新年轻，重新做人，舅父是知道的！"

"改！明天改吧，后天又改吧，这就是年轻！重新做人，你要我去上台为你当配角，还是要我去做别的？"

"你当按到你能力去做，使国家才能向上。士平先生年纪不是同你差不多吗？你看他多负责，多可尊敬。舅父，我觉得你那……"

"又是现的，不要说了。士平先生是学戏剧的人，他就做他的艺术运动，舅舅学经济，难道也应当去导演一个戏本吗？"

"学经济何尝不可以革命。"

"怎么办？我听你提出问题来。"

"×××也是学经济的人。"

"×××写小说，不错，这是天才，我看你们做戏做运动都要靠一点儿天才。"

"你说到一边去了，故意这样。"

"那你要怎么讲？试告我，舅舅怎么去做一个新人，我当真是也想同你们一样年轻一点的，舅舅很愿意学学。"

女角萝想了一会儿，不作声。因为平时就只觉得舅父不及士平先生可尊敬，可是除了演戏耐烦以外，士平先生还有什么与舅父不同，要她说来也很为难。若是说舅舅不应当一个人住这样一栋房子，那么自己住到这里也不该，可是这房子实在也似乎比其他地方便利清静许多。若说是舅父不读书，那么这更无理由了，因为这中年人对于关税问题，是国内有数的研究者（若说舅父不应有绅士习气，则这人也不像比一个缺少绅士礼貌的人有什么更不好）。总而言之，她不满意的，不过是舅父的中年人的守秩序重理智生活态度，与自己对照起来不相称。另外没有什么可言了。因为无话可说，她偷看了一下绅士舅父的脸，舅父仍然阅看报纸等候回答，从容不迫。这中年人虽然是一个完全绅士，可是中国绅士的拘迂完全没有。一切都可以同这甥女谈及，生活与男女，只要甥女欢喜，都毫无忌讳可言，这绅士，实在已经是一个难得的绅士了。

这时想不出什么具体话可言的女角萝，有点害臊，有点生气，因为即或没有什么可说，舅父安详的态度，总给年轻人起了一种反感。她见到舅父又在笑了，舅父把画报拿去，看了又看，望到自己甥女工人装束的扮相，觉得很有趣味，半晌还不放手，萝就说："舅舅你学经济，你知道他们纱厂如何虐待女工没有？"问这个话，仿佛就窘倒了这个中年人，所以说过后自己觉得快乐了，见到舅不作声就又说，"我为你们害羞，为绅士学者害羞，因为知道许多书，却一点不知道书以外是什么天地！权威在一切有身份人手上，从无一个人注意到那些肮脏人类。我听人说，他们的生活，如何的痛苦，如何的不像人，坐在机器边做十六点钟工，三角钱一天，黄脸瘦脸每一个人都有一种病，肺病死了一个又是一个……这些那些过了一些悲惨日子都死了，从无一个人为说一句话，从无一个人注意到他们，我以为这应当是你们的羞辱！你们能够帮忙说话都不说话，你们那种安详我以为是可羞的！"

那中年人还是保持到长者身份，温和而平静，微微地含笑，一面听着一面点头。对于这种年轻人的简单责备，他很觉得有趣的。他之所以无从动怒，一则是自己的见解不同，二则还是因为说这个话的是自己同胞姐姐的一个女儿，看到从小孩变成大人，同时还那么美丽纯洁。他以为这是一种很好的见解，就因为这见解是出于自己的一个甥女口中，一个女子这么年纪，仅仅知道人生一点点，能够说出这种天真烂漫同时也是理直气壮的话，实在也很动人。他一面自然有时候也在心上稍稍惊讶过，因为想不到甥女这自信力与热忱，会从那个柔懦无能的姐姐身边培养出来。他看了看画报上相片，又看看坐在那里神气旺盛的甥女样子，为一种青春的清晨的美所骚乱，望到那神气，忖想得出在这问题上，年轻人还有无数的话要说，就取了一个父亲对待小孩子的态度，惊讶似的说道：

"你从什么地方听到这些事情？"

他不说从什么地方会明白这些，她把问题搁在绅士头上："我只问，舅父应不应当知道这种人类可羞的事情？"

这中年男子，心中想就，"人类可羞的事情难道只是这一点？"但他却答得很好："我是也害羞的，因为知道得比你还多。中国的，世界的，都知道一点，不过事情是比害羞还要紧一点的，就是这个是全部经济组织改造问题，而且这也是已经转入国际的问题，不是做慈善事业的赈济可以了事，也不是你们演戏那么，资本家就会如戏上的觉悟与消灭！"

"若是大家起来说话，不会慢慢地转好吗？"

"说话，是的！一个文学家，他是在一个感想上可以解决一种问题，一个社会问题研究者，他怎么能单靠到发挥一点感想，就算是尽职？"

"那你是以为感想是空事了。"

"不是空事。文学或戏剧都不是空事。不过他们只能提出问题来使多数注意，别的什么也不能做。并且解决问题也照例不是那多数的群众做得到的。"

"我顶反对舅父这个话。解决问题是专门人才的事，可是为巩固制度习惯利益而培养成就的专门人才，他们能做出什么为群众打算的事，我可不大相信。"

"你这惑疑精神建设到什么理由上？"

"我看舅父就是他们的一个敌人！"

"你自己呢？"

这个话使女角萝喑哑了，低下头去害羞了。她想说，"我是同志"，但说不出口。这个纯粹小有产阶级的小姐，她沉默了一会儿，才故意使强调子说："我自然要为他们去牺牲。"绅士听到这个话莞尔而笑了，他说："能够这样子是好的。因为年轻，凡是年轻，一切行为总是可爱的，我并不顽固以为那是糊涂，我承认那个不坏。你怎么样牺牲？是演戏还是别的？"

做着任性的样子，她说："我觉得什么是为他们有益，我就去做那种事。"

"演戏也不错。"

"是呀，我要演许多戏，我相信好戏都能变成一种力量，放到年轻人心上去，掀动那些软弱的血同软弱的灵魂。"

绅士想："想这力量不是戏剧，是你的青春。"

女角萝不说什么了，也想："一个顽固的人，是常常用似是而非的理智保护到自己安全的。"但是，另外又不得不想道，"舅父是对的，人到中年了，理智透明，在任何情形下总能有更好的解释为自己生活辩护。"

议论上显然如其他时节一样，还是舅父胜利，表面上，则仍然是舅父到后表示了投降，说了一些文学改造思想的乐观的话像哄小孩子，于是舅父办公去了。绅士走后女角萝重新拿起画报来看了一会儿，觉得无聊，想到一个熟人家去找一个女友，正想去打一个电话，问问什么时候可以去，到话机边时，铃子却急剧地响了。

拿了耳机问："找谁？"

"……"在那一边不知说了些什么话。

"你找谁？这是吴宅。……是的，是吴宅。……是的，我就是萝！"

"……"那边的人说了许久许久。

"我要到别处去。"

"……"

"也好，我就等你。"

"……"

"怎么，为什么又不来了？"

"……"

"我说也好，难道就说错了吗？"

"……"

"不来也没有什么要紧。你不欢喜来我也不勉强你。天气使你脾气坏得很，你莫非发烧了。昨天睡得不好吗？今天不上课，士平先生也不在学校了吗？我本来还想来找你同士平先生，到我这里来吃中饭，既然生了气，就不要来也好。……你不看到报纸吗？我这里才……怎么，生谁的气？好，我听得出你意思，算了吧。"

像是生了气，不愿再听那一边传来的话，啪地把耳机挂上，过一刻，忽然又把它拿到手上，听了一会儿，线已经断了，就重新挂上，痴痴地站立到电话旁有好一会儿。

想到了什么事情，忽然又发笑了，仍然走到原有一个座位上坐下，还仍然打算到那种事情。本来预备为另外一个打电话，这时又不想出门了。走到窗子边去望望外面那片小小的草地，时间是五月初旬，草地四角的玉兰花早过去了，白丁香也过去了。一株怯弱瘦长的石榴，挤在墙角，在树尖一个枝子上缀上了一朵红花。另外夹墙的十姊妹花，零零落落的还有一些残余没有谢尽。在窗边，有四盆天竹，新从花圃买来的，一个用人正在重新搬移位置。时间还只八点钟，因为外面早上太阳似乎尚不过烈，萝便走出到草坪去看用人做事情。

太阳虽已经出了好一会儿，早上的草地还带着湿气。有些地方草上露珠还闪着五色的光，一个白燕之类的小雀，挂在用人所住那小屋里啾啾唧唧地叫着。远远的什么地方，也听到一个雀子的声音。

在草地上走了一会儿的萝，想到还是要打一个电话，就在草地上叫喊正在二楼揩抹窗户的娘姨，为叫五八八四，××学校，陈白先生说话。娘姨不到一会儿就站到那门口边，说的是北方口音。

"陈先生出门啦。"

"再叫张公馆，找四小姐，说我问她，什么时候可以到我这里来。我是无事可做的，若是她在家，或者我过她那儿去。"

因为电话接通了，说是就可以去，萝走到楼上卧室去换鞋子，把鞋子换过后，拿了夹子，正想出门，到了楼下客厅，就听到娘姨在后门同一个人说话，声音很熟。娘姨拿了名片进来，知道是陈白了，说请进来，一会儿这美貌男子就来到客厅中了。

他们没有握手，没有说话，等娘姨去拿取烟茶时，两人对望着，陈白就笑说："生我的气！"

萝也笑了："是谁生气？我是……"

早上特别美了一点，这男子这样估计到对面的萝，本来已经坐下了，就重新站起来，想走到萝身边去，娘姨却推了小小有轮子的长方茶几在那门边出现了。陈白就做着要报看的样子，拿了报重新到自己位置上去，望到萝笑。

今天的陈白一切是极其体面的。薄佛兰绒洋服做成浅灰颜色，脸上画着青春的弧号，站起身时矫矫不群，坐下去时又有一种特殊动人风度。望到陈白的萝，心里为一些事所牵制，有一点纠纷不清。她要娘姨又把电话再叫一次，叫张公馆找四小姐说话，娘姨还不明白是为什么意思，萝就自己走到客厅后面去了。陈白听到电话中的言语，知道她要出去，又听到说有客来到不去了，就把刚才在路上时所过虑到的一切问题放下了。等到萝回来时，他就用一种不大诚实也不完全虚伪的态度同萝说：

"既然约好了别人，我们就一同出门也好，为什么又告别人不去？"

"你这话是多说的。"

"我是实在这样想的。"

"你来了，我去做什么？"这样说过话的萝，望到陈白脸上有一种光辉，她明白这男子如何得到了刚才一句话，培养到他自信，心中就想："你用说谎把自己变成有礼貌懂事，又听着别人的谎语快乐起来，真是聪明不凡。"

陈白说："我只怕你生气，所以赶来认罪。"把话说着，心里只想"这一定不好生气了"。

像是看得清楚陈白的不诚实处，萝说："认罪，或者认错，是男子的——"

"是男子的虚伪处，但毫无可疑的是任何女子皆用得着它。女子没有这个，生存就多悲愤，具歇斯底里亚病状。"这个话虽在陈白口中，却并没有说出。他只说："这是男子很经过一些计划找出唯一的武器！"

萝不承认地做了一个娇笑。她说出了她要说的话。"这是男子的谦卑，因为谦卑是男子对女人唯一的最好的手段。"

"好像是那样的，但如像你这样人……"

"我不是那种浅薄的人，用得着男子的谦卑，作为生活的食粮。"

"为什么你就在别人说出口以前，先对自己来作一个不公平的估价？我想说出你是不受这抚慰，因为你是不平凡的。但你却先争辩样子，说不是浅薄的人，你这一申明，我倒为难了。"

"为难吗？我看你在任何事情上都不至于为难。"这是嘲笑也是实情，意思反面是："只有一个女子，她的柔情，要顾全一切，才会为难。"陈白是明白这意义的。因为这是对于他的间接的一句奖语，身为男子的他，应在女子面前稍稍谦虚一点，才合乎身份，他就选择那最恰当的话语说下去。

他说了，她又照样打算着说下去，说话的态度，比昨晚上演戏时稍稍不同了一点。两人都觉得因这言语，到了一个新的境界里去了。

两个人今天客气了一点，是因为两人皆很清楚，若不虚伪，这昨晚上友谊的裂痕就补不来了。两人到后看看，都明白是平安了，就都放了心，再谈下去，谈到一切的事情，谈到文学，谈到老年与少年。谈到演戏，就拿了当天时报画报作为主题，继续说了大半天，因为两人的相皆登载到上面。

到后陈白走了，萝觉得今天比往天幸福了许多。也觉得这是空的，也觉得自己仍然还在演戏。天气有点闷热，人才会有这样许多空想，为了禁止这情感的扩张，她弹了一会儿钢琴，看了一会儿书，又为一个北京朋友写了一封信。

舅父回家午饭时，带了士平先生一块儿回来。士平先生一见到萝就问："看到报上记载的没有？"

"岂止看到，看到还要生气！"

"这是为什么？"

"太说谎了。"

"一个记者说谎是法律许可的。并且说到你的成绩，也是大家公认的。"

"我知道，这因为我是女子，那些男子对女人的话，除了赞美我不明白还有什么别的可说。"

"但也不一定，×××是也那么美貌被人骂过的。"

"那因为是她一定使男子失了望。"

"你难道有过相反情形吗？"

"对我这样称扬，总是有一点不好用意。"

"自己虚心！"

"为什么是虚心呢？因为我是女子，我知道男子对于女子所感到的意味！"

"就是这点理由吗，那是不够！"

士平先生今天来也像要挑战了，萝就用着奇怪神气瞅到这瘦长子导演不说话，心中想："别的理由我还不曾见到。"但她不想说下去了，因为话一说到这些上面，又成为空调的固执，而且自己也显然要失败了。

舅父是不说话的。等到看看萝不说话了，就同士平先生谈近来的政治纠纷，这一点萝是没有份的。但一个是舅父，一个是那么相熟的长辈，她的口还不至于十分疲倦，她就掺进去发挥了许多意见，都是不大有根据却又大胆而聪明的意见，使士平先生同舅父两人都望到她笑。她并没有因为这点理由就不说话，她要说的都说到了。她嘲笑一切做官做吏的人，轻视一切政客，辱骂一切权势，她非常认真地指摘到她所知道所见到的一部分社会情形。她痛恨战争，用了许多动人的字句，增加到他说这个问题时的助力。她知道一切并不多，但说到的却并不少。

她的行为是带一点儿任性的，这种情形若只单是同士平先生在一块儿却不会发生，因为要太客气一点。这时没有人同她作一种辩驳，她的话题越说越使自己兴奋，舅父的长者风度，更恼到这小小灵魂。

"舅父，你以为怎么样？"

"我以为你是对的。说的话很动听，理由也好，我赞成你。"

"这是你把我当小孩子说的谎话。"

"我当真赞成！即或你自己以为是一个大人，我是也不反对的。"

"我不要你赞成！你是同我永远不同意的，我看得很清白。"

"为什么一定要这样说？问问士平先生，是不是这样？我说话，你以为我是为统治者张目，我沉默了，你又以为我在轻视你。不过我实在同你说，你知道的是太少了一点。你只知道罪恶的实况，却并不知道成立这罪恶的理由。你的意见都是根据你自己一点体会而来的，你站到另一个观点上去时，你恐怕还没有轻易像舅父那样承认你自己的主张！"

"你这是说我完全胡闹！"

"不是胡闹，是年轻，太纯洁，太……"

"一定是说太单纯。我懂到舅父要说的话。你不说我也懂得到。你说了，用的是别的字言，我也仍然听得这个意思。舅父我不同你争持，我走了。"

她实在是说够了，装作生气样子，离开了客厅，却并不离开这个温暖的小巢，她上到楼上自己卧室里去了，要到把午饭摆好时，才下楼来吃饭。

两个中年人在萝上楼以后，就谈到这女孩子一切将来的问题。绅士只稍稍知道一点在演戏中同陈白两人要好的情形，却不十分完全知道那内容。士平把他们关系以及平时争持爱好完全说到了，听了这个消息的绅士，摇了一下那个尊贵的头。

"这一定是有趣的。这孩子早上还才说到我老了，不行了，要重新年轻才是，那么，我也来学年轻人糊涂天真地恋爱，就算做人吗？

这个小小脑子里，不知从什么地方来的这样多见解，她在努力使我年轻这一点上，真还同我争吵了好一会儿。哈哈，这一时代是有趣味的时代，有这样女子! 士平，我们是赶不上这时代了。"

这导演听到说"我们"，心里有点不服，纠正似的说："为什么这样说我们? 若是要赶，没有追不上! "

"那你就追上去，我祝福老友一切一切的……"

"我可是不能为你的缘故才显英雄本色。"

"就算是为了你的老友也不坏。"

"你看吧。"

"我等着，我还很想知道那方向。"

"慢慢地自然会知道。"

到后两人忘形地笑着，因为这笑声，使在楼上的萝又下楼来了。

"说什么? 我听到你们笑! "萝向士平先生望着，却要舅父回答。

绅士就说："不是笑，是吵着。"

"我以为年轻人同老年人才会有所争持。"

"当真的争持，是只有两个在同样年龄上的人才会有的。"

"舅父的话是又含得有一点理由，意思就是在我面前没有讨论价值。"

"我不是也同你争辩过问题吗? "

"那是舅父先一句话又说错了。"

绅士把眉毛一扬，做出一个诙谐样子，且略把舌头伸出了一下："嘿，你真厉害。这说话本领可不小。舅父此后真要退避逃遁了。"

萝见到这情形，放肆地笑了，她仿佛完全胜利了，舅父的神气使她感觉快乐。她为了表示在士平先生面前的谦卑态度，才说："那因为是舅父，我才学得了这样放肆; 也因为是士平先生，我才学得了这样口才。"

士平先生笑着把手摇动，也有点儿滑稽，他说："我是不会使你学到同家庭作战的，老朋友他信得过我。"

绅士说："我相信士平告她一定是另外一些的，就是告给她打我。"

说过这笑话，接着就一面按桌上的悬铃，一面喊人把饭摆出来，且望到士平先生那瘦瘦的马脸，觉得老朋友非常有趣。

吃过饭，绅士问士平先生，怎么过这个下午。没有什么可说的他，意思以为若果是主人不赶客，就留到这里不动。绅士问萝要不要出去，萝说天气热不想出去，不让士平先生走去，留他在这里谈戏剧也好。

"我是要办公去了，你不要出去，士平不要走，我回来三个人再过 ×× 花园去玩。"

"舅父你办公去，仍然坐到你那写字楼边做半天事好了，士平先生不会告我怎么样反对你的，请你放心。"

"我倒没什么不放心。我预备敌你们两个！"

这绅士，到时就又机器一样地坐了自己小牛牌小汽车走了。看到舅父走后，站到廊下的萝，才叹了一口气，走回客厅里来。她为这绅士的准确守时，像这样叹息机会太多了。她有点儿莫名其妙的忧郁，当到舅父面前时，还可像一个小孩子一样，肆无所忌地来同舅父有所争论，但另一时却想到舅父是寂寞的人了。

当夜里，那绅士正在三楼小书房吸烟时，萝来了。萝与舅父谈话，说到士平先生。舅父问她士平先生说了些什么话。萝说：

"他似乎也很寂寞，这个人今天同我说到许多的话。"

舅父听到这个微微地吃了点惊，像是想起了什么事情，有所憬悟，稍过了一会儿，忽然问萝：

"我听说那个陈白爱你，你是不是也爱他？"

"舅父为什么要做这种问答？"

"这是我关心你的事情，难道这些事情就不能让舅父知道吗？"

"舅父是自然得知道的，只是问得不好。应当说，你们爱到怎么样了呢？因为舅父是原本知道这件事情的。"

"就照你这样问，同我说说也好。我愿意明白你在你自己这件事情上，有了些什么好计划。我还不大同你谈到这些事，你说你的见解，给舅父听！"

"他愿意我嫁他。"

"这没有什么不合理。"

"可是这是他的意见，这个人爱我是为了他自己。"

"这也是自然的事！"

"自然，爱都应当为自己，可是，我看他却为虚荣才爱我！"

"……"舅父要说什么，似乎认为不说还好，所以又咽下去了。

萝心想："舅父对这件事总是奇怪，因为他不明白年轻男子，更不明白年轻女人。"

忽然舅父又说："萝，你愿不愿意嫁他？"

"这样爱我的人我还不愿意吗？"

"我听人说你同陈白很好，虽然这是个人的私事，我不应当掺和多少意见，不过我多知道一点，是很高兴的，所以我要你告我。"

"舅父现在我让你知道了吧，我不同陈白结婚，因为好像大家都爱我。"

"你若是爱陈白，那么大家爱你，这一点理由也不会使你拒绝结婚，因为大家爱你绝不是拒绝另一个人的理由！"

"舅父我倒以为这是唯一理由。我应当让每个人都可以在我身上有一种不相当的欲望，都不缺少一点野心，因这样大家才能努力使世界变好一点。"

"怪思想！"

"一点都不奇怪！我不能尽一个为虚荣而爱我的人把我占有，因为我是人，我应当为多数而生存，不能为独自一个人供养与快乐的东西！"

"我不同你说了，你学的是诡辩。恐怕你是会到这诡辩上吃亏的。自然你也可以用这个，把自己永远安置在顺利情形中，可是我真奇怪你为什么会这样打算？"

"我说我爱陈白，舅父一定就快乐了，也原谅我诡辩了。我知道，陈白是那么使年老人欢喜，又如何使年轻人佩服的，为什么？因为他是一个戏子！他演戏太多，又天生一副动人的相貌，所以许多有女儿的，为了自私计算，总愿意自己做这人的亲戚。女人呢，又都是为陈白外貌所诱，没有不愿意……可是我不欢喜他，我太明白这个男子了，他爱我的方法用错了，他以为女人全是那么愚蠢。"

"你的议论太多了。"

"因为在舅父面前，我学习一切。"

"可是舅父是沉默的。"

"是！是！虽然沉默，舅父是比别人能够听我的道理的。"

"唉，你这道理真多，今天舅父也听够了，你去了吧。"

走到门边，萝忽然又回身转来，站到门边不动了。

"为什么？"

"舅父，我告你，若是士平先生问到我爱谁，你说我爱陈白。"

舅父笑了起来："我不懂这意思！说明白点，你先不是说过，不能让一人独占吗？为什么又使一些人知道你是被人独占？"

"我要舅父这样说总不会错。"说完，走去了。

听到匆匆的下楼梯脚步的声音，绅士想起来了："士平先生一定要学年轻人做呆事，为这有纤细神经的少女隐约觉到了。"这想象使绅士生出了一点忧愁，然而当计算到这里时，他却笑了又笑的。

三、一个配角

在××楼上，为了演剧事××剧团于今天聚餐，到会的人数约有五十，士平先生做主席。人数到足后，主席起立报告上次演剧的成绩，以及各界对此的注意。说完了时，又提到下次排演的剧本，应当如何分组进行各种计划。坐在陈白身旁的萝，没有同陈白说话，却望到士平先生，心想起前一些日子在舅父家中所谈的话。

一个女子的神经，在许多事情上显出非常迟钝，同时是又能在另外一种事情上显出非常敏感的。萝是在男子行为估计上感到自己欢喜的一个人。她这种在男子行为上创作估计的趣味，在北平时就养成了。她看清楚一切了，知道自己怎么样去做，就可以使那出于男子的笑话更明白清楚，她就不为自己设想做去。她懂得到这些事都不免有一点儿危险，可是这小小危险她总得冒一下。在舅父面前，她养成了女子用言语解释一切的能力，但在众人广座中却多是沉默如害羞女子。她知道这样处置对于自己更有利益，也知道这样，才能使那些年轻人的血沸腾起来，她能够把自己的口噤闭起来，于是一切男子，在演剧时任何一个脚本上都是配角的青年们，也都各在心上怀着一种野心，以为导演士平先生不许自己做一次戏上的主角，或者萝将许可自己做一次恋爱主角了。男子们的事她都懂得到，不懂的她也这样猜想得到，她就在这些上面做成每一个日子的意义。

她这时不说话，望到士平先生。士平先生说完时，大家拍着手掌，她也照例拍了一阵。一个扮谐剧小丑的角色，到这时言语神情还仍然有小丑的风度，站起来提议要请女主角萝演说一下，大家不约而同地鼓了一会儿掌，因为这提议很合众人的兴致。

萝心想："这一群东西，要我说话，也像看戏一样，还欢迎咧。"想起自然有点不耐烦，把眼睛在长长的一列席上，扫过一阵，看得出每个人的情趣所在。她站起来一会儿，又坐下了。

全座的手掌又拍着了。士平先生含笑地望到这一面来。

"随便说说，高兴没有？"

"……"摇摇头。她一面就想："我就这样让这些男子笑我好一点。因为一说话，不知不觉要骂到这些穿衣吃肉的东西。我笑他们，骂他们，怜悯他们，不过反而使这些东西更愚蠢。"

另外一个女子，正因为有一种私心，很不乐意萝的出众行为，就提议说请陈白先生演说，看大家怎么样，最先应和这个提议的是座上十一个女子，另外就是几个想讨好女人的学生，大家一赞成，到后陈白笑眯眯地站起来了。

"最先大家请我们剧团这位皇后说话，不高兴说，才轮到我。我要说的，想必一定也是大家心上的意见，就是这次排演××，所得的盛誉，应当为两个人平分，一个是士平先生，一个是萝小姐。……"

大家鼓掌，陈白各处一望，知道话说得好，可是有点疏忽了，就等候掌声略平时，又说："我的话没有说完！我将说，若果没有我，没有各位同学同志，士平先生是不能够照到他的计划做去，萝小姐的天才也毫无用处！所以群众应感谢的是他们两人，这两人却应当感谢我们，大家以为怎么样？"

掌声又起了，如暴风来临，卷走了许多人的不快。陈白的话是同人的外表一样聪明的，萝轻轻地说道："陈白你好聪明，可是你这话真是空话。"

这男子，也轻轻地说道："话无有不是空的，看人说，看时候说。"

萝很不平的样子："你以为你看清楚我欢喜你说的话了吗？"

陈白分辩："大家都并不生气，这就难得了。"

"可是我用不着你当到人面前对我献媚。为你计，莫使那些女人恨你，你也不应当说这种蠢话。"

"我会自己挽救自己，你不见到她们快乐吗？"

女的就哼了一声，不表示这话是对的，也不否认是不对的。

陈白说："我说错了，我应当尽他们恨我，却能使我更爱你。"

萝说："你的打算是不错的，最合乎一个聪明人的技巧。"

"你太会用字了。你说技巧，是指我说谎而言，还是——"

"自己应当比别人更清楚一点！"

这时陈白正用力切割一片面包，听到这里时手微微发抖，但这个体面青年绅士，仍然极力保持到他绅士的身份，他轻轻地放下那把刀，瞅着萝，做出多情无奈的神气。"我求你莫太苛刻"，他这个话并没有说出口来，只蕴蓄到他那绅士态度中。他以为萝会在这小小的反省中体会得出他的意见。他是等待原谅的，需要原谅的，因为这个人自信有使人原谅的各种理由。

女的像是没有注意到这情形，又说："一个聪明人能够得人欢喜，却——"她意思是虽使人欢喜也不一定使人爱他。陈白并不听清楚这话，他还是有他的哲学。照到他的哲学，这时是沉默一下，他就沉默了。他等候机会，等候散会时邀萝到一个地方去玩。他一切原谅到她，因为他觉得自己是一个男子，对于有一点任性的女子，当然有些地方是应当原谅的。他是在爱萝，爱情中牺牲成见是一个最要紧的条件，他就做到了，所以他一切乐观，并不消沉。

上过了一次汤，主席又从那主位上站起来了，一个长长的颈子，一个长长的头，把一双微带近视的眼望到萝，很有趣地把眉一扬，这个外貌虽不美观却有绅士风度的人物，他重新来提议，要萝说几句感想。他的样子是那么正经，而言语又是那么得体，萝不能再拒绝了。

在掌声中这女子站起来了，说话清朗像敲钟，到一切人的心上，都起着各样悦耳的反响。她那先是略见矜持的儿女态度，仿佛说明了她的身份的高贵。她旋即非常谦卑地说到自己如何无能，又说到此后大家应当努力的方向，说完了，各处望望，缓缓地坐回原位。各人皆为这声音和谐所醉了。女人们心中都有所惭恧，用拍掌遮掩了自己的弱点。青年男子一齐皆望到萝这一方来，想喝一杯酒同祝这女人的长寿。陈白明白这个胜利，在这时，他有一种虚荣照耀到心上，他故意把身子倾近身侧的萝，把一个小小高脚玻璃杯接近唇边，"敬祝我们的皇后多福。"萝瞅着陈白行为，心中小有不怪。

陈白呷了一口酒，就说："话说得真是动人。"

"你以为我是演戏吗？"

"我以为你是天才，不拘演戏或别的事，总是那么使人觉得美妙倾心。"

萝稍稍觉得自己为这个话所征服了，就也呷了一口酒。

陈白又说："士平先生是第一个承认你是天才的。"这个话说得不甚得体，把先前一句话所造成的局面又毁去了。这时萝正想到另外一些事情，她忽然觉得陈白是有酸意地疑心到她了。一个女子在这方面失去了男人信托时，依照了物理的公律，对于男子的反抗总是取最优姿势，就是故意去和那使自己被诬的男子接近，作为小小报复的。她这时把杯子拿到手上，做出有意使陈白难堪那种神气，同上首一点的主席士平先生，遥遥地照杯，喝了一点红酒。

坐在一旁的陈白虽在干笑，萝却猜得出这笑里隐藏的是什么成分。她就故意问："陈白，你快乐呀！"

那人非自然地点点头："我为什么不快乐？你以为男子都是像女子一样，按照她所见到的使她欢喜或忧愁吗？"

萝说："能够像你这样做男子自然很可佩服。"

"但我不要别人佩服。"

"我当然知道你这意思。"

"因为你是聪明女子。"

"大致还不十分聪明吧，你太过奖了。"

"……"

"……"

吃过咖啡，散席了，有两个与萝较好的女子，包围到这个被人目为皇后的人，坐在一个屏风后谈话去了。陈白则同士平先生，与另外出版组几个学生，商量印刷下一次排演的戏券同广告。一些成对的青年男女学生，坐到一角上去，都在低声低气地谈论萝同陈白的爱情，仿佛只有这话是唯一的可说的情话。另外还有一些男女，各人散坐到各个地方，吃饱了，遵照一个肚子有了食物的青年人习惯，来与朋友说到吃饭穿衣女人文学各样事情，都说得有条有理。这些人思想自然都是激进的，人是漂亮的，血是热的，可是，头脑也就免不了是糊涂的。大家看世界都朦朦胧胧，因这朦朦胧胧，各人就各以生活的偏见，非常健康地到这世界上来过日子了。各人也都有一种悲哀，或者为女人的白眼，或者为金钱的白眼，因为刺激，说话把本来性格也失去了。其中还有几个孤芳自赏的男子，白白的脸儿，长长的头发，为了补充自己艺术家外观起见，照习气在白的衬衫上配上一个极大的黑色的领结（或者这领结又是朱红颜色），领结为风所吹动，这种男子忧郁如一个失恋的君子，又或者骄傲如一个官吏，一人独来独往地，在那大厅中柔软的地毯上来回走着。几个最能同情而又不大敢在人前放纵的艺术学校一年级女生，就在心上暗暗地让这动人的优雅男子印象，摇撼到自己的芳心，且默记剧本上的故事，到有些地方似乎是与自己心情相合的时候，就在众人不注意的情形中，把身体显出的姿势改正了一下。

到后有人起身走了。有人望到壁上的大钟，赶到北京戏院看《党人魂》的时间到了，就三五不等地离了这聚餐地方。女人们有朋友的被邀去看电影吃冰，没有朋友的也走回学校去了，那个在前一次装扮工人的苍白脸男子，还等待什么神气，一个人坐到一角看报。把小组会议结束了以后的士平先生看看许多人都走了，就到出纳处去知会本天的用费，回来时，走到屏风处去看萝，陈白也跟着走过来。因为先前萝是同士平先生一同来的，士平先生就问萝说：

"回去还是要到别的地方去玩？"

陈白却代替萝说："她答应了我到太和旅馆看日本人的摄影展览会。"

萝因为在士平先生面前，她有一种权利存在，她表示她自己趣味是陈白不能占有的，这时对陈白的话加以否认了。她说："士平先生，我不想去看那个日本画，我要回去。"

"当真吗？"

"我不愿意来说谎话糟蹋时间。"

陈白脸上觉得稍稍有点发烧，但仍然极力镇静到自己："我陪你去。"萝不假思索就答应："也好。"陈白从语气上有了点不平，又改口说："我不能陪你去。"这个话伤了萝的心，就默了一会儿，向士平先生说："士平先生，你无事情做，就同我家中去坐坐，我们昨天谈到那个故事还没有完，舅父的酒是等待你去才会开瓶的。"

士平先生望到陈白不作声，心想："这是小孩子故意报复。"就说："陈白，你不陪萝去，这是什么意思？"

陈白走开了一点，有一个人不快乐的神气："她并不要我去！"

看到陈白这样子，萝在心上有了打算："陈白你这样，我就做一个事使你难堪。"她同另外几个女子点点头，就走到放衣帽处去为士平先生拿帽子。陈白看得一切很清白，且知道这是故意为使他难堪而有的动作，他也走过去拿帽子，预备走路。这男子是在任何情形下皆不觉得失败的，他看到他们下楼去了，看到那个忧郁的学生，还似乎在看一张报纸，非常用心，忘了离开这大厅，就过去望望。"密司特周，转学校去还是要到别处去？"

那学生看到今天萝是同士平先生在一处走去的，这时陈白来同他说话，在平时所有因某一种威胁而起的恶劣情绪少了一点。陈白是他的教授，所以忙站起来一面整顿自己衣服一面说："我要回去，我要回去。"

"莫回学校去，我们两个人到太和馆看画去，好不好？"

"好。"这样答应着，这人似乎又即刻对自己所说的话有所疑惑了，就望到站在面前健美整齐的陈白，做着一种不知意思所在的微笑。

陈白懂到一点点这人忧郁的理由，忽然发生了一种同情，这种同情是平时所没有的，就拉着这年轻学生的手一定要同他去玩一阵。到后，又看到那另个女生要走的样子，就说："小姐们，同志们，一起看画去，一起看画去。"女子们互相望了一会儿，像是都承认这个事情不能拒绝也无拒绝的理由了，就不约而同地说："好。"

一共到太和馆去的他们有六个人。看了一会儿日本人的西洋画，几个人又被陈白邀到一家附近咖啡馆去吃冰。陈白走到电话处打了一个电话，问士平先生回了学校没有，从电话中知道士平先生还没回学校，陈白有一点点不快乐，与学生们分了手后，就赶到萝所住的地方去了。

过一礼拜后，××剧团又在光明剧场排演了一个士平先生的创作剧本，名叫《王夫人的悲剧》，主角仍然是女角萝。因为这个剧本需要两个男角做陪衬，陈白是其中一个，另外一个由陈白挑选了那苍白脸的周姓学生充当。在排演期间，陈白从一些旁观中，含着秘密似的侦察到萝的一切，至于萝，则因为那配角默默的不大说话，就常常带了一点好奇、一点挑拨的意味，去与这怯弱的男子接近，在一处练习剧情上的言语与动作。有时在陈白面前，为了特意要激恼这自私男子，为了要使他受一种虐待，且似乎看得出是陈白应当得到的虐待，也会故意把女子所有的温情给予那周姓男子过。其实则这女人完全没有想到这危险游戏，所种下的根是另一面的爆发，她在这一件事上，稍稍把她的聪明误用了。

当这剧本正式上演以前，在预演上就得到了极好的成绩，那周姓学生，不知什么缘故更沉默了，士平先生没有明白这理由，到后方始稍稍注意到他，就问他，为什么这样不快乐。这学生红着脸一句话不说，走了开去，到后又像害怕导演士平对于他的行为有所疑心样子，把这一角另外换一人，所以又写信到士平先生处去，解释这忧郁只是身体不大健康的原因，毫无其他理由。士平先生是对于年轻人心情懂得很多的，他相信这个人的诚实，且觉得这个人对于表演艺术与语言天才，都不是其他角色所赶得上，故特别同他说了许多努力整顿自己的话，使这学生对于士平先生，多了一种信托，只想有机会时，就在这中年人面前来推心置腹述说一切。

把戏演过后，这学生同士平先生似乎特别熟了，每每走到士平先生房中来时，常见到萝在这里，就非常拘束地坐到一旁，听萝同士平先生谈话。有时独与士平先生在一处，谈到萝同陈白的要好，这年轻人露着羡慕可怜的样子，总是这样带点固执的调子，说："他们都说陈白要订婚了，他们都这样说。"

士平先生听到这个话很有许多次数了，有时只是微笑不答，有时检查了对方一下，就也似乎固执地说："这是一定的，这是一定的。"

苍白脸学生听到这个话，就显着稍稍狼狈了一点，沉默不再言语了。或者再过一会儿，忽然又这样说："他们都说萝好。"听的就问："谁说？"于是又好像不知所答的默然不语了。

在士平先生心中，有对于这学生十分同情的怀抱。

四、新的一幕

××剧团与××戏剧学校有一种谣言发生，是关于陈白与萝恋爱的事。这谣言如一般故事一样，在一些年轻人口中，正如生着小小的翅翼，不久就为许多人所知道了。谣言的来源是有一个学生，夜里到××公园去，当夜天上无月光，这人各处走动，到了一个土山上，听到山下背阴处萝的声音，同一个人像在争持一个问题，非常兴奋。到后这学生转到园门外边去等候，就见到陈白同萝一同走出，一出门，萝跳上一部街车一句话不说，车就拖走了，陈白非常颓唐样子，在门外徘徊了一阵，又一个人走进公园去了。大家把这件事安置到心上，再去观察他们两人的生活，谣言不久就由事实为证明了。

两个人不知什么原因，把那友谊上的裂痕显到行为表面上以后，那沉默成性不常与人言语的周姓学生，似乎是最后才知道的一个。他听到这个消息，心上起了一种空漠的感想，又像是这消息应当使自己欢喜一点，但实在他却在这消息上更忧郁了。这是一个最会在沉默里检查自己的年轻人，他把这事情，联合到自己的生活上作了许多打算，看不出有快乐的道理。当时他走到士平先生住处去，没有遇到士平先生，返回自己宿舍时就站到廊下看蜻蜓飞。这时已经是六月中旬了，再过一阵因为暑假将使许多人回家，也将使他自己难过。萝常常来到学校，不外乎有两种理由：其一是因为练习演戏；其二却是拜访士平先生与陈白。暑期天热戏是不会排演了，到了暑假陈白一定要离开这里，士平先生或者也要到一个地方去避暑，所有一点好机会都失去了。这时这大学生，听到了这新的消息，他心里想："我的灾难是到了。我头上落下了一样东西，我一定逃不去的。我要死了，倘若机会使我死得方便，我将为这件事死了。"他非常悲哀，不能自持，一个同学不知道为什么事情，就来问这个人，有些什么事用得着他，他可以去做。这大学生只是摇头，等到同学走后，他望到窗间的一个女角萝扮演××的照片，就哭了。

陈白同萝是早听到了这谣言的。为了自尊的原因，陈白对于这事自然有点难过。他曾想过了用各样方法，去挽救那种由于言语造成的过失。对于萝，他自己觉得已让步得很多了，可是都无法恢复过去另一时的情形。他知道自己是失败了，却仍不缺少一个绅士的做人态度，当到一切人的面前，从不现出忧戚的颜色。另一面他又照着身份，因此在其他女人得到了一种同情的收入。他先是觉得这件事为人知道了，是他一点耻辱，一点不利于己的过失，过一会儿，却另有所会心，以为这事对于自己也仍然很有利益了。

萝并不像陈白这样子。她原是一个女人。女人对于恋爱，有一种习惯的贪婪，虽说她同许多女人一样，是在不变的热情中感到厌烦了男子的一个人。她曾有意把陈白的印象贬价估计过，还在男女间故意找寻过友谊的罅隙，极力使之扩大，引为快乐，她曾嘲弄过这恋爱。可是，她在并不否认这恋爱是在习惯上成为离不了的嗜好的。她习惯那相互间的钩心斗角，她习惯那隐藏在客气中的真实，她玩弄自己的心情，又玩弄这使自己忽而聪明忽而愚蠢的旁人一笑一颦。她因为把那一个女人不应当明白的男子种种坏处完全明白，所以她就在一种任性行为下把生活毁了。

当她在有一次同陈白为一种问题争持不下时，看到陈白生气走去了，心里就觉得有一种缺陷，非想法补充不可。那学生看到公园中的两人斗气情形，却就是由于萝的好意，在那天把陈白邀去讲和，结果却更失败，因此她也就只有尽这谣言变成事实，不把责任放在自己身上来图补救了。

因为这友谊分裂了，她感到一点儿沮丧，可是她知道处置自己更好的方法，是学校仍然应当继续过去，戏仍然应当继续学习，同时表面的交谊也仍然应当继续维持。她一切都照这计划做去，她使别人无从在这件事情上有把谣言扩张的机会，同时又使陈白知道他的行为并不使她苦恼。她逞强做人，待一切人更和气了一点，使一切人皆变成自己的朋友，却同时便成了陈白的敌人。

萝的处置毫无错处，陈白到后是屈服了，认错了，投降了。但因此一来，她更看不起这个男子了。她并不把这胜利得到以后就恢复了过去的尽陈白独占的友谊，她知道陈白一面屈服一面还是在他那男子的自得情形中生活，貌做热情却毫无真心的进取，因此她故意做出许多机会，使××学校皆知道萝并不是陈白独占的人。

因这缘故，有一个晚上，那个苍白脸儿周姓三年级学生，走到士平先生住处做出使士平先生惊讶的故事来了。

当他直言无隐地把爱着萝的事情告给士平先生时，士平先生虽说一面勉持镇静说着"这也非常自然"的话，平定到这学生的心，可是自己终不免为一种纠纷显出努力的神气。他让这学生把所有要说的话说完，他知道这学生是非常相信他能够在这事上有所帮忙，所以才来倾诉这不可告人的隐衷的。他知道这学生的意思以后，仍然用言语鼓励这匍匐到自己脚下的可怜的年轻人。

他做了一点伪绅士样子，作为不甚知道陈白与萝的事情，就同那学生说："好像陈白同她有了一种关系，你不是知道了吗？"

那学生说："我所知道的是陈白得不了她。"

那个先生心中就想："陈白都得不了她，你自己有把握做到这事情吗？"

因为士平先生没有把话说出，那学生也觉得自己的不济了，就接到说："我也知道我是无份的一个人。我没有陈白的好处。凡是使一个女人倾心的种种我都没有。我的愿心只适宜于同先生说及，因为先生知道人类在某种情形下，有无可奈何的烦乱，苦恼到灵魂同肉体。我并不想这件事有尽她明白的必要，我只是拿来同先生说说。我要走了，因为我忍受不了，我不是伟大的人，我只能做到这一点为止。我因为爱她，变成更柔弱更不成男子了。我每天想道：我怎么样？我应当怎么样去为这个全人牺牲，还是为我自己打算幸福？我想不出结果！我纵可以在黑暗里把我灵魂放大，装作英雄，可是一在太阳下见到了她，我的一切勇敢又毫无用处了。我为什么要这样子？我不明白……"

说到后来这青年就小孩子一样在士平先生面前哭了。士平先生没有话可以说，就尽这个人哭了一会儿，自己抽了一支烟，仿佛想从烟雾中把自己隐藏起来。这学生是那么相信士平先生敬仰士平先生的，把士平先生当成母亲一样毫不隐瞒地倾诉了心上的一切，末了还这样放肆地哭！事情非常显然的，就是这年轻人完全不知道萝为什么同陈白分裂的理由，如果知道一点点，这时就不会这样信仰士平先生了。若果他知道萝同陈白的分裂，即是同士平先生的接近，则这学生知道这情形以后，将悔恨自己的愚蠢，即刻就要自杀了。

士平先生没有作声，望到这学生又愚暗又天真的脸无话可说。等到学生把眼泪擦去，做着小孩子的样子发笑了时，士平先生就轻轻地叹着气，很忧愁地说道：

"密司特周，我很懂得你的意思，我当为你尽点力，想法使萝同你做一个朋友。你应当强硬一点，因为这样软弱对于自己毫无益处。爱情是我们生活一部分的事情，却不是全部分的事情。事实或者可以使你快乐，但想象总只能使你苦恼。你的身体不甚健康，对于许多事容易悲观，这一点，你是因为身体的弱点，变成不能抵抗这件事所给你的担负，因而沉在悲哀里去了。你要在这事情上多用点理智。只有理智可以救济我们感情上的溃决。我听到你说及的话，都很使我感动，因为人事上的纠纷我知道得多了一点，我待说这时代是要我们革命的时代，不应当为恋爱来糟蹋感情，这话说的全是谎话。不过，当真的，若果思想革命向新的方向走去，男女关系能够在各种形式中存在，爱的范围也比较现在这一个时代为宽阔，我相信我一定还能帮你许多忙。你这时要我为你做什么？是不是要我去把这事情告给萝？"

听到士平先生说的话，这年轻人泪眼婆娑地摇了一下头，用伤心到了极点的人的神气，说："我不希望这样。"

"那要怎么样？"

"我无论什么希望都没有，我没有敢要求什么，我也并不需要什么，我现在把这件事同先生说到，我似乎就很快乐了。"

"我希望你能够这样。有什么难处时只管同我来说，我当为你解决。"

"我非常感谢先生。在先生面前，我不知不觉就要放肆了。我很惭愧。"

"不必这样。我愿意你听我的话，不要使幻想和忧愁啮伤你的心。人活到世界上是比这个还复杂一点的，应当有勇气去承受一切，不适宜一个人在房中想象一切。我很担心你的身体，你是不是要吃一点药？"

年轻学生又摇摇头，苦笑了一次，走去了。

听到那寂寞鞋声，缓缓地响过甬道，转过西院的长廊下去了，士平先生想到这年轻人所说的一些话，心中觉得不大快乐。他本来先是预备翻译一个供给学生们试演用的短剧，这时也不能再做这件事了。

他想到这件事就是一个剧本的本事，也是一个最好的创作，他记起一个日本人的小说来了，山田花袋的棉被，就在同样意义下苦了那身作教授的某某君。他算幸福的，是并不像把自己放在一旁，来看两个信托他的男女恋爱。但这件事在另一时，如果这信托先生的大学生，知道了自己错误，做先生的能处之安然没有？如果知道所申诉的话，所说及的那女子，即是先生所恋的女人，这学生的痛悔心情，做先生的应不应负一点疚？他有点追悔，是在当时为什么能尽这学生把话说完，说话时他并不去制止，说过后他也不告过那学生什么话，觉得似乎做了一种欺骗事情，不能找寻为自己辩护的理由。

　　另一个地方，这时的萝正接到一封陈白的信，读了一会儿，满纸的忏悔，也仍然满纸是男子对于女人的谎话。因为信上的话越写得完全，萝就越不相信，看了一会儿信，心上有点懊恼，把信撕碎了。她沉默地坐在自己房中打量一切。

　　这人近来似乎稍稍不同往日了。从舅父方面看来，萝有点变了。舅父把这个说及，作为取笑资料时，萝总没有作声。舅父问，这是为什么？答也不大愿意，只悄悄地溜走了。这样情形使舅父看来，舅父虽然一面笑着一面总有一点儿忧愁。

　　舅父从士平先生方面，知道了陈白与萝的关系，为了一些小事恶化了。他以为一定就是为这一个理由，使萝感到日子难过，就劝她不要再到××学校去，且说如果不想再在上海住，就回北平去住一阵。这绅士用的还是那安详的绅士头脑，为甥女打算一切，平时辞辩风发的萝，却失去了勇气，同舅父谈到另外一件事了。

　　士平先生近来较多来到这绅士家中，因为演戏或是谈谈别的，萝与士平先生在一处，这舅父见到总觉得很快乐。士平先生常常在这绅士家中吃晚饭，三个人说话的多少，在平时第一应当为萝，其次是士平先生，最末才轮到绅士。但近来却总是绅士说话特别多。萝忽然变成沉静少言语的女子了，绅士知道了这是陈白的事，影响到了这女子的性格，他仍然如往日一样，还是常常尽萝有机会来攻击他。萝没有什么兴致说话，成天在心上打算什么问题，只士平先生来时才稍稍好了一点，他就每天要士平先生过来用晚饭。吃过饭了，三人有时坐了自己那辆小汽车到公园去散步，又或者到别处去玩，士平先生似乎也稍稍不同了往日一点。

在士平先生走后，这绅士舅父，为了娱悦自己也娱悦萝，常常拿了多年老友士平先生当作话题，说及许多关于这人的故事。有时故意夸张了一点，说到这人如何在年轻时节拘谨，如何把爱人死去以后，转为社会改良运动的人物，如何为艺术运动，牺牲金钱同时间。这样那样皆谈到了，听到这些话语的萝，或者不作声，或者只轻轻在喉中嗡了一声，像是并不欢喜这个话有继续下去的必要。到这些时节，舅父就故意地说士平先生还似乎年轻，一定在戏剧学校方面也爱过什么女子，不然不会那么变化。舅父的意思，只是为使讨论的人得到一种新的问题、新的趣味，毫无别的意义。萝在这些情形下，就有点皱眉，忧郁而带一点孩气，要质问舅父。

"为什么你疑心到这样事上去？"

舅父也似乎是小孩子了，显着顽固的神气，说："为什么吗？我正要知他为什么使我疑心！"

"舅父……"

"怎么又不说了？"

萝就苦笑了一会儿："没有，没有。我想起的是别一件事情，所以……"

"什么别样事情？"

"别样就是别样！我不是要你同情才能够活下去的人。"

舅父到这种时节，才好好地估计了对方一下，看看话应当如何说下去才对。望到略带怒容而又勉强笑着的萝的神气，这绅士不再说话了。没有话可说，心中就想："狮子发怒，是因为失了它的伴侣！"他为自己这巧妙的估想，在脸上荡漾着笑容。他还想："年轻的人，在恋爱上受点打击，可以变成谦虚一点持重一点。"

萝在这样情形下，只应当可怜舅父的愚昧，而且嘲笑这绅士，才合乎这聪明女子的本能。可是现在却只能为自己打算去了。她听到舅父所说及的话，心中非常难受，隐忍到心上没有显示出来。她为自己的处境叹息，正如士平先生在那周姓学生面前一样情景。人家无意说出的话语，恰恰变成触着自己伤处的利器，本来是在某一方便时期，她就想尽舅父知道这事情内容，可是因为舅父那种态度，反而使萝不能不瞒着这绅士下去了。

　　她想："这时知道了这个，他一定为愤怒破坏了他生活上的平衡。即或完全不是值得愤怒的事，这出乎意外的消息，也是一定要打倒这绅士的。他一定非常不快乐！一定把对于士平先生十年来的友谊也破裂了！一定还要做出一些别的事情来！"

　　她想象舅父知道了这事一分钟间那种狼狈情形，就把在舅父面前坦白的自诉的勇气完全失去了。

　　可是这事情隐瞒得能有多久？

　　陈白的来信时，舅父正坐在屋前草地上数天星子，因为是听到有人在下面等候回信，又听到萝要娘姨说没有回信，等了一会儿，就要娘姨去问萝小姐，若是没有睡，可不可以下楼来坐坐。先是回说正在写一封信，没有下楼，到后又恐怕舅父不乐，不久也就坐到草坪里一个藤椅上喝冰开水了。舅父找不出最先开口的机会，只说天上的大星很美。萝知道舅父的心情，正在适问那封信上，就说：

　　"舅父，陈白来了个信。"

　　"我知道的，怎么说？"

　　"一个男子，在这些事情上，如何说谎自圆其说，我以为舅父比我知道当较多。"

　　"你意思是不是指舅父也是男子？"

　　"不是的。舅父无论如何也想得出。"

"我怎么会知道，你不是说舅父已经腐化了吗？陈白是聪明人，做的事总比我所想象的还要漂亮一点。"

"实在是的。越漂亮也就越是虚伪。"

"你总说别人虚伪，我有点不平。"

"舅父不知道当然可以不平！"

"我知道呀！你们年轻人好时是糖，坏时是毒药。"

"……"

"要说什么？"

"我想知道年老人又怎么样？"

"年老人，像我同士平先生这样年纪的人，是只知道人都是应当亲切一点，无论如何都不至于不原谅人的。"

"那我真是幸福了，有一个舅父，又有一个士平先生。"

"可是我们原谅你，你也要原谅别人，你是不是在回陈白的信？若是写回信，我希望你学宽宏一点。在容让中才有爱情可言。"

"我做不到，因为我不是老太婆有慈善心肠！"

"你不是很爱他吗？"

"谁说？我并不爱他，也不要他爱我。我同他好是过去的事，我看穿了，我学了许多乖，不上这个人的当了。"

"可是你样子不是很痛苦吗？我还同士平先生说，要他为你把陈白找来，你这时又说看穿了，明了懂了，我还不知道你说些什么小孩子话。在这些事上任性，好像就是你唯一的权利。我以为你这样做人，未免太苦，很不是事。"

"舅父同士平先生说些什么？"

"就说要他为你设法，使陈白同你的友谊恢复。"

"他怎么说？"

"他说了许多。"

"说许多什么话？"

"说另外一件事，说你将来当怎么样努力，说××剧团当怎么样发展，说关于他戏剧运动的若干长远计划，说了有半天。我看这个人，好像为了主义不大相同，自从你同陈白决裂后，他同陈白也有点隔膜误会了。"

"舅父！"

"他袒护你却攻击到陈白，话虽不说，我是看得出的。"

"舅父，你那眼睛看到的真是可怜。"

"谢谢你的慈悲。颟顸的头脑，还有自己甥女可怜，我是快乐的。"

"我不可怜你，我可怜士平先生。"

"他也应当谢谢你。"

"我不是以为我比你们聪明一点。"

"那是为什么？"

萝不再说了。因为若是再说，必得考虑一下说出以后的结果，应当成什么样子。她这时把自己的脸隐藏到椅背阴影里，不让客厅前廊下的灯光照到自己的颜色。她在黑暗里，却望得很清楚舅父的脸上。她心想，舅父还是这样稳定安详，但只要一句话，就可以见到这绅士惊讶万分跳起来的样子。她这时对于舅父的缺少想象力的中年人心情，感到有点嘲笑了。她想得出当舅父把这些话同士平先生说及时，士平先生支吾其词情形。士平先生当一面敷衍到这绅士的，一面就有现在此时她的心情，全是为了可怜这绅士，反而不能不说到另外一种事，把本题岔开了。可是这样欺骗舅父，到后来也仍然要知道的，即或是难堪，舅父到底还是舅父。并且她是不是必须要这样瞒着舅父，想去想来都似乎没有什么道理。她正想就是这样告给这个人，舅父先说话了。舅父说：

"萝，你明年去法国读书，为什么又变了计？"

"谁说到我变计？"

"士平先生。"

"他另外不同舅父说到我的什么话吗？"

"你以为他说你坏话吗？你放心，他是在我面前称赞你太多了，若果我们不是老朋友，我真疑心他是在爱你了。"

"舅父，你的猜想不错。"

萝的话本来是一句认真的招供，只要舅父再问一句或沉默一会儿，萝就再也不能忍受，一定要在舅父面前报告一切了。可是这绅士与萝用说惯了带着一点儿玩笑的谈锋，这时还以为是萝又讥讽了自己，就改正了自己先前的话，说："我可是并不疑心你会同他好。"

萝就又坚实地说："舅父，先是对的，这疑心可错了。"

"本来是错的，因为你们自然是很好的，他是你最好的导演，你是他最好的演员，做戏剧运动，我是相信会有一点儿成绩的。"

"舅父，我倒欢喜士平先生！"

"他也并没有使我恨他的理由。"

"可是有点不同。"

"这样也好。"

"我爱他。"

"那是更好的。"

"舅父，我说的是真话，他也爱我。"

绅士听到这个话，以为这是萝平时的习惯，就纵声地笑了。笑了很久，喝了一口水，咳着笑着，不住地点头。他想检查一下萝的脸色却没有做到，心想："你这小孩子什么话都可以由口里说出，可是什么事都做不去，真是一个夸大的人物。"他很欢喜自己所做的估计，按照理智，判断一切，准确而又实在，毫无错误。他不说话，以为萝一定还有更有趣味的富于孩子气的话说出，果然萝又说话了。

萝说："我告舅父，舅父还不相信。"

舅父忍着笑，故意装作神气俨然地说："我并不说我疑惑！"其实他还是当成笑话在那里同甥女讨论，因为她说的话不大合乎理智。

萝看看情形，又悔恨自己的失策。她到这时觉得倒是不要告诉舅父真情实事为方便了。因为事情完全不是舅父所相信，舅父也从不会疑心到这事上来，所以她有点悔恨自己冒失，处置事情不对了。过了一忽看看舅父还不说话，心中计划挽救这局面，仍复回到从前生活上去，就变了意识，找出了解脱的话语。

"舅父，我谎你，你就信了！"

"舅父不是小孩子，才不信你！"

"若是不信，我将来恐怕当真要做出一点证据来的。"

"好，这一切都是你的权利和自由，舅父并不在此等属于个人的私事上表示顽固。我问你正经话，你告给了我学法文，怎么又不学了？"

"我在学。"

"陈白法文是不错的，我听士平先生说到过。这人读书演剧都并不坏，又热心，又热情，我倒欢喜这种人。"

"那舅父就去认识，邀到家中来住一阵也很好。"

"若是你高兴，我为什么不能这样做一个人？"

"舅父可以同他做朋友，领领这人的教，再来下一切判断。"

"我不判断人的好坏，因为照例这件事只有少数的人才有这种勇气。"

"完全不是勇气。"

"你意思是说'明白''理解'这一类字，是不是？一个年轻女人是永远不会理解年轻男子的。男子也是这样，极力去求理解，仍然还是错误。相爱是包含在误会中，反目也还是这个道理。越客气越把所满意的一面，世故的一面，好的那一面，表现出来，就越得人欢心，两个男女相爱,越隐藏自己弱点隐藏得巧妙,他就越使对方的人倾心。"

因为舅父的说教,使萝忍笑不住,舅父就问:

"还不承认吗? 这是舅父的真理! "

萝说:"承认的,这是舅父的真理,当然只是舅父适用这真理了。"

"你也适用。"

"完全不适用。"

"那告给我一点你的意见。"

"我没有意见可言,我爱谁,就爱他;感觉到不好了,就不爱他。我是不用哲学来支配生活的。我用感觉来支配自己。"

"一个年轻人自然可以这样说。任性,冒险,赌博一样同人恋爱,就是年轻人的生活观。这样也好,因为糊涂一点,就觉得活到这世界上多有一些使人惊讶的事情见到,自己也可以做出一些使别人惊讶的行为。"

"舅父不是说过任何事在中年人方面,都失去炫目的光色了吗? "

"可是比舅父年轻的人多哩。"

"那舅父是不会为什么事惊讶了。"

"很不容易。"

萝站了起来,走到舅父身边,在那椅背后伏下身去,在舅父耳边轻轻地说了两句话,就飞快地走进屋中去了,这绅士先是不动,听到萝的跑去,忽然跳起来了。

"萝,萝,我问你,我问你……"

萝听到了,也没有回答,走上了楼,把门一关,躺到床上闭了眼睛去想刚才一瞬间的一切事情。她为一种惶恐、一种欢喜,混合的情绪所动摇,估计到舅父这时的心情,就在床上滚着。稍过一阵听到有人轻轻地叩门,她知道是舅父,却不答应。等了一会儿,舅父就柔声地说:"萝,萝,我要问你一些话! "舅父的声音虽然仍旧保持了平日的温柔与慈爱，但她明白这中年人心上的狼狈。她笑着，高声地说：

"舅父，我要睡了，明天我们再谈，我还有许多话，也要同舅父说！"

舅父顽固地说："应当就同舅父说！"

房中就问："为什么？"

"为了舅父要明白这件事。"

房中那个又说："要明白的已经明白了。"

门外那个还是顽固地说："还有许多不明白。"

"我不想再谈这些了。"

门外没有声音了，听到向前楼走去的声音。听到按铃。听到娘姨上楼又听到下楼。沉静了一些时候，躺在床上的萝，听到比邻一宅一个波兰籍的人家奏琴，站起来到窗边去立了一会儿，慢慢地把自己的狂热失去了。慢慢地想起一切当前的事实来了。她猜想舅父一定是非常可怜地坐在那灯边，灵魂为这个新消息所苦恼。她猜想舅父明天见到士平先生时一定也极其狼狈。她猜想种种事情，又好笑又觉有点惭愧。她业已无从追悔挽救这件事了。在三人中间，她再也不能见到舅父那绅士安详态度了。

到十二点了，她第三次开了门看看前楼，灯光还是没有熄灭，还从那门上小窗看得出舅父没有休息的样子，打量了一会儿，就走到前面去。站到门外边听听里面有什么声响。到后，轻轻地敲着门，里面舅父像是沉在非常忧郁的境界里去，没有作声。又等了一下，舅父来开门了，外貌仍然极其沉定，握着萝的手，要萝坐到桌边去。到了房中，萝才看出舅父是在抄写什么，就问：

"舅父为什么还不睡？"

"我做点别的事情。"

"明天不是还有时间吗？"

"不过晚上风凉清静。"

两人说了许多话，都没有提到先前那一件事上去。到后把话说尽了，萝不知要从什么话上继续下去。舅父低低地忧郁而沉重地说道：

"萝，你同我说的话是真的了！"

萝低着头避开了灯光，也低低地答应，说："是真的。"

两人又没有话可说了。

绅士像在萝的话中找寻一些证据，又在自己的话中找寻证据，因为直到这时似乎他才完全相信这事情的真实。他把这事实在脑内转着，要说什么似的又说不出口，就叹了一回气，摇摇头，把视线移到火炉台上一个小小相架方面去了。

萝显着十分软弱的样子，说："舅父，我知道你为这件事会十分难过。"

舅父忽然得到说话勇气了，一面矫情地笑着，一面说："我不难过，我不难过。"过一阵，又说，"我真想不到，我真想不到。"

看到舅父的神气，萝忽然哭了。本来想极力忍耐也忍不下去了，她心想："不论是我被士平先生爱了，或是舅父无理取闹的不平，仍然全是我的错处。"想到这个时心里有点酸楚，在绅士面前，非常悲哀地哭了。

舅父看到这个，并不说话，开始把两只手交换地捏着，发着咯咯的声音。他慢慢地在卧室中走来走去，像是心中十分焦躁，他尽萝在那里独自哭泣流泪，却没有注意的样子，只是来回走动。

萝到后抬起了头。"舅父，你生我的气了！"

"我生气吗？你以为舅父生气了吗？这事应当我来生气吗？哈哈，小孩子，你把舅父当成顽固的人看待，完全错了。"

"我明白这事情是使你难过的，所以我并不打算就这样告给你。"

"难过也不会很久，这是你的事，你做的私事，我也不应当有意见。"

"我不知道要怎样同舅父解释这经过。"

"用不着解释，既然熟人，相爱了，何须乎还要解释。人生就是这样，一切都是凑巧，无意中这样，无意中又那样，在一个年轻人的世界里，不适用舅父的逻辑的新事情正多得很，我正在嘲笑我自己的颠顶！"

舅父坐下了，望着泪眼未干的萝："告给我，什么时候结婚，说定了没有？舅父在这事上还要尽一点力，士平先生的经济状况我是知道的。"

萝摇头不作声，心中还是酸楚。

"既然爱了，难道不打算结婚吗？"

"毫没有那种梦想。不过是熟一点亲切一点，我是不能在那些事上着想的。"

"年轻人是自然不想这些的。但士平先生不提到这点吗？"

"他只是爱我！他是没有敢在爱我以外求什么的！"

舅父就笑了："这老孩子，还是这样子！无怪乎他总不同我提及，他还害羞！"

"……"

"不要为他辩护，舅父说实在话，这时有点恨他！"

"舅父恨他也是他所料及的。"

"可是不要以为舅父是一个自私的人，我要你们同我商量，我要帮助这个为我所恨的人，因为他能把我这个好甥女得到！"

"舅父！不会永久得到的。我这样感觉，不会永久！因为我在任何情形下还是我自己所有的人，我有这个权利。"

"你的学说建筑到孩子脾气上。"

"并不是孩子脾气。我不能尽一个人爱我把我完全占有。"

"你这个话，像是为了安慰中年的舅父而说的，好像这样一说，就不至于使舅父此后寂寞了。"

"永不是，永不是。"

"我知道你的见解是真实的感觉，但想象终究应当为事实所毁。"

"绝不会的。我还这样想到，任何人也不能占有我比现在舅父那么多。"

"说新鲜话！别人以为你是疯子了！"

"我尽别人说去。我要舅父明白我，舅父就一定对我的行为能原谅了。"

"我从无不原谅你的事！"

"舅父若不原谅，我是不幸福的。"

"我愿意能为你尽一点力使你更幸福。"

萝站起来猛然抱到了舅父的颈项，在舅父颊边吻了一下，跑回自己房中去了。

这绅士，仿佛快乐了一点，仿佛在先一点钟以前还觉得很勉强的事，到现在已看得极其自然了。他为了这件事把纠纷除去了，就坐在原有位置上想这古怪甥女的性情，以及因这性情将来的种种，他看到较远的一方，想到较远的一方，到后还是叹气，眼睛也潮润了。

当他站起身来想要着手把鞋子脱去时，自言自语地说："这世界古怪，这世界古怪。"到后又望到那个火炉台上的小小相架了，那是萝的母亲年轻时节在日本所照的一个相片，这妇人是因为生产萝的原因，在产后半年虚弱地死去了。

五、大家皆在分上练习一件事情

萝在夜里做了一个稀奇的梦，梦到陈白不知怎么样又同自己和好了，士平先生却革命去了。醒来时，头还发昏，躺在床上，从纱帐内望出去，天气似乎还早。慢慢地想起这梦的前因后果，慢慢地记起了昨晚上同舅父谈到的一切问题，这女人还仍然以为是一个梦。

她心想："我当真爱士平先生吗？士平先生当真离不了我吗？因为互相了解一点，容让一点，也就接近了一点，但因此就必得住在一处成为生活的累赘，这就是人生吗？"

接着，这女子，在心上转了念头："人生是什么？舅父的烦恼，士平先生的体贴，自己的美，合在一起，各以自己的嗜好，顺着自己的私心，选择习惯的生活，或在习惯上追寻新的生活，一些人又在这新的情形下烦恼，另一些人就在这新的变动中心跳红脸，另一些日子，带来的，就是平凡，平凡，一千个无数个平凡……"

她笑了。她在枕上转动着那美丽的小小的头，柔软的短发，散乱在白的枕头上。她睁着那含情带娇的大眼，望到帐顶，做着对面是一个陌生男子的情形，勇敢地逼着那男子，似乎见到这男子害羞避开了的种种情形，她为自己青春的魅力所迷了。她把一双净白柔和的手臂举起，望到自己那长长的手指，以及小小贝壳一样的指甲，匀匀地缀在指上，手臂关节因微腴而起的小小的凹处同柔和的线，都使她有一种小小惊讶，这一双手到后是落在胸上了，压着，用了一点力，便听到心上生命的跳动，身上健康而清新的血液，在管子里各处流动，似乎有一种极荒谬的憧憬，轻轻地摇撼到青春女子的灵魂。

似乎缺少了什么必需的东西，是最近才发现的，这东西恍惚不定地在眼前旋转着，不能凝目正视，她把眼皮合上了。她低低地叹着气，轻轻地唤着，答着，不久又迷糊地睡去了。

醒来时，还躺在大而柔软的铜床上，尽其自然在脑中把一切事情与一切人物的印象，随意拼合拢来，用作陶冶自己性灵的好游戏。娘姨轻轻地推着门，在那门边现出一个头颅，看看小姐已经起了床没有。萝就在床上问：

"娘姨，什么时候了？"

"八点。"

"先生呢？"

"早就办事去了。"

"报来了吗？"

"来了。"

"拿来我看。"

娘姨走了，萝也起来了，披着一个薄薄的丝质短褂，走到廊下去，坐在一个椅子上，让早风吹身，看到远处××路建筑新屋工程处的一切景致。

绅士昨晚上，到后来仍然是能够好好地睡眠的。早上照例醒来时，问用人知道萝还没有起床，他想得到萝晚上一定没有睡眠，就很怜悯这年轻人，且像是自己昨天已经说了什么不甚得体的话，有点给这女孩难过了，带着忏悔的意思，他打量大清早到士平先生处告给这老友一切。他知道这事士平先生一时不会同他谈到，他知道这事情两人都还得要他同情，要他帮忙，他为了一种责任，这从朋友从长亲而生的责任观念，支配到这绅士感情，他不让萝知道，就要出门到士平先生处去了。

照常地把脸洗过，又对着镜子理了一会儿头发同胡子，按照一个中年绅士的独身好洁癖习，处置到自己很满意以后，他就坐了自己那个小汽车，到××学校找士平先生。在路上，一面计划这话应当如何说出口，一面迎受着早上的凉风，绅士的心胸廓然无滓，非常快乐。

士平先生是为了那周姓学生耽搁了一些睡眠的。照习惯他起来得很早，一起身来就在住处前面小小亭园中草地上散步，或者练习一种瑞典式的呼吸运动。这人的事业，似乎是完全与海关服务在经济问题财政问题上消磨日子的绅士两样，但生活上的保守秩序以及其余，却完全是一型的。他在草场上散步，就一面走动一面计划剧本同剧场的改良。他在运用身体时总不休息到脑子，所以即或是起居如何守时，这个人总仍然是瘦而不肥。

来到这学校找士平先生的绅士，到了学校，忽然又不想提起那件事了。他像萝一样，以为这事说出来并不对于大家有益，他临时变更了计划，在草坪上晤及士平先生时，士平先生正在那藤花架下做深呼吸，士平先生也没有为客人找取椅子请坐。两人就一同站在那花架下。

士平先生说："你早得很，有什么事吗？"

"就因为天气好，早上凉快得很，又还不是办事时节，所以我想到你这里来看看。"

"怎么不邀她来？"

"还不起身，晚上同我说了一些话，大约有半晚睡不着，所以这时节还在做梦。"绅士说过了，就注意到士平先生，检查了一下是不是这话使听者出奇。士平先生似乎明白这狡计，很庄重地略略地现出笑容。

绅士想："你以为我不知道。"因为这样心上有点不平，就要说一点不适宜于说出口的话了，但他仍然极力忍耐到，看看士平先生要不要这时来开诚布公谈判一切。到后士平先生果然开了口，他说：

"萝似乎近来不同了一点。"

"我看不出别的理由，一定是！"

两个老朋友于是互相皆为这个话所吓着了。互相地对望，皆似乎明白这话还是保留一些日子好一点，士平先生就请绅士到廊下去坐。

坐下来，两人谈别的事情。谈金本位制度利弊，谈海关税率比例，绅士以为这个并不是士平先生所熟悉的，把话又移到戏剧运动上来。他们谈日本的戏，谈俄国的戏，士平先生也觉得这不是绅士要明白问题。可是除了这事无话可谈，就仍然谈下去没有改变方法。

绅士到后走了，本来是应当到海关办公，忽然又回到自己家里去了。回家时在客厅外廊下见到萝看报。这绅士带着小小惶恐，像是做了一件不可告人的不名誉事那个样子，走到萝身边去。萝也为昨天的事有所不安，见到舅父来了，就低下了头，轻轻地说：

"舅父，你不是办公去了吗？"

"我到士平先生处去了。"

萝略显得一点惊慌，抬起了头："怎么，到××学校了吗？"

"到过了。"

"舅父！"

"我是预备去说那个事的。"

"这时去说，不过使你们两个人受那不必受的窘罢了。"

"我也想到这个，所以并不提起。"

"当真没有提及吗？"

"说不出口，本来是我打算同士平先生说清楚了，我想只要是老朋友同甥女用得我帮忙地方，我好设法去尽力帮点忙。"

"可是我心里想，舅父莫理这事，就算是帮忙了。"

"你说得也很对，我因为也看到了这一点，本来在路上有许多话预备说的，见了他都不说了。"

"那么我感谢舅父！"

"要感谢就感谢，可是舅父做的事并不是为要你感谢而做。舅父是自私，求自己安宁，这样子装扮下去。"

"舅父为什么生我的气？我是看得出的，舅父不快乐，因为我把舅父的一点理想毁灭了。我想我做了错事，自己做的错事本不必悔，可是为舅父的心情上健康着想，我是应当悔恨我处置这事情的不当的。"

萝说到这里，偷偷地望了一下舅父，舅父眼睛红了，萝就忙说："舅父若是恨我，就打我一顿，像小时候摔破了碗碟应当受罚一样，我不会哭，因为我如今是大人了。"

绅士只把头摇摇，显出勉强的苦笑。"你摔坏的是舅父的心，不是打一两下的罪过！"

"但总是无意识做的事，此后我小心一点好了。"

"此后小心，说得好！"

到后两人都笑了，但都像不能如昨天那种有趣味了。在平时，随便地说说，即使常常把舅父陷到难为情的情形上去，舅父总仍然是安安稳稳，在自己生活态度上，保持到一种坦然泰然的沉静。有时舅父也用话把这要强使气的萝窘倒，可是，在舅父面前，因为是从小就眼看到长大的长辈，把理由说输了，生着气来挽救自己的愚顽，一定得舅父认错这样事也有过。但现在是全毁了。一切再也不会存在，一切都因为昨晚那可怕的言语，把两人之间划上一道深沟，心与心自然地接近再也无从做到了。两人从此是更客气了一点，一举一动皆存了一种容让的心，一说话都把眼睛望到对方；但是两人又皆知道这小心谨慎丝毫无补于事实。可怕的事从此将继续下去有若干日，萝是不明白的。什么时候舅父能恢复过去的自然，萝也是不知道的。什么时候能够使士平先生仍然来到这家中，一面同舅父谈大问题，一面来谈男女事，且隐隐袒护到女子那一面，舅父则正因为身边有一个顽皮的甥女，故意来同老友反驳，这事情，永远也不能再见到了。

"莫追悼既往，且打量你那未来！"未来是些什么？未来是舅父的寂寞，是自己的厌倦，是衰老，是病，是社会的混乱。在平时，萝是以未来的光明期待到国家同本身的。她嘲笑过那些追念往昔的人，她痛骂过那些不敢正眼凝视生活的男子，她不欢喜那些吟诗哀叹的男女青年，她最神往一个勇敢而冒险的新生。可是这时她做些什么？她怎么去强壮，怎么去欢迎新来的日子？她将如何去接受新的不习惯的生活，毫无把握可言，她这时来怜悯自己了，因为自己在生活上看不到一些她所料得到的结论，且像许多她所不愿想不能想的事，自从一同舅父昨晚说及那事以后，就在生活上取了包围形势，困着自己的思想了。她在无可自解时，就想这一定是梦，一定是幻景，才如此使人糊涂，头脑昏乱，分解不清。

舅父是理智的，理智到这时，就是把自己更冷静起来，细细地安排安排，细细地打算。他想处置这事使大家皆幸福一点，单是为了两人幸福，忘掉了自己，他是不干的。单为自己，不顾及别人，他也是不干的。在各方面找完全，所以预备同士平先生说的暂时莫说，到这时，办公的时间已到，他不能再在家中久耽搁时间，他又同萝说话了。

"萝，请先相信舅父的意思是好意，完全是为大家着想，若是士平先生来时，你且莫谈到我们昨晚说过的事。我把话说了，能答应我没有？"

"我不大懂呢。"

"为什么不懂？你应当让舅父去想一阵，匀出一点时间思索一下，看看这事情，现在舅父所处的地位，是很可怜的地位。"

"若是说谎是必须的事，我照到舅父意见做去。"

"说谎一定是必须的。你若会说谎，我们眼前就不至于这样狼狈了。"

"我知道了，答应舅父了。"

"答应了是好的。你不必说谎，但请你暂且莫同他谈到我已经知道这件事。这也并不完全是为舅父，也是为你。"

"我明白的。对于舅父因这事所引起的烦乱，全是我的过错。"

"你的过错吗？你这样勇于自责，可是对事情有什么补救？"

萝不作答，心里想的是："我能补救，就是我告你我并不想嫁他，也从不曾想到过。"

舅父见到萝没有话说了，自己就觉得把话苛责到萝是不应当的残酷行为，预备走出去，这时士平先生却在客厅门出现了。士平先生见到了绅士，似乎有点忸怩，绅士也似乎心上不安，两人握了手，绅士就喊萝:

"萝，萝，士平先生来了……"他还想说，"你陪到他坐，我要去办公去了。"可是话不说下去，他把老友让到廊下，一面很细心地望到这两个人的行为，一面自己把身体也投到一个藤椅里去了。

萝把头抬起，望了士平先生一会儿，又望了舅父一会儿，感到一种趣味，两个绅士的假扮正经懵懂的神气，使她忍不下去，忽然笑出声来了。

这两个人心上想些什么，打算些什么，萝是完全知道的。她知道舅父的秘密，也知道士平先生的秘密，她看到面前是两个喜剧的角色。

因为那两个人都不及说话，她就说:

"舅父，你忘记你的时间了，你难道还要同士平先生谈戏吗?"

这绅士作为才悟到钟点那件事，去开始注意壁上的挂钟。于是说: "士平你到这里谈谈，你们是不是又要演戏了? 我的时间到了，我要去。萝，我告你，记到把我要你做的事做下去，我下午就可以同你商量……"

萝说:"舅父你就不要办公，打电话去请半天假，怎么样?"

士平先生说:"我也就要走，我是来问问你愿不愿同密司特周——我们那个三年级学生演×××。"这是借故提及的假话，萝心中明白，因为士平先生明明白白是以为绅士已经上了办公室，所以来此的。

舅父又说:"你们谈谈，我的时间是金子，我要走了。中年绅士，落伍的人，这是我的甥女给她舅父下的按语，时间是……"这仍然是假话，萝也知道的，因为舅父实在不大愿就走，单独留下这个人在这屋中。

士平先生好像特别多疑，今天要避嫌了，就更坚决地说道:"我们一起吧，你把车子带我到爱多亚路，我要到××大学找一个人。"

萝就说："士平先生，你说周要同我演×××，那个人不是上次演过××的工人，白脸长身的年轻人吗？"

"就是他。"士平先生不甚自然地答应着，因为说的完全是谎话，心中很觉得好笑。

萝因为起了一个新的想象，就说："这个人还不错，演戏热心，样子也诚实可爱，不像另外那几个密司特金、密司特尤、密司特吴。那几个风流自赏的小生，是陈白所得意的门生，还听说要加入什么××，倒是多情的人！大致同密司文、密司杨，已经都在恋爱了，因为都是自作多情的人。"

士平先生听到这话，微微皱了一下眉毛："你觉得那个人诚实可爱吗？"

萝估计了一下士平先生，知道这人的情感为她的话所伤了，一面是为了舅父还在旁边不走，就故意说："是的，我倒很欢喜他。"

舅父在一旁听着，心中匿笑，故意责备似的说道："萝，你的口是太会唱歌了，但一点不适于说话。"

这话显然是舅父为祖护到士平先生而言，萝望到这个说谎的绅士的体面衣服，心中不平，带一点娇嗔问："舅父，什么口适宜于说话？"

"你唱歌的天才我是承认的，你说话的天才我也不否认，只是说话原用不了天才，士平先生以为如何？"

士平先生说："这是一定的。可是用言语的锋刃，随意地砍杀，原是年轻人的权利。"

绅士说："这个话我不大同意，若说有棱的言语是他们的权利，那毫无问题，我们这样年纪的人，就只有义务了。"

"舅父的义务倒恐怕是别的。"

绅士听到这话，对萝很严正地估了一眼。先是说要走要走，现在电话也不打，自然而然坐到那里不动了。"我也还有权利，不一定全是义务！"

士平先生显着一点忧郁神色，萝以为是士平先生为妒嫉所伤。她最恨男子这一点脾气，她同陈白分手，也就多少有这样一点理由，所以望到士平先生的样子，她感到一种残酷的快乐。她按照自己的天赋，服从女子役使男子的本能，记起士平先生说的"年轻人用有锋刃言语，随意伤害别人原是一种权利"，她把士平先生所不乐于听的话还是故意继续下去。她没有望到士平先生那一方，只把脸向到窗外说道：

"士平先生，你不是说那个很漂亮的学生想要我同他演 ×××吗？我明天问他去。"

"你要去问他就去问他，不过我已经告他，你怕不什么有空闲时间了。"

"我有时间，我一定要同他演 ×××。"

那绅士听到这个话很觉得好笑。他想看看这个人言语的胜负所属。他在往天疏忽了这个，今天却用了一种新的趣味来接近了。他装作看报的样子，把眼睛低下去望到当天报纸，听士平先生说些什么话，作为对抗萝的工具。

因为士平先生不作声，于是萝又开了口："我要演 ×××，没有配角我也要演，不然我下次再不演戏了。我要演 ××× 那个女角，嘲弄她那个自私的情人。我要去爱一个使他们看不起的人，污辱他们，尽那些自私自利的人尊严扫地。我将学到那主角说：喂，你瞧，我同你所看不起的人接吻！他是这样下贱的，但他有这样一个完全的身体，有这样健康的手臂，美丽的头，尊贵而又俨然的仪容，同时位置却是做你们的用人。他没有灵魂，我就爱他的身体。我要灵魂有什么用处？灵魂在你们身上，是一种装饰。你们说谎，使你们显得高尚完全。你们做卑下的事情，却用了最高尚的理由。这就是你们灵魂的用处。为了羞辱你们，我才去爱那你们所瞧不上眼的人……"她用着正在扮演女角的神气，走来走去，骄傲而又美丽，用着最好的姿势，说着最好的口白，在那廊下自由不拘地表演一切。

士平先生极力把狼狈掩藏起来，用着一个导演者的冷静态度，在萝休息到一个椅子上时，鼓了一会儿巴掌，说："很不错，你可以做成很动人的样子给人感动。"

"我不单做成样子，我自己将来也要当真这样去生活的。"

"那一定使你舅父同那爱你的人难堪。"

"自然的，那戏的后一场不是说：你见到我这样，你装作笑容，想从这从容不迫尊贵绅士态度中挽救你的失败。但我清清楚楚知道我做的事要像钉子一样，紧紧地钉到你的心上，成为致命的创伤……吗？"

士平先生说："你的言语是珠玉。"

萝看得出自己的胜利，得意地笑着："我是一演到这些角色，就像当真站在我面前的是那爱我而为我所恨的男子！"

士平先生沉默了，有一点小小纠纷了。这中年人，平时的理智，支配一个大剧团的一切，非常自如，一到爱情上，人就变成愚蠢痴呆了。这时知道萝是在那里使着才气凌虐自己，本来可以付之一笑的事，却无论如何不能在同样从容中有所应对了。他要仍然装成往日稳定也不可能，他一面笑着一面望到萝发光的脸同发光的眸子，有一种成人的忧郁说不出话来了。

绅士在一旁像是代替士平先生受了一点窘，看到那情形，心中设想："这恐怕又不可靠了，一个女子，一个年纪轻轻而又不缺少人事机警的女子，用言语与行为掘成的井，是能够使一个有定力的男子跌下去时也爬不起来的。士平先生是一定又要跌下去的。这是一个不幸的命运。"

他在言语上增加了一点讽刺成分："老朋友，你当导演是不容易

185

驾驭这学生的。"

士平先生用同意义回敬了绅士，说道："是的，我知道不容易。你呢，家中有天才，做家长也不甚容易！"

"可是狮子也有家养的，这是谁说的话？我记得是像上次我看你们那个戏上的话。那角色说，狮子也有家养的，一定是这样一句话。"

萝说："下面意思是说家养的狮子并不缺狮子的一切外貌。这个话并不专是讥讽到女子，男子也有份！"

舅父说："还有下文，你们都疏忽了。那下文是我应当为续好的，就是：也会吼，也会攓拿作势，但绝不是山中的狮子！看惯了，我是不怕我家这小狮子的。"

萝不承认这个话有趣："舅父的话是以为我就只能说不能行。"

"并不是这样。我是说一个演戏太多的人，他的态度常常要成为他所常常扮演角色的态度，但这个却无害于事。"

"舅父同士平先生俨然站在一块儿了，这大约是同病相怜。"

"今天你又占了优势了！"

"舅父是不是还想说，因为你是女子，所以让你一点呢？"

士平先生不知为什么，却问起绅士上不上办公处的话来了。绅士说不去也行，但士平先生却说要走了。因为绅士见到士平先生要走，就仍然要去办公，要士平先生坐他的车一同到法界再下车。两个人一会儿就走了。两个人出门时，送到门外车旁的萝，见到舅父似乎快乐得很，士平先生却沉默如有心事，就故意使舅父听到的神气，很亲昵地说："士平先生，我下午来学校找你。"舅父望了萝一眼，萝就大声地笑，用着跳跃姿势，跑进屋里去了。

两个老朋友各人皆在这少女闪忽不定行为上，保留一种不甚舒服的印象。两个人都不想提到这事情，极力隐忍下去，车子在平坦的马路用二五里的速度驶行，过了××路，过了××路，士平先生要把车停顿一下，说是想到××大学去找一个朋友。等到绅士把车开走后，这个人便慢慢沿着马路一旁走去，走了一会儿，觉得有点热了，又把衣服脱下来拿在手上，还是一直走去。

士平先生的理智，在一种新的纠纷上弄糊涂了。他知道许多事情，经过许多事情，也打量过许多事情，可是一点不适用到这恋爱上。他的执重外表因这一来是更显得执重了一点，可是这种勉强处别的人注意不到，自己却要对于自己加以无慈悲地嘲笑。他怜悯那学生，他自己的行为却并不比那学生更聪明。他在剧本创作上写了无数悲剧与社会问题戏剧，能够在文章上说出无量动人感情的言语，却不能用那些言语来对付面前的萝，绅士想到的"女子用热情掘好的井，跌进去了的人总不容易直立"，他也照样感觉到了。

他忽然看到自己的前面是灰色，看到自己是小丑，无端悲哀起来了。

六、配角

因为得到一点士平先生的鼓励，那苍白脸的三年级大学生，似乎得了许多勇气、许多光明，生活忽然感到开展，见出炫目的美，灵魂为怜悯与同情所培养，这人从悲哀里爬出，在希望上苏生了。

他觉得只有士平先生，知道他这个无望无助的爱是如何高尚的爱。他觉得只有士平先生，能明了他的为人。他信仰士平先生，也感谢士平先生，自从同士平先生谈过话后，第二天就在一个私有记事本上写了许多壮观的话语。他以为他从此就活了，他以为从此他要做一个人，而且也能做一个人了。凡是这个神经衰弱的人，平时因自己想象使他软弱，使他在一种近于催眠的情形下，忽然强健坚实起来是很容易的，从所信仰的人一方面，取得了一点信仰，他仍然是继续过着他那想象生活，如不是遇到事实的礁石，则他就仿佛非常幸福了。

这大学生记到士平先生所说的话，第二天，大清早爬起来，做他第一次的晨操，站在那宿舍外边花圃里，想到一切还略略有点害羞。他知道士平先生是起得很早的，他想经花圃过士平先生那个小院落去，在那边同士平先生谈谈，并且问问他，应当练习某种运动，才合乎身体的需要。走到了角门，看到绅士正在那里同士平先生谈话，因为不认识这个人，就不敢再过去，仍然退回来了。他站在宿舍前吸着早上清新的空气，舞着手臂，又模仿所见到的步兵走路方法，来回地走，其余早起的学生，认识到他的，见到这先前没有的行为，就问他：

"周，怎么样，习体操吗？"

听到这个问话，他好像被人发现了心上秘密，更极害羞了，不能做什么回答，只点点头。同学就说：

"这个不行，谁告你这样运动？"

"我看到士平先生每天这样操练。"

"士平先生越操越瘦！你应当学八段锦！"

"好吧，就学八段锦。你高兴教我没有？"

"等一会儿我们来学习吧！"

那同学到盥洗室去了，这白脸学生，站在一个花畦前看莺草十字形的花，开得十分美丽。因为这带露含翠的花草，想起看朱湘的诗，就又忘了自己定下的规矩，仍然拿了一本《草莽集》，搬了一个小凳子，坐到花畦边来读诗了。

到了下午两点左右时，萝来到了士平先生住处。士平先生上课去了，她就翻看到一些画册，在那房中等候下来。那周姓学生，因为还想同士平先生谈谈别的问题，来找寻士平先生，在那里见到了萝。这个人脸上发着烧，心儿跳着，不知要如何说话，就想回头走去。

萝见这学生一来又走了，想起士平先生说演戏的话，就喊他：

"密司特周，是不是找士平先生？"

"是的。我不知道他上课去了。"

"就要回来了，你可以等等他。"

"我可以，我可以。"一面结结巴巴地说着，一面回身来到房中，也不敢再举眼去望萝，就背了身看壁上的一幅画，似乎这幅画是最新才挂到壁上，而又能引起他的十分兴味。

萝心想："这样一个人真是可怜。"她记到士平先生提起他要同她演×××，还不知道她愿不愿意，就说："密司特周，士平先生早上同我说你那事情，没有什么不可。"

这学生，听到这个话，以为士平先生已经同萝把昨晚的事都向萝说过了，现在又听到萝温和而平静地把这话提出，全身的血皆为这件事激动了。他忙回过头来，望着萝，舌子如打了结，声音带着抖问："士平先生说过了吗？"

萝望到这情形还不甚明白，以为是这个怯弱学生在女子面前当然的激动。她一面欣赏这人的弱点，一面说："是的，他说你要求我同你演×××，是不是？"

这学生完全糊涂了，为什么说演×××他一点不清楚。他不好说没有这事。他以为这一定是士平先生一种计划，这计划就是使他同萝更熟一点，他心中为感激的原因要哭了。可是为什么士平先生要说演×××？他望到萝的脸，不知如何措辞，补充他要说及的一切。他的心发抖，口也发抖，到后是又只有回头过去看画了。一面看画一面他就想："她知道了，她明白了，我一切都完了，我什么都无希望了。"可是虽然这样打算，他是知道事实完全与这个不同的。他隐约看得到他的幸福，看到同情，看到恋爱，看到死亡——这个人，他总想他是一切无份，应当在爱中把自己牺牲，就算做了一回人的。一个糊涂思想在这年轻人心上扩张放大，他以为这可以死了。他不能说这是欢喜还是忧愁，没有回到宿舍以前，他就只能这样糊涂过着这一分钟两分钟的日子。他想逃走，又想跪到萝身边去，自然全是做不到的事。

萝因为面前的人是这样无用的人，她看到热情使这年轻人软弱如奴如婢，在她心上有一种蛮性的满足。她征服了这个人，虽然，有一点瞧不上眼的意味，可是却不能不以为这是自己一点意外的权利。许多卑湿沼地方，在一个富人看来，原是不值什么钱的，可是却从无一个富人放弃他的无用地方。她也这样子把这被征服的人加以注意和同情了，她想应当有一种恩惠，使这年轻人略略习惯于那种羁勒，就同这人来商量演剧事情。

她问他对于×××有什么意见，他说了一些空话，言语不甚连贯，思想也极混乱。她又问他，是不是对于那个戏中的女角同情。这年轻人就憨憨地笑，怯怯地低下头去，做出心神不定的样子，迫促而且焦躁，所答全非所问。她极其豪放的笑言，使他在拘谨中如一只受窘的鼠。这些情形在萝眼中看来，皆有另外一种动人的风格存在。她玩味着，欣赏着，毫无本身危险的自觉。不但是不以为这是一件危险的事情，她且故意使这火把向年轻人心上燃着，她用温情助长了这燃烧。她厌倦了其他的恋爱，这新的游戏，使她发生新的兴味了。

士平先生匆匆地走来了，看到两个人正在房中，那学生见到了士平先生，露出又感激又害羞的神气，忙站了起来，与萝离远了一点。萝此时，本来是到此补救早上在舅父处所成的过失，可不料新的过失，又在无意中造成了。

萝说："士平先生，我已经同密司特周说到演×××了。"

士平先生很不自然地一面笑着一面放下书本，走到写字桌边去。"你们演来一定非常之好。若是预备在下次月际戏上出演，就应当开始练习了。"

那学生在士平先生面前，无论何时总是见得拘束，听到谈演戏了，就说："谁扮绅士？"

萝无心地说："扮绅士容易，那是配角。"

士平先生就有意地说："配角自然是容易找寻，你们去试演好了。"

萝从这话上，听得出士平先生的心上愤怒。她知道士平先生是为了一些不甚得体的情绪所烦恼，她有点儿忏悔的意思，就问士平先生，同舅父早间在什么地方分手。士平先生说："我在 ×× 路上下车，还走了一阵，想起许多人事好笑。"

这个话使那年轻人以为所指的是自己，脸上即刻发起烧来。萝又以为这话完全是在妒嫉情形下，说到她和那学生了，心上就很不快乐。士平先生则为自己这句话生了感慨，因为他极力在找寻平时的理智，却只发现了苦闷，和各种不能与理智同时存在的悒郁。

萝过了一阵，说道："人事若是完全看的是好笑，这人就是超人，倒很可佩服！"

"是的，就是明知好笑也仍然有严重的感觉，所以人都是蠢人。"

"可是蠢一点也无妨，太聪明了，是全无用处的。做一切事都是依赖到一点糊涂。用自己起花的眼睛，看一切世界，朦朦胧胧，生活的趣味就浓了。要革命，还仍然是大家对那件事朦朦胧胧，不甚知道好歹，不甚明白利害，糊涂地做去，到后就成功了。一个眼睛纤毫毕见的人，他是什么也做不去的。他喝水，看到水中全是小虫；他吃面包，又看到许多霉点。走到外面去，并排走路的多数是害肺痨病人；住到家里，他还梦到人家所梦不到的种种。他什么都聪明，他什么都不幸福了。"

因为话是像说到那个年轻学生头上去了，他承认他的糊涂是一种艺术。他说："我同意萝这个话。我有时很清楚，看得周围一切非常分明，我实在苦恼。若果糊涂了一点，一切原有使我苦恼的，就当真又变成幸福了。在将来若是我还能选择我自己的东西，虽然我无理由拒绝苦恼，却愿意拿那糊涂。"

士平先生觉得这学生又好笑又可怜。这学生昨晚上还那么无望无助使生活找不到边际，但一天以来，因为一种无意中的误会，因为一点凑巧，却即刻把灵魂高举，仿佛就抓到了生活的中心，为这真正的糊涂，他对于这学生原来的一点同情完全失去了。他觉得萝也是可怜的，这女子在她那任性行为上，把自己的感情蹂躏了一番，又来找寻自慰的题材，用言语的锋刃刺倒旁人，她就非常快乐了。她想象她因为青春的美，就有了用自己的美去蹂躏旁人感情的权利，出于这一点缘故她这时竟让这年轻人来爱她了。她要苦别人作为自己快乐的根据，找了别的女子不会做的事情，她这时正在心中好笑。士平先生带着一点儿讥讽说："萝，你是为你的聪明而感到幸福的。"

萝反向着士平先生："那么，士平先生因聪明而苦恼了。为什么不糊涂一点？为什么一定要这样认真？为什么把那些不知道的也去设法知道，本来不能知道的又强以为知道，就在这上面去受苦受难？"

"这是做人！"

"可是这样做人，是自己选择的没有？"

"你以为是应当选择，或者说，还有机会选择，是不是？"

"我可是选择我自己所要的。"

"还是照到机会分配下来的拿去，在机会以外，人是通通不会有选择的。不但是生活事业，就是朋友、爱情，有些人自以为是选择下来去做，其实他还是取那放在手边最方便的一件。"

"我否认这理论。"

"一句话若是空空洞洞的理论，自然可以否认。若是事实，那否认，是应当在别人或自己生活上找出证据才对的。"

"士平先生，我要给你证据看的，你等候一些日子就是了。"萝说着这个时，用的是同平常抗议声音，那大学生听到，忍不住笑出声了。

士平先生本来不想把话再说下去了，因为看到那大学生在误会中更加放肆，本来先见到这人拘谨为可笑可怜，这时见到这人不再拘谨，反而使士平先生不甚快乐了。"他以为我是在为他努力，虽无一句话可说，那神气，倒是在感激中有帮我忙的意思。他以为说的证据就是爱他。这小子真是在糊涂中得到他的幸福了。"士平先生一面这样想及一面就说："密司特周，你是一定也觉得可以选择你所需要的，是不是？"

那大学生略略见得有点忸怩，喉咙为爱情所扼，女人声气一般答道："我与萝小姐同意。"

"很好的，很对的，你也相信你是选择你所要的，就居然得到了！"士平先生声音有一种嘲笑意味，他还想说："你的话是选择了而说的，你的事却是完全误会的。"可是那学生对于他露出的感激颜色，以及那信仰谦卑样子，仍然把士平先生缓和了，强硬不去了。他只好说："你能信仰你自己的能力，这就是非常幸福的事！"

萝因为不知道他们两人昨天那一次谈话，所以这时同这学生表示亲近，不过是一种虚荣所指使而做的任性行为。为了故意激动士平先生，她所以才说要同周姓学生演戏。为了士平先生的愤怒，对于这愤怒做一度报复，她才说她能够选她所要的东西。不过到后来，看到那学生有一点放纵，还说出了蠢话，士平先生有放弃所有权利意思，她又不大愿意。她于是把话说到属于自己家中舅父方面去，使学生感觉到于己无份，学生到后就不得不走了。

学生走后，萝带着一点忧愁，向士平先生望着，低低地说道："不要生我的气，我是游戏！"

士平先生把萝的手握着，也似乎为一种悒郁所包围，又稍稍显得这问题疲倦了自己心情的样子："我能生你的气吗？你不是分明知道我说的演×××原是谎话，为什么你这时又来同他谈及？他是在一种误会情形中转到一个不幸上去了，他以为你爱他了！以为你尽他爱你了！你愿意在这误会上生活，我不能说什么也不必说什么。我这时只说明白，尽你做那自己所愿意做的事。"

萝有点儿觉得糊涂："为什么同他这样谈谈话就会有这吓人误解？"

"你不是说过，男子在男女事情上都极浅薄吗？"

"可是这是个忧郁的人。"

"你是说，凡是这种人，都非常知分知足，是不是？"

"我想来应当这样，因为他并不像自作多情的人。"

"完全错误！他昨天晚上，到我这里来，说了许多话，他说如何在爱你，如何知道自己无份。他并不料到你同我的关系，他信托我是他唯一帮忙的人。他说只要把这事告给了我就很快乐了。我能说什么？我除了可怜这个人，什么也不好说出口。我告他，此后我当设法使萝同你做一个朋友。我当尽我所能尽的力，帮助你一下，你也应当好好地生活下去。我当真是这样做到了。这个人得到了我的话，恰恰来这里见到了你，以为你是已经听我学过一切，你说演×××，他一定激动得不能自制。他在一种误会中感谢你也感谢我，他从这误会上得去快乐和忧愁，还以为是自己选取的东西。我并不生气，我却因这事觉得大家都很愚蠢。你是在这事上也因为误会了我的意思，以为我是一个度量窄狭的人。在恋爱上度量窄狭，这也许还是一种美德，不过我是缺少这美德的。实在说，我却在这误会上心中不大快乐。他要我帮忙，信托我，我待要告诉他我的地位，但我在他那种情形面前，要说的话也都说不出口了。我还要告你这事怎么办，谁知这误会先就延长下去。你要爱他，还是不爱他，那全是你自己的事，我是不想说什么的。我若说，这个人不行，你自然会以为我有私心；我若说这个人

194

很好，你又可以疑我是有作用的示惠于人。我不想加什么意见了，你不是说你能够选你要的东西吗？现在机会就来了。你不要以为我爱你就拘束了你，我自己是想不到我会拘束什么人的。"

萝听到士平先生把话说完了，毫不兴奋，沉静非常，望到士平先生。"我料不到是这件事中容许了这样一个误解。我不能受爱的拘束，当然我就不会因为他那可怜情形变更了自己主张。爱不是施舍，也不是交换，所以我没有对他的义务。可是，士平先生，我现在却这样想：假如我看一切是我的权利，那我是不放弃的。我不能因为这一方面的权利却放弃那一方面的权利。我在这些事上有些近于贪多的毛病，因为这样，一切危险我是顾虑不及的。我要生活自由，我要的或不要的，我有权利放下或拿到！不拘谁想用热情或别的自私，完全占有我，那是妄想，是办不到的一件事。所以现在我来同你说，我愿意你多明白我一点。"

士平先生只用着一个大人听小孩子说话的样子，点头微笑，萝又继续地说："周爱我，我是感到有趣的，因为我想象不到我能够使一个男子这样倾心，带着一点好奇，我此后要同他再好一点，也是当然的。可是今天的误解我可不能让它存在！我不许别人在误会中得到他不当得的幸福，因为这不当得的幸福，要变成我的责任。我尽你爱我，也是我感到这是我的权利，你一在这事上做出年轻人蠢样子，我就有点忍受不来了。你的地位现在是同他一样的，我说这个话或者伤了你的自尊心，但如果你想得明白一点，你可以得到你的一份好处，若实在要痛苦，那你自己的事，我可不管了。"

把话说完了，萝走了，士平先生没有话说，尽这女子走去。但走到廊下以后，萝却又走回来了。她站到门边，手上拿着那个小伞："士平先生，你这行为是使我发笑的，为什么不送我出去？"

士平先生摇摇他的长长脑袋，叹了一口气，把手摊开："好能干的萝，你的时代生错了。因为这世界全是我们这样的男子，女人也全是为这类男子而预备的。但是你太进步了。你这样处置一切，在你方便不方便，我原不甚清楚，但是男子却要把你当恶魔的。你的聪明使你舅父也投了降。你只是任性做你欢喜做的事，你的敏锐神经作成你不可捉摸的精神。你为你自己的处世方法，一定也非常满意。可是我说你是生错了时代的，因为你这样玩弄一切，你究竟得到的是什么东西？你自然可以说，就是这样，也就得到不少东西了。是的，你得到很多人对你的倾心，你得到一切人为你苦恼的消息，你征服了一个时代的男子。还有一个中年的士平先生，他也为你倾倒，变更了人生态度，学成年轻许多了。你在这方面是所向无敌的。可是你能够永远这样下去没有？你会疲倦没有？……"

"我疲倦时，我就死了。"

"你说的话太动人了。你为你自己的话常常比别人还要激动，因这缘故，你说话总是选择那纯粹的字言，有力的符号。你是艺术家。"

"你的意思以为我总永远不像你们所要的女人。男子都是一样，我知道什么是你们所中意的女子。受过中等教育，有一个窈窕的身材，有一颗温柔易惑的心，因为担心男子的妒嫉变成非常贞静，因为善于治家，处置儿女教育很好……女子都是这样子，男子自然就幸福了。你们都怕女人自己有主张，因为这是使你们男子生活秩序崩溃的一种事情，所以即或是你，别的方面思想进步了，这一方面却仍然保留了过去做男子的态度。"

"我完全是那种态度吗？"

"不完全是，可是那种态度使你觉得习惯一点，合适一点。"

"或者是这样吧。"

"若不是这样，那这时就仍然同我到××去，转到我舅父那里吃饭。"

士平先生微微笑着，说："不，我要一个人想想，是我的错误还是别人的错误。我要弄清楚一下，因为这件事使我昏乱了。还有，我要得到我的权利，就是不让你征服。"

萝也微笑地点首，说："这是很对的，士平先生，我们再见。"

"好，再见，再见。"

萝走了，又回身来："士平先生，我希望你不要难受。"

士平先生就忙着跑出来，抓着了萝的手，轻轻地说："放心吧，不要用你的温柔来苦我，你的行为虽是你的权利，可是我不比那个忧郁的周，生活重心维持在你一言一语上。"

萝于是像一只燕子，从廊下消失了。

在校外她碰到了那三年级学生，这显然是有意等候到这里，又故意作为无意中碰到的。年轻人的狡计，萝看得非常明白，那大学生想说出一些预备在心中有半天了的话。一时还不能出口，萝就说："密司特周，到什么地方去？"

"到××想去买点东西。"

"那我们同路，我也想到××去买一本书。"

"士平先生……"

"我同他说了许多话，他是很好的人，是不是？"

"我敬仰他。"

"是的。这种人是值得敬仰的。不过每一个人也都有值得敬仰的地方，或者是道德学问，或者是美，或者是权力，你说是不是？"

"是的。不过——"

"怎么样，你不敬仰美吗？"

"……"这男子，做着最不自然的笑容，解释了自己要说的话语。

两个人，一个是那么自然随便，一个是那么拘束努力，把话谈下来，到后公共汽车来了，两个人又上了车，到××去了。

下午四点钟左右 × × 路上的百寿堂雅座内，这密司特周同萝，在一个座位上吃着冰水。

望到那每一开口微微发抖的薄薄嘴唇，望到那畏缩而又勉强做成的恣肆样子，萝觉得有些动摇。这是一个拜倒裙下的奴隶，没有骄傲，没有主张，没有丝毫自我。在一切献纳的情形下，那种惶恐的神气，那种把男性灵魂缩小又复缩小的努力，诱惑到骄傲的萝，使她有再进一点看看一切的暧昧欲望。

她说："密司特周，你不是 × × 吗？"

那学生，此时上的课是最新的一课，他什么话都不知道说，只是悄悄地去望坐在对面的萝，听到萝问他的话了。就匆遽地答："我不是，我不是。"

萝说："为什么不加入？士平先生是的，你知道吗？你们学校有许多同学也是的。大家来使社会向前，毁去那阻碍我们人性的篱笆，打破习惯，消灭愚蠢，这是只有 × × 可以做到的。大家成群地集中力量来干，一切才会好。"

"萝小姐相信这是做得到的吗？"

"为什么信仰都没有？年轻人没有信仰，缺少向不可知找寻追求的野心，怎么能够生活下去？"

"许多人也仍然活着过日子！"这大学生因为见到讨论的人生问题，所以胆量也大起来了。他仍然是那种怯怯地微带口吃地补充了这个话，"他们是快乐的。"

萝声音稍大了一点："是的，那些蠢东西，穿衣吃肉读英文，过日子是舒服而又方便的。我不说到他们，因为那不是我要注意的。我是说有思想的年轻人，有感觉的年轻人。他们的个人主义是不许其存在的。悲观，幻灭，作伤心的诗，欢喜恋爱小说中的悲剧人物，完全是病。他们活到世界上，自己的灵魂中毒腐烂了，还间接腐烂到他身旁的人。"

"可是我不能信仰什么。"

"那你为什么还信仰演剧？"

"因为是艺术！我欢喜演戏，我欢喜它，也就信仰它。"

"可是艺术也待在那大问题里一起存在的。你欢喜演戏，却不能去到大舞台陪李桂春打筋斗。你还是信仰新的，否认旧的。为甚不去同那更新的接近一下？"

"我不想去。我什么也不想。我看过一些书，什么是应当，什么又不应当，我都懂得一点点。可是我不习惯人多的事情。我自己常常想，世界那么样热闹，好像我都无份，所以就想到死了一定好点。"

"为什么一定要死？"

"为什么一定？我不清楚。可是我并不死去，现在还是活的。我想死了或者清净一点。我厌烦一切，我受不了，没有一个人知道我这平静的外表，隐藏到一个怎样骚乱的心！"

"我知道！若是你真死了，那天下少下一个活人，多了一个蠢鬼。凡是自杀的都是愚蠢傻子。若不是愚蠢，就是害病发疯。生到这时代，从旧的时代由于一切乡村城镇制度道德培养长大的灵魂，拿来混到大都市中去与新的生活作战，苦闷是每一个人都不缺少的东西。抵抗得过这新的一切，消化它，容纳它，他就活下去，且因为对于旧的排斥与新的接近，生存的努力，将使这人灵魂与身体同样坚实起来，那是一定的。至于忍受不了的落后的分子，他不是灭亡也等于亡。并不落后，同时却只因为不习惯这点理由，不能在集群生活中为生存努力，又不能把自己容融到旧的组织里去，这样人便孤独起来，到后来忍受不了，于是便自杀了。"

"他们并不是没有高尚思想！"

"思想有什么用处？他们本身的悲剧就是想象促成的。他们思想高尚，可是实际的人生是平凡的。他们脑中全是诗的和谐，与仙境的完美，可是人间却只有琐碎散文，与生活斗争。他们越不聪明越容易救药，越聪明越无用处了。"

"……"要说什么并没有说出口，因为害怕了，这大学生低下了头去，全身发抖。

萝心想："你这有高尚理想的人，若知道爱人只是平凡的人事时，也不至于苦恼了。"

这大学生也嘲笑他自己这时的情形，自己骂自己："我的高尚用到恋爱上无用处。"

可是他缺少勇气做一个平凡的人。他不敢提到这件事情，不敢尽萝注意到他，他又不愿有所变化。他一面感到这局面下自己的可怜，一面又非常愿意能使这和平的友谊可以继续下去。他这时觉得幸福，稍稍转过念头就又看得出自己不幸。因为萝在沉默中皱了一次眉，他疑心自己已经为萝所厌烦，于是就糊糊涂涂地打算："我将为爱她死去的，我尽这人称我傻子，比活到受罪还好。"为什么这就同死连在一处？他是不闻不问的。

萝实在是厌烦了，因为说到做人，说到生活，她想到她自己对于人生怀着诗意去接近的失败，她想到她的行为完全是无意识行为，用美丽激动这人，又用这人激动另一人，过不久这第二人又将代替下去，使第三人从一种不意的机会站到自己的身边。她就轮回地欣赏这人生的各种姿态，那些自私、浅浮、虚伪、卑劣，一一从经验中抽出，看得非常清楚，把日子就打发走了。她过的日子，就仍然是用未来理想保留到人事上的空洞日子，她不能再游戏下去了。

这时坐在对面的大学生，有些地方看出了使她生气的笨处，她且觉得到这里来同这个谈天喝汽水是不很得当的行为了。过了一会儿她把钞会了，就说还有点事要回去，且说过一些日子可以到学校见到。

出得百寿堂时，那学生忽然又用着那十分软弱的调子，低低地说：

"萝小姐，你许可我为你写一个信吗？"

萝说："口上说不是很方便吗？"

"我写出来好一点。"

萝说："好，写给我吧。"一面从皮夹子里取出一个载有通信处小小卡片，一面为这学生估想那信上说的蠢话绝不会比现在所见的神气有所不同，她本来想把手伸出去尽这人握一下，临时又不这样做了。

这学生回到××学校时，吃过晚饭，就走到士平先生住处去，同士平先生谈话，那来意是士平先生一望而知的，但士平先生，却没有料到萝会同这个人下午在一处坐过一阵。

来到房中了，人不开口。士平先生因为有一点不大高兴，也就不先开口。这学生到后才把话说出，问士平先生的戏，问剧本，问布景同灯光。……完全说的是不必说的废话，完全虚伪的支吾，士平先生有点不耐烦了，就说：

"你今天气色像好了一点。"

这学生以为是士平先生在打趣他，这打趣却充满了一种可感的善意，他脸上有点发热，自白的时候到了，就先鼓了勇气，问士平先生：

"士平先生，你把我的话同萝小姐说过了？"

士平先生说："还没有。"

"一定说了。"

"……"

稍稍沉默了一会儿。

"我下午同她在××路百寿堂谈了许久。我感谢先生，不知要怎么样报答。我要照到先生的言语做人，好好地使身体与灵魂同样坚强起来，才能抵抗这一切当然的痛苦！"

"……"

"她是太聪明了！她是太懂事了！她劝我加入××，说先生也在内，同学也多在内。我口上没有答应她，心里却承认这是应当的。"

"……"

"我以为先生至少总隐隐约约地说过一些话了，我就请她许可让我写一个信。她答应我了。她给了我一个有地址的卡片。我打量我在言语上所造成的过失，用文字来挽救，或者不至于十分惨败。"

"……"

"我爱她，使我的血燃焦了。我是无用的人，我自己原很明白。我不能在她面前像陈白先生那么随便。我觉得自己十分可怜，因为极力地挣扎，凡是从我口里说出的话，总还是不如现在到先生面前那么方便自由。我爱她，所以我糊涂得像傻小子，我是不想在先生面前来说谎的。"

"……"

"她不说话，我就又不免要想到'死了死了'，我真是糊涂东西！"

士平先生始终不能说出什么，到这时，因为又听到提及"死了死了"的话，使他十分愤怒，在心上自言自语地说："你这东西要死就早早可以死去也好，你一点不明白事情，死了原是无足轻重！"

不过到后来，这中年人到底还是中年人，他居然谎着那学生，问了学生许多话，才用一些非本意的话鼓励了这学生一番，打发他睡觉去了。

这学生到后又转到陈白房中去，隐藏了自己的近来事情，同陈白谈了一些话，他从陈白处打听了一些属于萝的事情，他一面问陈白一面还有了一点秘密的自得。陈白是无从料及这年轻人的秘密的，他把话谈了半点钟，离开了陈白，回到宿舍，电灯熄了，点上一支蜡烛，写那给萝的信。

七、一个新角

"萝，今天星期，我去同士平先生商量你的事情。"舅父说这个话时，是星期早上的七点钟。

萝正在喝茶，人坐在客厅廊下，想到另外一件事情。舅父因为见到她不作声，于是又说：

"我计算了一天，还是说明白，省得大家见面用虚伪面孔相对。我不再生士平先生的气了，我想得明白了，我不应当太过于自私。我愿意你们幸福。"

舅父说这个话时，虽然非常诚恳自然，但总不免现出一点忧郁。

萝摇摇头，把眉微皱："舅父，不行了。"

"什么不行？"

"我不能嫁士平先生。"

"你昨天不是还说你们互相恋爱吗？"

"但恋爱同嫁是两件事。"

"没有这种理由，你不要太把这件事的幻想成分加浓了，这于你并不是幸福。"

"我不打算嫁谁！"

"你们又闹了吗？"

"并不闹过。不过这件事昨天也同他说到了。我是不许任何人对我有这无理要求的。士平先生很懂事，当然会了解我这个理由。我现在还不是嫁人的时候。将来或者要同人结婚，也说不定。可是我不会同士平先生结婚的。凡是熟人我都不欢喜，我看得出爱我的人弱点，我为了自私，我要独身下去。士平先生我不爱他了，因为先前我以为他年纪大一点，一定比陈白实在一点，可是昨天我就醒悟过来了。男子全是一样的，都要不得。"

"当真这就是你的见解吗！"

"我从不想在舅父面前用谎话来自救。"

"你为什么要告我这件事？为什么昨天说的同今天又完全不同了？"

"我是对的，因为我不隐瞒到舅父。至于舅父在这事上失望，可不是我的过失。"

舅父含着愁的眼睛，瞅到萝的脸部，觉得在这年轻女子脑内活动的有种种不可解释的神秘。

他不再说什么话，因为要说的话全是无用处的废话。萝还是往日样子，活泼而又明艳，使舅父总永远有点炫目，生出惊讶。舅父为她这件事计划了许久，还以为已经在一种大量情形中，饶恕了甥女的行为，也原谅了士平先生的过失，正想应当如何在经济方面，扣出一笔钱来为这两人成立家庭费用，谁知两天以来一切情形又完全不同了。他在这事上本来不甚赞同，可是到已经决定赞同时，却听到破裂的消息，这绅士，把心上的重心失去，一种固持的思想在脑中成长，他不想再加任何主张任何意见了。

因为舅父的狼狈，萝只是好笑。每一个人的行为动机，都隐藏在自己方便的打算下，悲哀与快乐，也随了这方便与否作为转移。舅父的沉默，使萝看得出自己与舅父冲突处，是些什么事。

她见到舅父那惨然不乐的样子，不能不负一点把空气缓和过来的责任，她说："舅父，这事我要求你莫管倒好一点。你还是仍然做士平先生的老朋友，谈谈戏剧，谈谈经济，两人互相交换趣味是不错的。你不必太为我操心了，凡是我的事，我知道处置我自己！我处置得不好，这苦恼是应当在我名下存在；我处置得好，我自然就幸福！你不要太关切我了，这是无益处的。"

舅父说："是吧，我一切不管了。我尽你去，可是你也不要把你的事拿来同我说。我非这样自私不可，不然我的地位很不容易应付。"

"舅父能够不闻不问是好的。知道了，也处之泰然坦然，保持到你的绅士身份——外表与心情，都维持到安定，若能够这样，我是又愿意舅父每事都知道的。"

"我做不成你所说的完全绅士，我还是不必知道好一点。到什么时候一定要同谁订婚时，再来告我一声，就得了。"

"舅父这话说得好像伤心得很！"

"实在有一点儿伤心，但为了你的缘故，我想就是这样办也好。"

"我是不想用自己的行为，烦恼到亲爱的舅父的。"

"你是这一个时代的人，行为使中年人不惯，这错处，一定不是你的错处！"

"士平先生也说到这个了。"

"当然要说到这个。因为士平先生看来虽然可以作为你们演剧运动的领袖，却仍然是同我在一个世界里一种空气中长大的人。我也算定他要失败的，他在这事上不是很苦恼过吗？"

"我不过问，也不想十分清楚，因为我不是为同情这种苦恼而生的人。"

"你怎么样同他说及？"

"我说我永远是我自己的人，不能尽谁热情或温情占去。"

"他怎么说？"

"他笑，很勉强。他使我不快乐，是那样有知识有思想的中年人，也居然保留到一种人类最愚蠢的本能。他见到我同一个学生稍稍接近了一点，就要妒嫉。他虽然极力隐忍到他这弱点，总仍然不能不在言语上态度上轻视到旁人。我因为这样，我把问题向他提出来了。我是因为不承认爱我的男子，用得着妒嫉，使我负一种条约上义务，所以同陈白分手了的。现在士平先生最不幸，又为了这点事，把我对他的幻想失去了。"

"那你此后再演戏不演？"

"为什么戏也不演了呢？恋爱同演戏完全是两件事。我为演戏而同他们去在一处，谁也不能使我难堪。还有，是我因为好奇，我要演戏，才能满足我这好奇的心。"

"萝，你的言语越说越危险了。我担心你的未来日子，我愿意你不要演剧了。"

"舅父的意思又是在为你自己打算了。"

"不是为自己，完全为你——也可以说，完全为其他的人。在这里我不得不说士平先生把你带到不幸方向上去，你慢慢变成剧本上的角色，却不再是往日的你了！"

"因为这样舅父是悲观了。"

"因为这样你成为孤立的人了。"

"我羡慕的就是孤立无援。我希望的就是独行其是。"

"你是一个英雄，可是将来一定跌在平凡的阱里。一个同习惯作战的人，到后来总是免不了粉骨碎身。"

"我不为这个所威胁。我明知用舅父生活做证，是保守得到了胜利。可是我现在应当选择那使我粉骨碎身的事，机会一来，我就非常勇敢跳下阱里去！"

"到那时你想爬起可迟了。"

"我绝不这样懦怯！若是说追悔原是人类所有的一种本能，这一定是那些欢喜悲呀愁呀男女所有的本能。"

"你永不追悔吗？"

"因为我认定那是愚蠢事情。"

"人要那么聪明有什么用处？人是应当——"

"我想我应当做的是去生活。我欢喜的就是好的。我要的就去拿来，不要的我就即刻放下。舅父，我正在学做一个好人，道德、正义都建筑在我生活态度上面。舅父不要以为我还是小孩子了，我要舅父信托我，比要别人爱我还深。因为得到舅父的信托，我才可以不受这一方面的拘束，去勇敢地做人。"

"萝，你的道白的本领是太好了。你说的使我无从反驳。你说的都是对的，我只怕这些只是你的言语，却不是你的思想。你是好像因为说过了才去做，却不是要做的才说出来。我劝你不要演剧了，不去每天演剧本，是因为你可以得到一个机会，运用你的思想比运用你的口为多一点。"

"我相信这是舅父的好意，可仍然不大适合于我的性情。我正想从言语上建设我的真理，我可以求生活同言语一致。"

"你这试验总仍然是危险的，所以我总是觉得不大好，要我说为什么不好也找不出理由，但舅父的顽固是建设到四十多年的生活经验上，这个是你很分明的。"

"舅父，我服从你了！并不是因为你的真理，是因为你的可怜。我应当使你快乐一点，这是我所感觉到的一点点对人的责任。你说的话我再去想想，若想得明白一点时，我一定还能做出使你快乐的事！"

绅士这时记起那个死去的妹子，在临嫁人时也像说过这样一类话语，二十年来的人事浮上了眼底，心中有点凄惶，不想再说什么了，过一会儿就回到自己那小小书房去了。

萝懂得舅父的心情，只要是舅父没有和她说话，她的口没有了用处时，她是就可以体会得到这绅士对于她的注意的。把舅父的意见去考虑，也是一种可能的事，但她知道考虑原是一种愚行，因为凡是事情凭了考虑去应付，不过是可以处置那件事到自己合意一点情形下去罢了。凡事合自己意时就很少同时合别人的意。所以她认为考虑仍然近于愚蠢，答应了舅父去考虑，其实结果说什么，她在考虑以前也就知道了。

她把话太说多了，都不大有用处，这是她很懂的。她想到沉默，因为沉默便是休息。可是沉默的机会一来，她就寂寞起来了。同一切人说话时，在言语上她看出自己是一个英雄，抵抗的无不披靡，反驳的全属失败。同一切人在一处时，她也看出自己是一个英雄，强项的即刻柔软，骄傲的变成谦卑。但把自己安置到无人的境界里去，敌人既然没有，使她气壮神王的一切皆消失在黑暗里，她就恐惧起来了。她于是越思索越见得惶恐，但愿意自己十分安分地做一个平常女人，但愿同过去的眼前的离开……这些心情同时骚扰到这人灵魂，表面上是看不出来的。为了不能那么过着与年龄不相称的反省日子，她心想，她应当是世界上热闹里活下去的人，舅父的劝告，虽一时使她冷静一点，到第二天，她仍然是往日的她，又在一种动的生活中生活了。

舅父上楼半天不下来，萝心上有点不安。舅父为这事情的变化感到难堪，萝则以为一切完全非常自然。年龄的距离使两个人显出争斗冲突，舅父在乎时总是输给甥女，今天的情形，有点稍稍不同了。

萝一个人坐在楼下廊前，想到眼前的人事，总觉得好笑。舅父的好管闲事脾气，就永远使她有点难于处置。一时像是非常明白这个中年人，一时又极糊涂，因此对于舅父的行为，萝虽说一面在怜悯原谅，一面总要打算到终究还是离开这中年人好一点。她这时就想到应当如何离开舅父的计划。她想到一个人如何去独立生活。她想到如何在一群男子中过着日子，恋爱，革命，演戏，尽她所欢喜的去做，尽那新的来到身边，尽一些蠢人同聪明人都轮流地在机会中接近自己，要这样才能满足她对于人类的好奇本能。发现一切，把握一切，又抛弃一切，她才能够对于生存有持久继续的兴味。因为一切所见所闻的生活皆不大合乎自己性情，所以每想到那些生活以外的生活时，她的心，就得到一种安顿了。

舅父的行为她又像是能够原谅的。她怜悯他，她嘲笑他，然而同时也敬重他。在这事情上她留下了永远的矛盾。这时虽计划到如何离开舅父，听到上面娘姨走下楼来。拿取牛奶，就问娘姨，先生在做什么事情。听到说舅父仍然躺在榻上看书，她才放心了。

到后她唱歌，因为她快乐了，即或知道舅父不甚高兴，她仍然唱了许久，且走到舅父书房去，问舅父答应过她的无线电收音机什么时候可以买来。

吃过了午饭，下午约三点钟时节，萝请求舅父同她到××去买一点东西，在××路上，见到士平先生一个人在太阳下走着，舅父把车停在路旁，士平先生于是站到车边了。萝坐在车上，喊士平先生，问他到什么地方去，并且为什么这时在这大太阳下走。

士平先生似乎毫不注意到萝的关心样子，只仿佛同绅士说："因为要到×××路去开会，先应当往××去找一个人，所以走一回，把道路也熟悉一点。"

萝看到这神气，以为这是士平先生的谎话，且觉得士平先生的可怜了，就问开的是什么会。士平先生仍然望着绅士，把话说着。

"是关于演戏的发展事情，并且有从日本来的一个宗姓男子，报告一切日本新近戏剧运动的消息。"

"为什么不邀我去？"

这时士平先生才望到萝的脸说：

"你不欢喜开会，你以为开会是说空话，所以我不告给你。"

"往天不欢喜今天我可欢喜，这会应当在什么时候？"

士平先生从袋子里掏出了一个表，检查了一下："还有四十分钟。"

"我同你一块儿去，我要去看看。"

舅父说:"当真吗?"

萝说:"当真要去!舅父你坐车回去好了。我谢谢你。你若高兴,就去为我买那个盒子;不高兴,就回家去。我现在一定要跟到士平先生到会,那里一定有趣味得很。士平先生,我问你,是不是我们还应当请舅父送我们到×××去,省得坐公共汽车?"

"用不着。我看看这一家的门牌,一四八,一五零。"一面说着一面摸出了一个卡片,上面有用铅笔记下的一个人通信地址,"萝,尽××回去,我们走几步就要到那个朋友住处了。他还说过要我引他见见你,这是才从日本回国一个最热心艺术的人,样子平常,可是有些地方很使人觉得合意。"

萝这时已经跳下了车,舅父还没有把车开走,注意到这两个人。

"我去了,是不是?"

"舅父,你去吧,我同士平先生在一块儿。若是要回家吃晚饭,我回头从电话中告你。"

"好,你同士平先生去吧,你们走左边路上,好像阴凉一点。"

"好,我们过那边走,有风,真是很有趣。我们再见,舅父。"

"再见,再见。"

等到舅父把车开走后,萝才开始问士平先生:"当真开会吗?"

士平先生望着萝,点点头,不说什么,先走了两步,萝就追上前去。"朋友住多少门牌号数?"这样问着,是她还以为士平先生还在说谎的缘故。

"一七五。"

"在前面很远!"

"快要到了。"

所要找的人不在家,却留下了字条给士平先生,说是至多三点半就可以回来,两人只好在这里等候。因为还有十分钟,士平先生坐在一个椅子上一句话不说，萝心中有点难过。她是不习惯这种情形的，所以就说：

"士平先生，你不同我说话，你一定还是记到上次那傻子的事情。若果就只那一点点理由，使你这样沉默，那你也像一个……"

"我实在是有一点儿傻相的。"

"不是，我说你有一点儿像一个小孩子。因为只有小孩子才在这些事上认真。"

"我认真些什么？"

"你对于那周姓学生放不过。"

"你完全错了。你的聪明很可惜是只能使你想到这些事情上来。我并不是小孩子，我因为你欢喜这样做人，第一天，我实在不大高兴。可是我想去想来，我觉得这只是我自己的不是，所以我就诚心地愿意那个人能够给你快乐，再也不做那愚蠢人的行为了。我沉默，我就是在为那学生设想，怎么样使你对于他兴味可以持久一点，我当然不必要你相信，可是这倒是当真的理由。"

"我信你，我就因为这一点，以为你是一个小孩子。谁需要你这慷慨？你这宽宏大量自己做来一定还感到伟大的意义，可是这牺牲除了安慰你自己心情，也是糟蹋你自己心情以外，究竟还有什么益处？我难道会感谢你？他又难道会感谢你？"

"我并不为感谢而做什么事！"

"我说到了，你不为要谁感谢而做，但求自己伟大。这还不是一样的蠢事吗？"

"那么，我应怎么样才合乎一个为你同意的男子呢？"

"应当忘记别人，只注意到我。正如我在你面前忘记别人一样，因为友谊是一个火炬，如佛经所说佛爷慈悲一样，谁要点燃自己心上的灯，都可以接一个火去，然而接去的人虽多，却并不影响到别人的需要。"

"你的比喻是好的，可是人的生活是不能用格言作标准的，所以我以为你自己也未必守得住这信仰。"

"你不信仰真理，却信仰由人类自私造成的偏见，苦得使女人好笑。"

"你觉得好笑吗？"

"如是我还有机会在你面前说真话，你的行为使我觉得好笑的地方实在很多。"

"还有很少的是什么？"

"很少的是你可怜。"

"全无对的地方吗？"

"对什么？女人用不着你那些美德，因为这美德是你男子合意的努力造成的东西。女人只要洒脱、方便、自由，凡是男子能爱人又有给所爱的人这些那些，这才是好男子。"

"你的话今天我才听明白！"

"那是因为你往天只知道有你自己。"

"我并不是要挽救什么来说这个！"

"就为挽救我们的友谊也并不要紧？为什么你要分辩？在女人面前，是用不着分辩的。凡是要做的，尽管去做，要用的，就拿去用，不在行为上有所解释，尽女人自己来用想象猜出，男子的愚行有时也使女人欢喜。一个男子他是不应当细致小心的。若是做一件事要说明一回，似乎每一个行动都非常有理由，每一个理由都有利于己，一切行为皆合乎法律，不悖人情，女子是不会欢喜的。莫里哀的剧本上有个谦卑的情人，对于自己行为每每加上一长串说明，结果只使女人的巴掌打到他的颊上，契诃夫在一篇短篇小说上也嘲笑过这种小心的男子。男子因为用小殷勤得到了女子的最初友谊，就以为占有女子也仍然用得着这一种法术，这是完全可笑的。男子这类行为不可笑，就应可怜了，因为那是愚蠢的估计！"

"还让你说下去。"

"还让我说下去也好。不过我是明白的，你们即或装成很俨然的样子，你们的耳朵还是听你们自己所说的一句话，就是：不要信她。实在你们都能够保持这信仰也是很好的，不过你们男子都以为耳朵不如眼睛，所以女人的行为使你们生气，女人的言语却毫不影响及男子丝毫。但是男子呢？行为上做了坏事，却总赖言语来挽救一切，大致是自己太爱说谎了，所以不注意到女人言语的。"

"再说下去。"

"你使我口渴，以为这是对待女子最好的方法。"

"萝，你太聪明了，我实在为你难过。你少说一点，多想一点，你的见解就不同了。"

"若果见解不过是一个抽象的说明，我是用不着你难过的。"

"我是想到过，你这样说话，究竟对于你对于人有什么用处？"

"我不是找用处来说话！"

"你是任性、斗气……还有近于这类的理由，一说话总不能自休。"

"士平先生，我不说了，我试让你说下去。"

士平先生笑了。说了一阵，两个人皆笑了。

到后主人回来了，见到士平先生，握了手，士平先生为介绍了萝，也握了手。这人名字是宗泽，原是许久以前就听到说过了的。因为萝曾演过一本日本人的剧，便是这人所翻译的东西。人是一个瘦小萎悴的人，黑黑的脸膛、短短的眉，说话声音不大自然，这人的一切，都似乎在一个平凡人中寻找得出。但说话时有一种平常人所缺少的简朴处，望人时，也有一种精悍凌人处，这是萝一见到时就发现了。

这人同士平先生说话，像是没有十分注意到萝的神情。说到国内演剧人才的缺乏，说到对于剧本的意见，仿佛完全不知道萝是同行的人。他要说的都毫不虚饰地说出，他的意见从不因为客气而有所让步。因为时间快要到了，三个人走出了门，到附近汽车行叫了一辆汽车，到××去，在车上这人谈的话仍然似乎不甚注意到萝。

萝在这人面前感到一点威胁，觉得有点不大舒服。因为一个女子正当她的年龄是迷人的青春，且过惯了受人拜倒的生活，一旦遇到一个男子完全疏忽了她的美丽时，这新的境遇是她绝不能忍受的。她心想，这是一个怪脾气的人，一个无趣味的男子，一个只知道生活不讲人情的男子。她一面听到士平先生同他谈话，一面就估计这个人平时的生活事业。但照到本能所赋予的力量，她无形中在这男子面前似乎让了步，当宗泽同士平先生不说话时，她就问了许多宗泽的话，她选取一个男子抵挡不了的亲切，又诚实又虚心地询问日本演剧情形。她在言语上使这短小精悍男子注了意，她又作为毫不客气的样子，说是下一次一定要请宗泽先生指点关于演了××的第三幕那一场，应当用什么态度去读那一段演说。宗泽样子仍然保持到先前的沉静，萝却以为这人耳朵是注意她的言语的。

士平先生在一旁听着，只是微微地发笑，再不加上意见。他注意到宗泽，却知道萝的骄傲是受了打击的。在士平先生的眼睛中，宗泽因为无意中得到了一种胜利，使萝受了羞辱，士平先生有一种说不分明的快乐。等到下车时，因为宗泽先下去，士平先生有了机会，才轻轻地向萝说："少说一点话，不然全输给别人了！"

萝把脸红了，当士平先生在车边伸手去照扶这女子时，萝把手拂开，一跳就下车了。

××的会一共约二十七个人，陈白也在场，似乎因为感到有用友谊作为示威的必要，萝在宗泽面前，故意同这美男子陈白坐在一处，谈了许多不必谈的话。她一面同陈白说话一面注意到宗泽，宗泽似乎也稍稍有了一点知道，但仍然毫不现出像其他男子的窘迫，当演说时，完全是一个英雄，一个战士。

散会时，陈白因为今天萝似乎特别和平了许多，就邀请萝同士平先生与宗泽到××楼去吃饭，萝没有作答，望到士平先生笑。

士平先生答应了，宗泽也答应了，萝不好意思不答应，所以四个人不久就到××楼吃饭去了。吃过饭后萝要回去，问士平先生同陈白是不是就要转学校。陈白说："还想同士平先生过宗泽住处去谈谈。"萝就像一个小女孩子的样子，说：

"天气已经晚了，我要回去了，我不玩了。"

她意思以为宗泽必定要说一句话，但宗泽却不开口。士平先生看到这情形了，就说：

"若是同过宗泽先生处去谈谈我就送你到家。"

"我不去了，今天答应用电话告舅父吃晚饭也忘记了。"

"我们到那里谈一会儿就走，好不好？"陈白也这样说着，因为陈白非常愿意一个人送萝回去，这时却不便说出。

宗泽这时才说："萝小姐若是没有什么事，到那里谈谈也好。"

萝带着一点恼懊，望到士平先生，似乎因为士平先生毫不对她有所帮助，使她为了难，她就要陈白送她回去，说回头再到宗泽先生家也不要紧。陈白欢喜极了，就同士平先生说了两句话，伴同萝走去了。

等到两人走去了时，士平先生望到这两个人的去处，低低叹了一声气，回过头来问宗泽说："宗泽，我们走！"两人上了第一路的公共汽车后，宗泽忽然发问："他们结婚了吗？"士平先生说："除了在戏上配演以外，两个人性格是合不来的。"宗泽听到这话后，就不再说什么了。

在路上，士平先生见到宗泽沉默如佛，想知道萝的印象，在这男子心上保留到什么姿态，就问他："萝这个人还好不好？"宗泽摇头不答，且冷笑了一会儿。

这人神情的冷落，表示出不可捉摸灵魂的深，使士平先生想起萝在这人面前的拘束处了。他似乎看到了未来的事情，似乎看到陈白与苍白脸大学生，都同自己一样的命运，三个人是全不及宗泽的。他心中想，天地间事情是有凑巧的，悲剧同喜剧的不同，差别处也不过是一句话同一件小事，在凑巧上有所变化罢了。

他在宗泽家中时，就又说了许多关于萝的事情。陈白却来了电话，说恐怕不能再过宗泽家中来了，因为萝的舅父留到他谈话，若是士平先生要回去，也不必等候。

士平先生因为这个电话，影响到心中，有一点不平，就不知不觉同宗泽谈到萝的舅父是如何有趣味的一个人，邀约了宗泽改天到绅士家去谈谈，宗泽却答应了。

八、配角做的事

××学校三年级大学生周，把信写了又写，还缺少勇气发去。这个为爱情所融化的人，每一次把自己所写的信拿来读及时，总是全身发抖，兴奋到难以支持。他不知道这事情怎么样就可以办得好一点。他不知道他这信究竟应当如何措辞。他在那一切用不着留心的文法上，修改了一次又一次，总是好像还是不大完全，搁下来缺少发去的勇气。

他想到应当去同士平先生处谈谈，把信请求士平先生过目一看，还得请求这可信托的人酌斟一下字句，可是没有做到。

他想亲自去递这封信，以便用言语去补足所要说及的一切，他又不敢。

他想到许多利害，越想便越觉得害怕起来，什么事也不做，一天就又过去了。

他的信一共写的有许多封了，还没有一封为萝见到。

把信写来自己一看，第一封是太热情了，没有用处，他留下了。第二封又太不热情了，恐怕萝见到不大明白，也留下了。第三封……

有一天的下午，萝到××学校去，见到了这周姓学生，这人一见到她就红着脸飞跑了，萝在心上还觉得很好笑。

萝是到士平先生处的，同士平先生谈了一会儿宗泽的性情，陈白也来了，陈白这人聪明有余却缺乏想象，他因为见到萝脾气比较好了一点，就忘了自己的身份，说到许多人的故事。他说宗泽如何爱过他的堂姊，又说这事情在东京如何为中国学生所注意。他又说到别人的各种事情，把萝这几天来对他一点友谊都在无形中浪费了，萝想说："蠢东西。别人的坏处并不能证明你自己的完全！"陈白没有明白，所以这骄矜自得的人，又在自己所掘的阱边跳下去了。

士平先生好像看得出陈白的聪明失败处，在陈白说及宗泽时，就为宗泽说了许多好话。萝听到这个，且注意到士平先生的神情，士平先生的善意从萝眼中看来仍然是一种不得体的行为。"为什么只说别人，却忘了你自己？"士平先生没有注意到这点，所以也失败了。

一个只知道有自己的人来了，先是在窗下，怯怯地望了半天，听到里面的说笑，不敢进来又舍不得走去，到后为士平先生见到了。

"周，怎么样？进来坐呀！"

陈白也说："周，你来，我同你说……"

这男子，贼一样溜进来了。望到壁的空处，脸上发烧。

萝和士平先生都知道这个人的心事。陈白因为对于这人还不甚明白，就说："密司特周，他们在大方戏院的演剧批评上，说你有表演情人的天才，这个文章看见了没有？"

"……"他只望到陈白苦笑，意思像是要求陈白不要这样虐待他。

"是悲剧的能手，好像 × 报记者也说到过。"

那学生抗议似的说："不，他们说陈白先生是天才！"

陈白望到萝："那是演戏，因为演戏的天才并不恰于实用，萝以为怎么样？"

萝说："许多人自己倒相信自己是聪明人。"

"我可缺少这种勇气。可是我相信你是值得自己有这自信的。"

萝说："陈白，你的口是一支桨，当划的时候才划，对于你有益一点。"

陈白说："既然是桨，我以为只要划动总能够向前。"

萝笑了，心想："外表那么整齐，一说话就显得可怜的浅陋了。"

士平先生这时开口了，说："我们的戏演得不坏，可是萝你好像感到疲倦了。"

"我当真疲倦了，因为从剧上也不容易找出一个懂事的人。"

陈白同士平先生，皆知道这句话意思所指，是"人事上不愉快的角色更多"。两个人在这话上都发了笑。但周姓学生，却听到这个话全身发了抖，因为他记得同萝演×××时，萝在剧本角色身份上，曾说过"只有你是不讨厌的人"。他想要说一句话打动萝的爱情，他想要知道萝这时的心事，因为他曾在早上把一封写给萝的信冒昧付邮了，现在正想知道这结果！

他想了一会儿，才找出一句自己以为非常得体的话来说道：

"萝小姐，我把×××的临死时那台词也忘记了。"这话的意思，就是说，"你当告我那消息，在我死去以前"。

萝望到这又狡猾又老实的人非常难受："这样简单的设计，可笑的图谋，就是男子在恋爱中做出的事情！这对于一个女子有什么用处？这呆子，忘记了口原只是吃水果接吻用的东西，见到陈白能言善辩，以为每一个人的口也都有说谎的权利，所以应当喑哑却做不到，想把蠢话充实自己，却为蠢话所埋葬了。"她自己在心上把这话说过了，她好笑，因为这话并不为第二个人听到。

士平先生也明白这个男子的失策处了，把话移了方向，问这学生是不是做得有文章。这学生这时不大高兴同士平先生来讨论这些事情，只是摇头，并且说："我什么也不想做，什么也不能做，近来简直不像生活……"

陈白取笑似的问："密司特周，为什么通通不干了呢？"

这学生因为陈白的问话，含的有恶意，无法对抗，就作未曾听到的神气，把脸转到萝的那一方去，做了一个忧愁的表情。

萝说："陈白，密司特周是不是同密司郁是两个好朋友？"

陈白说："应当很好的，两个人都是那么年轻，那么体面，可是我听说密司郁下学期要回家去了，不知密司特周知道是为什么？"

士平先生说："周，你为什么不把你的《暴徒》一剧写成？"

萝说："赶快写成我们就可以试演一次。"

那学生向萝看着，慢慢地低下头去了："士平先生，你知道我近来的情形！"

士平先生听到这个话，是要他帮忙的意思，他不好再把话说下去了，他只说："密司特周，人事是复杂得很的，你神经衰弱，所以受不了波折。"说过后，又向萝说道，"萝，你是快乐的！"

萝知道士平先生的意思所在，她不能不否认："我并不快乐，士平先生！我常常觉得生活到这世界上很好笑，因为大家都像为一只不可见的手拖来拖去。人都是不自主的，即或是每一个人皆想要做自己的事，并不缺少私心，可是私心一到人事上，就为利害打算变成另外一件东西了。"

士平先生说："你的话同前次论调有了矛盾，不记得了吧。"

"记得之至。可是为什么一定要记到许久以前的事情？"

"你不能今天这样明天又那样。"

"谁能加上这限制？"

"自己应当加上去，因为才见得出忠实。"

"让这限制在女子同一些浅薄的男子生活上生出一种影响也好，我并不反对别人的事。"

"你自己用不着吗？"

"我用不着。"

陈白加上了点意见，说："因为图方便起见，矛盾是聪明人必需要的。"

萝说："不是这样！我是因为不图在你们方面这样男子得那方便，才每日每时都在矛盾中躲避！"

士平先生为这句话得意地笑了。他另外有所会心，望到陈白。因为这几天来陈白在萝友谊方面，又似乎取了进步样子，使士平先生不免小小不怿。他几天来都不曾听到萝的锋芒四逼的言语了，这时却见到陈白躺下而且沉默了，他不作声，且看陈白还有什么手段可以恢复那心上的损失。陈白貌如平时，用一个有教养有身份的人微笑的态度，把自己援救出来了。他对到士平先生笑：

"士平先生，好厉害！"

士平先生说："风是只吹那白杨的。"他意思所在，以为这句话嘲笑到陈白，却只有萝能够懂它。果然萝也笑了。她愿意士平先生明白陈白是一败涂地了的。因为昨天在舅父家中，在宗泽的面前，陈白乘到一个不意而来的机会，得到了些于分不当的便利。士平先生那时看得分明，这时节，所以一定要士平先生见到，她才快乐。还有她要在那个周姓学生面前，使那怯懦的男子血燃烧起来，也必须使陈白受点窘。她这时却同那学生来说话了，她把一个戏剧作为讨论理由，尽这怯弱的心慢慢地接近到自己身边来，她一面欣赏到这男子为情欲而糊涂的姿态，一面又激动到士平先生。

为什么要激动士平先生？那是无理而又必需的游戏。因为这三天来萝皆同这几个人在一处，萝在宗泽面前的沉默，是士平先生所知道的。士平先生的安详，说明了这人的恶意。他没有一句话嘲笑到萝，可是那沉默，却更明确地在解释到"一切皆知"的意思。

这一点她恨了士平先生，要报复才能快意。因为陈白为人虽然又骄傲又虚伪，如一只孔雀，可是他只知道炫耀自己，却不甚注意旁人。士平先生的谦虚里有理智的眼睛，看到的是人的一切丑处坏处，她的骄傲使她在士平先生处受了损失，所以她在这时特别同那学生亲近。

这学生，在萝身上做的梦，是人类所不许可的夸张好梦。因为他早上给萝的信，以为已经为萝见到了，这时的萝就是为了答复那个信所施的行为。他想到一些荒唐事情，就全身战栗不止。

到后，萝觉得把这几个男子各人分上应得的灾难和幸福已做到，她走了。她回到家里去时，见到宗泽坐在客厅里，想到先一时的事情，不觉脸红了。宗泽正拿着她一个照相在手里看得出神，还不知道萝已回家。

萝站在门边："宗泽先生，对不起，我到××学校去了。"

宗泽回过头来时手还没有把那个相放下，也不觉得难过，却说："这相照得真美，我看痴了，不知道萝小姐回来了。"

"来多久了吗？"

"大约有一点钟了。我特意来看你，因为你好像有使人不能离开你的力量。"

"当真吗？"

"你自己也早就相信这力量了。"

萝觉得有点不大好意思了："我实在缺少这自信。"

宗泽说："不应当缺少这自信。美是值得骄傲的，因为时间并不长久。"

"世间也还有比美更可贵的东西。"

"那是当然的。不过世界上并没有同样的美，所以一个人若是知道了自己的好处，却在浪费情形中糟蹋了它，那是罪过。"

萝一面同宗泽说话，一面把从各处寄来的信裁看，北京两封，广东一封，本埠陈白一封，那周姓学生一封。先是不知道这信是谁寄来的，裁开后才明白就是那大学生的信，上面说了许多空话。许多越说越见糊涂的话，充满了忧郁，杂乱无章地引证了若干典故，又总是朦胧不清。把信看过了，这被那学生在信上有五个不同称呼的萝，欲笑也笑不下去。宗泽好像是不注意到这个的，竟似乎完全没有见到。萝心想，我应当要你注意一下，就把信递过去，说道：

"宗泽先生你看年轻人做的事情。我真是为这种人难过。"

把信略略一看，就似乎完全明白了内容的宗泽，仍然是没有笑容。只静静地说："这是自然的，男子多数就在自己这类行为上做出蠢事。"

"你以为是蠢事吗？"萝虽然这样抗议，却又像是仅仅为的说这个话的也是男子的缘故，不然是不会这样说的。

"当然，也有些女人是承认这个并不是蠢事的！或者多数女人就正要这东西！不过现在的你，我却知道绝不会以为他是聪明，这是我看得出的。"

"宗泽先生，你估计是不对的。"

"也许会有错误，就因为你是个好高的人，只为我说过了，才偏要去同情他。"

"……"萝没有话可说了，就笑着，表示这个话说中了。

宗泽又拿起那个信来，看那上面的典故，轻轻地读着。萝就代为解释的样子说道：

"全是读书太多了，一点不知道人情。"

"这不是知不知道的问题。"

"那你说是什么？"

"蠢的永远是蠢的，正如一块石头永远是石头一样。"

"宗泽先生，你这话我不大同意！"

"我们说话原本不是求人同意而说的。"

"可是我也这样说过了的。"

"那一定是的，因为说话是代表各人兴味。我相信有时你是用得着这一句话的。因为同你接近的人，都是善于说话的人。"

"你是说用这句话表示自己趣味的独在不是？"

"是挽救自己的错误！"

"那你也承认有错误了。"

"那是没有办法的。因为在你面前，一切人皆不免失去他的人格上的重心，所不同的，不过是这人教养年龄种种不同，所以程度也两样罢了。"

"宗泽先生，我想你这句话是一句笑话。"

"你并不以为是笑话，便听到我说这个，这时节即或以为是笑话，过后也仍然能够使你快乐。"

"我听过许多人的阿谀了。"

"你以为一个女人听过许多人的奉承，就会拒绝一句新的阿谀吗？"

萝只把头摇晃，一时找不出话否认，她心想："这是厉害的诡辩，又单纯，又深入，在这些人面前，装哑子倒有利益。"所以到后就干笑，让宗泽先生说话。

宗泽也沉默了。这个人，他知道萝是怯于在言语上有所争斗的，他过了一会儿，就问萝，预备什么时候离开这里到法国去。

萝说："法国我也不想去，这里我也不愿留。"

"你是厌倦了生活才说这个话。"

"包围到我身边的全是平常、琐碎、世故、虚伪，使我如何不厌倦？"

"但是你也欢喜从这种生活中，吸取你所需要的人生。"

"欢喜，欢喜，你以为你对我做的估计是很不错的，是不是？"

"不是。我并不估计过谁。我只观察，用言语说明我所见而已。"

"你以为我是平常任性使气的女子。"

"不是。"

"你以为我缺少男子的殷勤就不快乐。"

"不是。"

"你以为我……"

"疑心多，怎么会不厌倦生活？"

"宗泽先生，男子的疑心是比女子更大的！"

"但是男子他会自解。"

"这是聪明处。"

"可是若果这称赞中缺少恶意，我想我是无份受这称赞的。"

"你觉得你不同别的男子，是不是？"

"我自己是早就觉得了的，现在我倒想问你哩。"

"你比他们单纯一点。"

"这个批评是不错的。我就是因为单纯，做人感觉到许多方便。"

"可是也看人来。"

"可是在你面前，我看得出我的单纯很合用！"

"你能够这样清楚运用你的理智，真是可佩服的人。"

"有些人受人敬佩是并不快乐的，因为照例这是有一点儿讥笑意思。"

"也是的，我就不欢喜人对我加上不相称的尊敬。"

"但你是因为先知道了隐藏在尊敬后面，有阴谋存在的缘故，你才拒绝它。"

"那你呢？不是一样吗？"

"男子不会与女人一样，你分别得很清楚。昨晚上令舅父也谈到这个了。我有许多地方与令舅父意见相合。我知道你是欢喜同舅父争持的，那因为一种习惯，却并不是主张。"

"舅父的见解若同宗泽先生完全相同，那我觉得是好笑的。"

"你的意见要改的。即或有意坚持，也不适用。"

"我不知道宗泽先生指的是革命还是别的意见？"

"革命吗？什么是革命？你以为陈白是革命吗？士平先生也是革命吗？……"

"我并不说这个话。可是舅父总还是绅士，不如他们……"

"这是你自己也缺少自信的话，因为你不愿意在这些人心情上综合分析一下，却不缺少兴味，把每一个人思想行为按照自己趣味分派到前进或落后方面去。你自己，则更少这勇气检查自己。"

"你是舅父一党了。"

"因为你舅父说你的长处同短处极对。"

…………

绅士回来了，见到宗泽很表示欢迎。三个人把话继续谈下去，宗泽在绅士面前又如在士平先生等面前一样，对于萝，仿佛离得很远很远了。

当晚上，萝与舅父谈话，宗泽先生的为人，是舅父有兴味谈到的一件事，萝告给舅父，说宗泽先生是舅父一党时，舅父似乎非常快乐。

萝回到卧室灯下，预备回一个信给那周姓学生，不知为甚原因，写了许久也没有把信写好。她只记起宗泽先生的一些言语，而这些言语，平时又像全是为自己生活一种工具，只有在那人面前时，才被他把这工具夺去，使自己显得空虚的。她检查她自己，为什么在此人面前始终是软弱的理由，才知道是这人并不像一般人地爱她，所以在被凌逼情形下，她是已经看到自己败在这人面前了。

九、一个不合理的败仗

宗泽在早上写来了一个信，是专人送来的，萝接到这个信时，还没有把信裁开，看到外面写的一个"宗"字，手就微微发抖。她似乎就知道这信里有些事情，是崭新的事情。她且不即看这个信的内容，先来从想象上找出宗泽留在印象里的一切。但没有结果，即刻她就嘲笑自己的错了。信是那么薄薄的，几乎只有半张信笺写成的东西，她因此把信裁开了。信是不出所料的，里面有这样一些话：

> 萝，我爱了你。一切话是空的，一切话皆有人同你说到，所以我不必再说。当我觉得我爱了你时，我就想，我应当告你，我不怕唐突你，且应当说："我觉得你得嫁我。"因为这事情如此下去，是你和我的幸福。
>
> 你若把我当成其他男子一般，我后天就要走了。
>
> 你笑过说是莽汉的宗泽

真是一个稀奇的信！信中还是那么单纯，那么粗鲁到不近人情！可是第一次把信看过后，萝好像还不甚明白这意思，重新看过一次，仍然不明白，到后她又看了一次。他要她嫁他，而且说得那样简单，比其他任何男子都勇迈直前。看过了这信好几次，先是大笑，再过一会儿，她沉在思索里去了。来信的一种不可抵抗的力，同这人留给萝的印象混合在一处，变成更逼人的情形了。

怎么回这个人的信呢？对面的男子是那么一个男子，完全不同别的男子性情相似，平时把热情蕴蓄在冷静里，到时又毫不显得柔弱畏缩，平素来最善于在男子弱点上把男子嘲笑的萝，到这时，才知道男子也有难于对付的时候了。信是什么废话也不说，一个空字也不写，就说到一件士平先生永远不敢提出，陈白也怕谈到的问题上来的。她并不爱他，可是他那言语逼得她不能说出口了。她自从一见到他，就似乎为这男子的一种魔力所征服，她强力振作也总是逃不了这个人了。她平时极其骄傲，在一切男子面前，她都有一种权力，使一切人皆低眉敛目。她在男子中，永远皆像有一种为天所赋给的特权，选择她所要的种种，却同时用近于恩惠的情形同那些人接近。可是从这个人方面她得到了些什么呢？先是冷淡如陌生，话也不欲多说，凡是一个男子在热情中必然的种种愚暗行为都没有见到。只三天，四天，却忽然提出了这问题！

她想到许多事情，许多人的面孔同行为都在印象上一一复活起来。

她记起几日来所受的委屈，她想到这时是复仇的时候了。

她回了信，说得非常简单，说：

宗泽先生，你的希望失败了。要走你明天就可以走了吧。

她把信即刻就派人送到附近邮筒里去，事情做过后，她像是放心了，就躺到床上睡了。

……

晚上陈白到宗泽处去，却看到萝在宗泽客厅里。陈白心中明白，力持镇静，做了一个微笑，望到萝，轻轻地说：

"萝，风吹了白杨以后，想不到走到这里来了。"

萝对陈白脸上搜索了一会儿，忽然说道：

"陈白，我告你一件事情，我明天要同一个人订婚了。"

陈白望到宗泽："宗泽，你知道这个人是谁？"

宗泽说："你当然知道是我，还故意装什么痴。"

陈白就极不自然地打着哈哈，走去握宗泽的手，且走到萝身边去，大声地笑着："好极了，好极了，真是想不到的好事！"

萝摆脱了陈白，走到宗泽身边去，轻轻地说："我说过知道他要这样，就真是这样！"两个人就也同样地笑了。

……

"士平先生同那周姓学生，听到这消息时，怎么样？"陈白一面走进××学校的校门时，一面就这样打算。他极狼狈地出了宗泽的住处，渐渐地恢复了自己的本来意识，他这时却为了带着这消息，给士平先生，因为想到士平先生的神气发笑了。

虎　雏

我那个做军官的六弟上年到上海时，带来了一个勤务兵，见面之下就同我十分谈得来，因为我从他口上打听出了多少事情，全是我想明白终无法可以明白的。六弟到南京去同政府接洽事情时，就把他丢在我的住处。这小兵使我十分中意，我到外边去玩玩时，也常常带他一起去，人家不知道的，都以为这就是我的弟弟，有些人还说他很像我的样子。我不拘把他带到什么地方去，见到的人总觉得这小兵不坏。其实这小孩真是体面得出众的。一副微黑的长长的面孔，一条直直的鼻子，一对秀气中含威风的眉毛，两个大而灵活的眼睛，都生得非常合适，比我六弟品貌还出色。

这小兵乖巧得很，气派又极伟大，他还认识一些字，能够看《建国大纲》，能够看《三国演义》。我的六弟到南京把事办完要回湖南军队里去销差时，我就带开玩笑似的说：

"军官，咱们俩商量一下，把你这个年轻的当差的留下给我，我来培养他，他会成就一些事业。你瞧他那样子，是还值得好好儿来料理一下的！"

六弟先不大明白我的意思，就说我不应当用一个副兵，因为多一个人就多一种累赘。并且他知道我脾气不好，今天欢喜的自然很有趣味，明天遇到不高兴时，送这小子回湘可不容易。

他不知道我意思是要留他的副兵在上海读书的，所以说我不应当多一个累赘。

我说："我不配用一个副兵，是不是？我不是要他穿军服，我又不是军官，用不着这排场！我要他穿的是学校的制服，使他读点书。"我还说及"倘若机会使这小子傍到一个好学堂，我敢断定他将来的成就比我们弟兄高明。我以为我所估计的绝不会有什么差错，因为这小兵绝不会永远做小兵的。可是我又见过许多人，机会只许他当一个兵，他就一辈子当兵，也无法翻身。如今我意思就在另外给这小兵一种机会，使他在一个好运气里，得到他适当的发展。我认为我是这小兵的温室"。

我的六弟听到了我这种意见，他觉得十分好笑，大声地笑着。

"你在害他！"他很认真的样子说，"你以为那是培养他，其中还有你一番好意值得感谢，你以为他读十年书就可以成一个名人，这真是做梦！你一定问过他了，他当然答应你说这是很好的。这个人不只是外表可以使你满意，他的另外一方面做人处，也自然可以逗你欢喜。可是你试当真把他关到学校里去看看，你就可以明白一个做了一阵勤务兵到野蛮地方长大的人，是不是还可以读书了。你这时告他读书是一件好事，同时你又引他去见那些大学教授以及那些名人，你口上即不说这是读书的结果，他仍然知道这些人因为读书才那么舒服尊贵的。我听到他告我，你把他带到那些绅士的家中去，坐在软椅上，大家很亲热和气地谈着话，又到学校去，看看那些大学生，走路昂昂作态，仿佛家养的公鸡，穿的衣服又有各种样子，他实在也很羡慕。但是他正像你看军人一样，就只看到表面。你不是常常还想去当兵吗？好，你何妨去试试？我介绍你到一个队伍里去试试，看看我们的生活，是不是如你所想象的美，以及旁人所说及的坏。你欢喜谈到，你去详细生活一阵好了。等你到了那里拖一个月两个月，你才明白我们现在的队伍，是些什么生活。平常人用自己物质爱憎与自己道德观念作标准，批评到与他们生活完全不同的军人，没有一个人说得较对。你是退伍的人，十年来什么也变迁了，你如今再去看看，你就不会再写那种从容疏放的军人生活回忆了。战争使人类的灵魂野蛮粗糙，你能说这句话却并不懂他的意思。"

我原来同我六弟说的，是把他的小兵留下来读书的事，谁知平时说话不多的他，就有了那么多空话可说。他的话中意思，有笑我是书生的神气。我因为那时正很有一点自信，以为环境可以变更任何人性，且有点觉得六弟的话近于武断了。我问他当了兵的人就不适宜于进一个学校去的理由，是些什么事，有些什么例子。

六弟说："二哥，我知道你话里意思有你自己。你正在想用你自己作辩护，以为一个兵士并不较之一个学生为更无希望。因为你是一个兵士。你莫多心，我不是想取笑你，你不是很有些地方觉得出众吗？也不只是你自己觉得如此，你自己或许还明白你不会做一个好军人，也不会成一个好艺术家。（你自己还承认过不能做一个好公民，你原是很有自知之明！）人家不知道你时，人家却异口同声称赞过你！你在这情形下虽没有什么得意，可是你却有了一种不甚正确的见解，以为一个兵士同一个平常人有同样的灵魂这一件事情。我要纠正这个，你这是完全错误了的。平常人除了读过几本书学得一些礼貌和虚伪外，什么也不会明白，他当然不会理解这类事情。但是你不应当那么糊涂。这完全是两种世界两种阶级，把它牵强混合起来，并不是一个公平的道理！你只会做梦，打算一篇文章如何下手，却不能估计一件事情。"

"你不要说我什么，我不承认的。"我自然得分辩，不能为一个军官说输，"我过去同你说到过了，我在你们生活里，不按到一个地方好好儿地习惯，好好儿地当一个下级军官，慢慢地再图上进，已经算是落伍了的军人。再到后来，逃到另外一个方向上来，又仍然不能服从规矩，于目下的习俗谋妥协，现在成为不文不武的人，自然还是落伍。我自己失败，我明白是我的性格所成，我有一个诗人的气质，却是一个军人的派头，所以到军队人家嫌我懦弱，好胡思乱想，想那些远处，打算那些空事情，分析那些同我在一处的人的性情，同他们身份不合。到读书人里头，人家又嫌我粗率，做事麻胡①，行为简单得怕人，与他们身份仍然不合。在两方面皆得不到好处，因此毫无长进，对生活且觉得毫无意义。这是因为我的体质方面的弱点，那当然是毫无办法的。至于这小副兵，我倒不相信他仍然像我这样子。"

"你不希望他像你，你以为他可以像谁？还有就是他当然也不会像你。他若当真同你一样，是一个只会做梦不求实际，只会想象不要生活的人，他这时跟了我回去，机会只许他当兵，他将来还自然会做一个诗人。因为一个人的气质虽由于环境造成，他还是将因为另外一种气质反抗他的环境，可以另外走出一条道路。若是他自己不觉到要读书，正如其他人一样，许多人从大学校出来，还是做不出什么事业来。"

"我不同你说这种道理，我只觉得与其把这小子当兵，不如拿来读书，他是家中舍弃了的人，把他留在这里，送到我们熟人办的那个××中学校去，又不花钱，又不费事，这事何乐不为。"

我的六弟好像就无话可说了，问我××中学要几年毕业。我说，还不是同别的中学一个样子，六年就可以毕业吗？六弟又笑了，摇着那个有军人风的脑袋。

"六年毕业，你们看来很短，是不是？因为你说你写小说至少也

① 麻胡：马虎。

要写十年才有希望，你们看日子都是这样随便，这一点就证明你不是军人，若是军人，他将只能说六个月的。六年的时间，你不过使这小子从一个平常中学卒业，出了学校找一个小事做，还得熟人来介绍，到书铺去当校对，资格还发生问题。可是在我们那边，你知道六年的时间，会使世界变成什么样子没有？一个学生在六年内还只有到大学的资格，一个兵士在六年内却可以升到团长，这个事比较起来，相差得可太远了。生长在上海，家里父兄靠着外国商人供养，做一点小小事情，慢慢地向上爬去，十年八年因为业务上谨慎，得到了外国资本家的信托，把生活举起，机会一来就可以发财，儿子在大学毕业，就又到洋行去做写字，这是上海洋奴的人生观。另外不做外国商人的奴隶，不做官，宁愿用自己所学去教书，自然也还有人。但是你若没有依傍，到什么地方去找书教。你一个中学校出身的人，除了小学还可以教什么书？本地小学教员比兵士收入不会超过一倍，一个稍有作为的兵士，对于生活改变的机会，却比一个小学教员多十倍；若是这两件事平平地放在一处，你意思选择什么？”

我说：“你意思以为六年内你的副兵可以做一个军官，是不是？”

“我的意思只以为他不宜读书。因为你还不宜于同读书人在一处谋生活，他自然更不适当了。”

我还想对于这件事有所争论，六弟却明白我的意思，他就抢着说：“你若认为你是对的，我尽你试验一下，尽事实来使你得到一个真理。”

本来听了他说的一些话，我把这小子改造的趣味已经减去一半了，但这时好像故意要同这一位军官闹气似的，我说：“把他交给我再说。我要他从国内最好的一个大学毕业，才算是我的主张成功。”

六弟笑着：“你要这样麻烦你自己，我也不好意思坚持了。”

我们算是把事情商量定局了，六弟三天即将回返湖南，等他走后我就预备为这未来的学士，找朋友补习数学和一切必需学问，我自己还预备每天花一点钟来教他国文，花一点钟替他改正卷子。那时是十月，两月后我算定他就可以到××中学去读书了。我觉得我在这小兵身上，当真会做出一份事业来，因为这一块原料是使人不能否认可以治成一件值价的东西的。

我另外又单独和这个小兵谈及，问他是不是愿意不回去，就留在这里读书，他欢喜的样子是我描摹不来的。他告我不愿意做将军，愿意做一个有知识的平民。他还就题发挥了一些意见，我认为意见虽不高明，气概却极难得的。到后我把我们的谈话同六弟说及，六弟总是觉得好笑，我以为这是六弟军人顽固自信的脾气，所以不愿意同他分辩什么。

过了三天，三天中这小副兵真像我的最好的兄弟，我真不大相信有那么聪颖懂事的人。他那种识大体处，不拘为什么人看到时，我相信都得找几句话来加以赞美才会觉得不辜负这小子。

我不管六弟样子怎么冷落，却不去看他那颜色，只顾为我的小友打算一切。我六弟给过了我一百块钱，我那时在另外一个地方，又正得到几十块钱稿费，一时没有用去，我就带了他到街上去，为他看应用东西。我们又到另一处去看中了一张小床，在别的店铺又看中其他许多东西。他说他不欢喜穿长衣，那个太累赘了一点，我就为他定了一套短短黑呢中山服，制了一件粗毛呢大衣。他说小孩子穿方头皮鞋合适一点，我就为他定制了一双方头皮鞋。我们各处看了半天，估计一切制备齐全，所有钱已用去一半，我还好像不够的样子，倒是他说不应当那么用钱，我们两个人才转回住处。我预备把他收拾得像一个王子，因为他值得那么注意。我预备此后要使他天才同年龄一齐发展，心里想到了这小子二十岁时，一定就成为世界上一个理想中的完人。他一定会音乐和图画，不擅长的也一定极其理解。他一定对于文学有极深的趣味，对于科学又有极完全的知识。他一定坚毅诚实，又一定健康高尚。他不拘做什么事都不怕失败，在女人方面，他的成功也必然如其他生活一样。他的品貌与他的德行相称，使同他接近的人都觉得十分爱敬……

不要笑我，我原是一个极善于在一个小事情上做梦的人，那个头顶牛奶心想二十年后成家立业的人是我所心折的一个知己，我小时听到这样一个故事，听人说到他的牛奶泼在地上时，大半天还是为他惆怅。如今我的梦，自然已经早为另一件事破灭了。可是当时我自己是忘记了我的奢侈夸大想象的，我在那个小兵身上做了二十年梦，我还把二十年后的梦境也放肆地经验到了。我想到这小子由于我的力量，成就了一个世界上最完全最可爱的男子，还因为我的帮助，得到一个恰恰与他身份相称的女子做伴，我在这一对男女身边，由于他人的幸福，居然能够极其从容地活到这世界上。那时我应当已经有了五十多岁，我感到生活的完全，因为那是我的一件事业，一种成功。

到后只差一天六弟就要回转湖南销差去了，我们三人到一个照相馆里去拍了一个照相。把相照过后，我们三人就到 ×× 戏院去看戏，那时时候还不到，故就转到 ×× 园里去玩。在园里树林子中落叶上走着，走到一株白杨树边，就问我的小朋友，爬不爬得上去，他说爬得上去。走了一会儿，又到一株合抱大枫树边，问这个爬不爬得上去，他又说爬得上去。一面走就一面这样说话，他的回答全很使我满意。六弟却独在前面走着，我明白他觉得我们的谈话是很好笑的。到后听到枪声，知道那边正有人打靶，六弟很高兴地走过去，我们也跟了过去，远远地看那些人伏在一堵土堆后面，向那大土堆的白色目标射击，我问他是不是放过枪，这小子只向着六弟笑，不敢回答。

我说："不许说谎，是不是亲自打过？"

"打过一次。"

"打过什么？"

这小子又向着六弟微笑，不敢回答。

六弟就说："不好意思说了吗？二哥你看起他那样子老实温和，才真是小土匪！为他的事我们到××差一点儿出了命案。这样小小的人，一拳也经不起，到××去还要同别的人打架，把我手枪偷出去，预备同人家拼命，若不是气运，差一点就把一个岳云学生肚子打通。到汉口时我检查枪，问他为什么少了一颗子弹，他才告我在长沙同一个人打架用了的。我问他为什么敢拿枪去打人，他说人家骂了他丑话，又打不过别人，所以想一枪打死那个人。"

六弟觉得无味的事，我却觉得更有趣味，我揪着那小子的短头发，使他脸望着我，不好躲避，我就说："你真是英雄，有胆量。我想问你，那个人比你大多少？怎么就会想打死他？"

"他大我三岁，是岳云中学的学生，我同参谋在长沙住在××，六月里我成天同一个军事班的学生去湘河洗澡，在河里洗澡，他因为泅水比我慢了一点，和他的同学，用长沙话骂我屁股比别人的白，我空手打不过他，所以我想打死他。"

"那以后怎么又不打死他？"

"打了一枪不中，子弹哨了膛，我怕他们捉我，所以就走脱了。"

六弟说："这种性情只好去当土匪，半年就可以做大王。"

我说："我不承认你这句话。他的胆量使他可以做大王，也就可以使他做别的伟大事业。你小时也是这样的。同人到外边去打架胡闹，被人用铁拳星打破了头，流满了一脸的血，说是不许哭，你就不哭，你所以现在做军官，也不失为一个好军人。若是像我那么不中用，小时候被人欺侮了，不能报仇，就坐在草地上去想，怎么样就学会了剑仙使剑的方法，飞剑去杀那个仇人，或者想自己如何做了官，派家将揪着仇人到衙门来打他一千板屁股，出出这一口气。单是这样空想，有什么用处？一个人越善于空想，也就越近于无用，我就是一个最好的榜样。"

六弟说:"那你的脾气也不是不好的脾气,你就是因为这种天赋的弱点,成就了你另外一个天赋的长处。若是成天都想摸了手枪出去打人,你还有什么创作可写。"

"但是你也知道多少文章就是多少委屈。"

"好,我汉口那把手枪就送给你,要他为你收着,从此有什么被人欺侮的事,就要这个小英雄去替你报仇好了。"

六弟说得我们大家都笑了。我向小兵说,假若有一把手枪,将来我讨厌什么人时,要你为我去打死他们,敢不敢去动手? 他望了我笑着,略略有点害羞,毅然地说"敢"。我很相信他的话,他那态度是诚恳天真,使人不能不相信的。

我自然是用不着这样一个镖客噢! 因为始终我就没有一个仇人值得去打一枪。有些人见我十分沉静,不大谈长道短,间或在别的事上造我一点谣言,正如走到街上被不相识的狗叫了一阵的样子,原因是我不大理会他们,若是稍稍给他们一点好处,也就不至于吃惊受吓了。又有些自己以为读了很多书的人,他不明白我,看我不起,那也是平常的事。至于女人都不欢喜我,其实就是我把逗女人高兴的地方都太疏忽了一点,若我觉得是一种仇恨,那报仇的方法,倒还得另外打算,更用不着镖客的手枪了。

不过我身边有了那么一个勇敢如小狮子的伙伴,我一定从此也要强干一点,这是我顶得意的。我的气质即或不能许我行为强梁,我的想象却一定因为身边的小伴,可以野蛮放肆一点。他的气概给了我一种气力,这气力是永远还能存在而不容易消灭的。

那天我们看的电影是《神童传》,说一个孤儿如何奋斗成就一生事业。

第二天,六弟就动身回湖南去了。因六弟坐飞机去,我们送他到飞机场，六弟见我那种高兴的神气，不好意思说什么扫兴的话批评到小兵，他当到小兵告我，若是觉得不能带他过日子时，就送到南京师部办事处去，因为那边常有人回湖南，他就仍然可以回去。六弟那副坚决冷静的样子，使我感到十分不平，我就说：

"我等到你后来看他的成就，希望你不要再用你的军官身份看待他！"

"那自然是好的。你自信能成就他，恐怕的是他不能由你的造就。你就留下他过几个月看看吧。"

我纠正他的前面一句话大声地说："过几年。"

六弟忙说："好，过几年，一件事你能过几年不变，我自然也高兴极了。"

时间已到，六弟坐到飞机客座里去，不一会儿这飞机就开走了，我们待飞机完全不见时方回家来。回来时我总记到六弟那种与我意见截然相反的神气，觉得非常不平，以为六弟真是一个军人，看事情都简单得怕人，自信成见极深，有些地方真似乎顽固得很。我因为六弟说的话放在心上，便觉得更想耐烦来整顿我这个小兵，我也就想用事实来打破六弟的成见，我以为三年后暑假带这小兵回乡时，将让一切人为我处理这小孩子的成绩惊讶不已。

六弟走后我们预定的新生活便开始了，看看小兵的样子，许多地方聪明处还超过了我的估计，读书写字都极其高兴，过了四天，数学教员也找到了，教数学的还是一个大学教授！这大教授一到我处，见到这小兵正在读书，他就十分满意，他说："这小朋友我很爱他，真是一个笑话。"我说："那就妙极了，他正在预备考××中学，你大教授权且来尽义务充一个小学教员，教他乘法除法同分数吧。"这大教授当时毫不迟疑就答应了。

许多朋友都知道我家中有一个小天才的事情了，凡是来到我住处玩的，总到亭子间小朋友处去谈谈。同了他玩过一点钟的，无一人不觉得他可爱，无一人不觉得这小子将来成就会超过自己。我的朋友音乐家××，就主张这小朋友学提琴，他愿意每天从公共租界极北跑来教他。我的朋友诗人××，又觉得这小孩应当成一个诗人。还有一个工程学教授宋先生，他的意见却劝我送小孩子到一个极严格的中学校去，将来卒业若升入北洋大学时，则他愿意帮助他三年学费。还有一个律师，一个很风趣的人，他说："为了你将来所有作品版税问题，你得让他成一个有名的律师，才有生活保障。"

大家都愿意这小朋友成为自己的同志，且因这个缘故，他们各个还向我解释过许多理由。为什么我的熟人都那么欢喜这小兵，当时我还不大明白，现在才清楚，那全是这小兵有一个迷人的外表。这小兵，确实是太体面一点了。我的自信，我的梦，也就全是为那个外表所骗而成的！

这小兵进步是很快的，一切都似乎比我预料的还顺利一点，我看到我的计划，在别人方面的成功，感到十分快乐。为了要出其不意使六弟大吃一惊，目前却不将消息告给六弟。为这小兵读书的原因，本来生活不大遵守秩序的我，也渐渐找出秩序来了。我对于生活本来没有趣味，为了他的进步，我像做父亲的人在佳子弟面前，也觉得生活还值得努力了。

每天我在我房中做事情，他也在他那间小房中做事情，到吃饭时就一同往隔壁一个外国妇人开的俄菜馆吃牛肉汤同牛排。清早上有时到××花园去玩，有时就在马路沿走走。晚上饭后应当休息一会儿时节，不是我为他学西北绥远包头的故事，就是学东北的故事。有时由他说，则他可以告我近年来随同六弟到各处剿匪的事情，他用一种诚实动人的湘西人土话，说到六弟的胆量。说到六弟的马。说到在什么河边滩上用盒子枪打匪，他如何伏在一堆石子后面，如何船上失了火，如何满河的红光。又说到在什么洞里，搜索残匪，用烟子薰洞，结果得到每只有三斤多重的白老鼠，一共有十七只，这鼠皮近来还留在参谋家里。又说到名字叫作"三五八"的一个苗匪大王，如何勇敢重交情，不随意抢劫本乡人。凡事由这小兵说来，掺入他自己的观念，仿佛在这些故事的重述上，见到一个小小的灵魂，放着一种奇异的光，我在这类情形中，照例总是沉默到一种幽杳的思考里，什么话也没有可说。因这小朋友观念、感想、兴味的对照，我才觉得我已经像一个老人：再不能同他一个样子了。这小兵的人格，使我在反省中十分忧郁，我在他这种年龄上时，却除了逃学胡闹或和了一些小流氓蹲在土地上掷骰子赌博以外，什么也不知道注意的。到后我便和他取了同样的步骤，在军队里做小兵，极荒唐地接近了人生。但我的放荡的积习，使我在做书记时，只有一件单汗衣，因为自己一洗以后即刻落下了行雨，到下楼吃饭时还没有干，不好意思赤膊到楼下去同副官们吃饭，我就饿过一顿饭。如今这小兵，却俨然用不着人照料也能够站起来成一个人。因为小兵的人格，想起我的过去以及为过去积习影响到的现在，我不免感觉到十分难过。

日子从容地过去，一会儿就有了一个月，小兵同我住在一处，一切都习惯了，有时我没有出门，要他到什么地方去看看信，也居然做得很好。有时数学教员不能来，他就自己到先生那里去。时间一久，有些性质在我先时看来，认为是太粗鲁了一点的，到后也都没有了。

有一天，我得到我的六弟由长沙来的一个信，信上说着：

　　……二哥，你的计划成功了没有？你的兴味还如先前那样浓厚没有？照我的猜想，你一定是早已觉得失败了。我同你说到过的，"几个月"你会觉得厌烦，你却说"几年"也不厌烦，我知道你这是一句激出来的话，你从我的冷静里，看出我不相信你能始终其事，你样子是非常生气的。可是你到这时一定意见稍稍不同了。我说这个时，我知道，你为了骄傲，为了故意否认我的见解，你将仍然能够很耐烦地管教我们的小兵，你一定不愿意你做的事失败。但是，明明白白这对你却是很苦的，如今已经快到两个月了，你实在已经够受了，当初小孩子的劣点以及不适宜于读书的根性，倘若当初是因为他那迷人的美使你原谅疏忽，到如今，他一定使你渐渐地讨厌了。

……我希望你不要太麻烦自己。你莫同我争执，莫因拥护你那做诗人的见解，在失败以后还不愿意认账。我知道你的脾气，因为我们为这件事讨论过一阵，所以你这时还不愿意把小兵送回来，也不告我关于你们的近状。可是我明白，你是要在这小子身上创造一种人格，你以为由于你的照料，由于你的教育，可以使他成一个好人。但是这是一种夸大的梦，永远无从实现的。你可以影响一些人，使一些人信仰你，服从你，这个我并不否认的。但你并不能使那个小兵成好人。你同他在一处，在他是不相宜的，在你也极不相宜。我这时说这个话时也许仍然还早了一点，可是我比你懂那个小兵，他跟了我两年，我知道他是什么材料。他最好还是回来，明年我当送他到军官预备学校去，这小子顶好的气运，就是在军队中受一种最严格的训练，他才有用处，才有希望。

……你不要以为我说的话近于武断，我其实毫无偏见。现在有个同事王营长到南京来，他一定还得到上海来看看你，你莫反对我这诚实的提议，还是把小兵交给那个王同事带回去。两个月来我知道你为他用了很多的钱，这是小事，最使我难过的，还是你在这个小兵身上，关于精神方面损失得很多，将来出了什么事，一定更有给你烦恼处。

……你觉得自信并不因这一次事情的失败而减去，我同你说一句笑话，你还是想法子结婚。自己的小孩，或者可以由自己意思改造，或者等我明年结婚后，有了小孩，半岁左右就送给你，由你来教养培植。我很相信你对小孩教育的认真，一定可以使小孩子健康和聪敏，但一个有了民族积习稍长一点的孩子，同你在一块儿，会发生许多纠纷。

…………

六弟的信还是那么军人气度，总以为我是失败了，而在斗气情形下勉强同他的小兵过日子的。尤其他说到那个"民族"积习，使我很觉得不平。我很不舒服，所以还想若果姓王的过两天来找寻我时，我将不会见他。

过了三天，我同小兵出外到一个朋友家中去，看从法国寄回来的雕刻照片，返回时，二房东说有一个军官找我，坐了一会儿留下一个字条就走了。看那个字条，才知道来的就是姓王的，先是六弟只说同事王营长，如今才知道六弟这个同事，却是我十多年前的同学。我同他在本乡军士技术班做学生时，两个人成天皆从家中各扛了一根竹子，预备到学校去练习撑篙跳，我们两个人年纪都极小，每天穿灰衣着草鞋扛了两根竹子在街上乱撞，出城时，守城兵总开玩笑叫我们小猴子，故意拦阻说是小孩子不许扛竹子进出，恐怕戳坏他人的眼睛。这王军官非常狡猾，就故意把竹子横到城门边，大声地嚷着说是守城兵抢了他的撑篙跳的竿儿。想不到这人如今居然做营长了。

为了我还想去看看我这个同学，追问他撑篙跳进步了多少，还想问他，是不是还用得着一根腰带捆着身上，到沙里去翻筋斗。一面我还想带了小兵给他看看，等他回去见到六弟时，使六弟无话可说，故当天晚上，我们在大中华饭店就见面了。

见到后一谈，我们提到那竹子的事情，王军官说：

"二爷，你那个本领如今倒精细许多了，你瞧你把一丈长的竹子，缩短到五寸,成天拿了它在纸上画,真亏你!"

我说:"你那一根呢?"

他说:"我的吗? 也缩短了,可是缩短成两尺长的一支笛子。我近来倒很会吹笛子。"

我明白他说的意思,因为这人脸上瘦瘦白白的,我已猜到他是吸大烟了。我笑着装作不甚明白的神气:"吹笛子倒不坏,我们小时都只想偷道士的笛子吹,可是到手了也仍然发不成声音来。"

军官以为我愚骇,领会不到他所指的笛子是什么东西,就极其好笑:"不要说笛子吧,吹上了瘾真是讨厌的事!"

我说:"你难道会吸烟了吗?"

"这算奇怪的事吗? 这有什么会不会? 这个比我们俩在沙坑前跳三尺六容易多了。不过这些事倒是让人一着较好,所以我还在可有可无之间,好像唱戏的客串,算不得角色。"

"那么,我们那一班学撑篙跳的同学,都把那竹子截短了。"

"自然也有用不着这一手的,不过习惯实在不大好,许多拿笔的也拿'枪',无从编遣。"

说到这里我们记起了那个小兵了,他正站在窗边望街,王军官说:

"小鬼头,你样子真全变了,你参谋怕你在上海捣乱,累了二先生,要你跟我回去,你是想做博士,还是想做军官?"

小兵说:"我不回去。"

"你跟了二先生这么一点日子,就学斯文得没有用处了。你引我的三多到外面玩玩去。你一定懂得到'白相'了。你就引他到大马路白相去,不要生事,你找个小馆子,要三多请你喝一杯酒,他才得了许多钱。他想买靴子,你引他买去,可不要买像巡捕穿的。"

小兵听到王军官说的笑话,且说要他引带副兵三多到外面去玩,望着我只是笑,不好作什么回答。

王军官又说:"你不愿同三多玩,是不是?你二先生现在到大学堂教书,还高兴同我玩,你以为你就是学生,不能同我副兵在一起白相了吗?"

小兵见王军官好像生了气,故意拿话窘着他,不会如何分辩,脸上显得绯红。王军官便一手把他揪过去:"小鬼头,你穿得这样体面,人又这样标致,同我回去,我为你做媒讨老婆,不要读书了吧。"

小兵益觉得不好意思,又想笑又有点怕,望着我想我帮帮他的忙,且听我如何吩咐,他就照样做去。

我见到我这个老同学爽利单纯,不好意思不让他陪勤务兵出去玩,我就说:"你熟悉不熟悉买靴子的地方?"

他望了我半天,大约又明白我不许他出去,又记到我告过他不许说谎,所以到后才说:"我知道。"

王军官说:"既然知道,就陪三多去。你们是老朋友,同在一堆,你不要以为他的军服就辱没了你的身份。你的样子倒像学生,你的心可不是学生。你莫以为我的勤务兵相貌蠢笨,将军多像猪,三多是有将军的分的。你们就去吧,我同你二先生还要在这里谈话,回头三多请你喝酒,我就要二先生请我喝酒……"

王军官接着就喊:"三多,三多。"那副兵当我们来时到房中拿过烟茶后,出去似乎就正站立在门外边,细听我们的谈话,这时听到营长一叫,即刻就进来了。

这副兵真像一个将军,年纪似乎还不到十六岁,全身就结实得如成人,身体虽壮实却又非常矮短,穿的军服实在小了一点,皮带一束因此全身绷得紧紧的如一木桶,衣服同身体便仿佛永远在那里作战。在一种紧张情形中支持,随时随处身上的肉都会溢出来,衣服也会因弹性而飞去。这副兵样子虽痴,性情却十分好,他把话都听过了,一进来就笑嘻嘻地望着小兵。

王军官一见到自己勤务兵的痴样子，做出十分难受的神情："三大人，我希望你相信我的忠告，少吃喝一点，少睡一点！你到外面去瞧瞧，你的肉快要炸开了。我要你去爬到那个洋秤上去过一下磅，看这半个月来又长了多少，你磅过没有？人家有福气的人肥得像猪，一定是先做官再发体，你的将军还没有得到，就预先发起胖来，将来怎么办？"

那勤务兵因为在我面前被王军官开着玩笑，仿佛一个十几岁处女一样，十分腼腆害羞，说道："我不知为什么总要胖。"

"沈参谋告你每天喝醋一碗，你试验过没有？"

那勤务兵说不出话来，低下头去，很有些地方像《西游记》上的猪八戒，在痴呆中现出妖媚。我忍不住要笑了，就拈了一支烟来，他见到时赶忙来刮自来火。我问他，是什么乡下的，今年有了多大岁数？他告我他是××的人，搬到城里住，今年还只十六岁。我又问他为什么那么胖，他十分害羞地告我，是因为家中卖牛肉同酒，小小儿吃肉就发了膘。

王军官告三多可以跟着小兵去玩，我不好意思不让他们去，到后两人就出去了。

我同这个老同学谈了许多很有趣味的话，到后我就说："营长，你刚才说的你的未来将军请我的未来学士喝酒，我就来做东，只看你欢喜吃什么口味。"

王军官说："什么都欢喜，只是莫要我拿刀刀叉叉吃盘中的饭，那种罪我受不了。"

…………

第二天我们早约定了要到王军官处去的，因为一去我怕我的"学士"又将为他的"将军"拖去，故告诉他，今天不要出去，就在家中读书，等一会儿一个杜先生同一个孙先生或许还要来（这些朋友是以到我处看看小兵为快乐的）。我又告他，若是杜教授来了，他可以接待客人到他小房间里去，同客人玩玩。把话嘱咐过后，我就到大中华饭店找寻王军官去了。晚上我们一同到一个电影院去消磨了两个钟头，那时已经快要十二点钟了，我很担心一个人留在家中的小兵，或者还等候着我没有睡觉，所以就同王军官分了手。约好明天我送他上车过南京。回来时，我奇怪得很，怎么不见了小兵。我先以为或者是什么朋友把他带走看戏去了，问二房东有什么朋友来找我，二房东恰恰日里也没有在家，回来时也极晏。我又问到二房东家的用人，才知道下午有一个大块头兵士来邀他出去，出门时还是三点钟以前。我算定这兵士就是王军官处那个勤务兵，来邀他玩，他又不好推辞，以为这一对年轻人一定是到什么热闹场所去玩，所以把回家的时间也忘却了，当时我就很生气，深悔昨天不应该带他到那里去，今天又不该不带他去。

　　我坐在房中等着，预备他回来时为他开门，一直等过了十二点还毫无消息。我以为不是喝醉了酒，就一定是在外面闯了乱子，不敢回来，住到那将军住处去了，这些事我认为全是那个王军官的副兵勾引成功的，所以非常愤恨那个小胖子。我想我此后可再不同这军官来往了，再玩一天我的学士就会学坏，使我为他所有一切的打算，都将付之泡影。

　　到十二点后他不回来，我有点疑心，就到他住身的亭子间去，看看是不是留得什么字条，看了一下，却发现了他那个箱子位置有点不同，蹲下去拖出箱子看看，他的军衣都不见了，我忽然明白他是做些什么事了，非常生气，跑回到我自己房中来，检查我的箱子同写字台的抽屉，什么东西都没有动过，一切秩序井然如旧，显然他是独自私逃走去的。我恐怕王军官那边还闹了乱子，拐失了什么东西，赶快又到大中华饭店去，到时正见王军官生气骂茶房，见我来了才不作声，还以为我是来陪他过夜的，就说：

"来得好极了，我那将军这时还不回来，莫非被野鸡捉去了！"

我说："恐怕他逃了，你赶快清查一下箱子，有些东西失落没有。"

"哪里有这事，他不会逃的。"

"我来告你，我的学士也不在家了！你的将军似乎下午三点钟时候，就到我住处邀他，两人一块儿走了！"

王军官一跳而起，拖出箱子一看，一些日前为太太兑换的金饰同钞票，全在那里，还有那支手枪，也搁在那里，不曾有人动过。他一面搜检其他一个为朋友们代买物件所置的皮箱，一面同我说："这小土匪，我看不出他会逃走！"看到另外一口箱子也没有什么东西失掉，王军官松了一大口气，向我摇着头说："不会逃走，不会逃走，一定是两人看戏恐怕责罚不敢回来了，一定是被野鸡拉去了，上海野鸡这样多，我这营长到乡下的威风，来到此地为她们一拉也头昏了，何况我那个宝贝。不过那宝贝也要人受，他是不会让别人占多少便宜的，身上油水虽多，可不至于上当。他是那么结实的，在女人面前他不会打下败仗来，只是你那个学士，我真为他担心。她们恐怕放不过他，他会为那些老鸡折磨一整夜，这真是糟糕的事。"

我说："恐怕不是这样，我那个学士，他把军服也带走了。"

王军官先还笑着，因为他见到东西没有失掉，所以总以为这两个人是被妓女扣留到那里过夜的，所以还露着羡慕的神气，笑说他的"将军"倒有福气。他听到我说是小兵军服也拿走了，才相信我的话，大声地辱骂着"杂种"，同时就打着哈哈大笑。他向我笑着说：

"你六弟说这小子心野得很，得把他带回去，只有他才管得到这小土匪，不至于多事，我还没有和你好好地来商量，事就发生了。我想不到是我那个'将军'居然也想逃走，你看他那副尊范，居然在那全是板油的肚子里，也包得有一颗野心。他们知道逃走也去不远，将来终有方法可以知道所去的地方，恐怕麻烦，所以不敢偷什么东西……"

说到这里，这军官忽然又觉得这事一定另外还有蹊跷了，因为既然是逃走，一个钱不拐去，他们又到什么地方去了呢？若说别处地方有好事情干，那么两个宝贝又没有枪械，徒手奔走去会做什么好事情？

他说："这个事我可不明白了！我不相信我那个'将军'，到另外一个地方去比他原来的生活还好！你瞧他那样子，是不是到别的地方去就可以补上一个大兵的名额？他除了河南人耍把戏，可以派他站到帐幕边装傻子收票以外，没有一个去处是他合适的去处！真是奇怪的世界，这种傻瓜还要跳槽！"

我说："我也想过了，我那一位也不应当就这样走去的。我问你，你那'将军'他是不是欢喜唱戏？他若欢喜唱戏，那一定是被人骗走了。由他们看来，自然是做一个名角也很值得冒一下险。"

王军官摇着头连说："绝对不会，绝对不会。"

我说："既不是去学戏，那真是古怪事情。我们应当赶紧写几个航空信到各方面去，南京办事处、汉口办事处、长沙、宜昌，一定只有这几个地方可跑，我们一定可以访得出他们的消息。明天早上我们两人还可到车站上去看看，还可到轮船上去看看。"

"拉倒了吧，你不知道这些土匪的根基是这样的，你对他再好也无益处。你不要理他们算了，这些小土匪有许多天生是要在各种古怪境遇里长大成人的，有些鱼也是在逆水里浑水里才能长大。我们莫理他，还是好好睡觉吧。"

我这个老同学倒真是一个军人胸襟，这件事发生后，骂了一阵，说了一阵，到后不久仍然就躺在沙发上睡着了。我是因为告他不能同谁共床，被他勒到一个人在床上睡的。想到这件事情的突然而至，而为我那个小兵估计到这事不幸的未来，又想到或者这小东西会为人谋杀或饿死，到无人知道的什么隐僻地方，心中轮转着辘轳，听着王军官的鼾声，到四点钟了我才稍稍地合了一下眼。

第二天八点，我们就到车站上去，到各个车上去寻找，看到两路快慢车的开去后，又赶忙走到黄浦江边，向每一只本日开行的轮船上去探询。我们又买了好几份报纸，以为或者可以得到一点线索，自然什么结果也没有得到。

当天晚上十一点钟，那个王军官仍然一个人上车过南京去了，我还送他到车上去，开车后，我出了车站，一个人极其无聊，想走到北四川路一个跳舞场去看看，是不是还可以见到个把熟人。因为我这时回去，一定又睡不着，我实在不愿意到我那住处去，我想明天就要另外搬一个家。我心上这时难受得很，似乎一个男子失恋以后的情形，心中空虚，无所依傍。从老靶子路一个人慢慢儿走到北四川路口，站了一会儿，见一辆电车从北驶来，心中打算不如就搭个车回去，说不定到了家里，那个小兵还在打盹等候着我回来！可是车已上了，这一路车过海宁路口时，虹口大旅社的街灯光明烛照，引起了我的注意，我临时又觉得不如在这旅馆住一夜，就即刻跳下了车。到虹口大旅社，我开了一间小小房间，茶房看见我是单身，以为我或者是来到这里需要一个暗娼作陪的，就来同我说话，到后见我告他不要什么，只嘱咐他重新上一壶开水就用不着再来时，把事做了出来，他看到我抑郁不欢，一定猜我是来此打算自杀的人。我因为上一晚没有睡好，白天又各处奔走累了一天，当时倒下去就睡着了。

第二天大清早我回到住处，计划搬家的事，那个听差为我开门时，却告我小朋友已经回来了，我听到这个消息，心中说不分明地欢喜，一冲就到三楼房中去，没有见到他，又走过亭子间去，也仍然没有见到他，又走到浴间去找寻，也没有人。那个听差跟在我身后上来，预备为我升炉子，他也好像十分诧异，说：

"又走了吗？"

我以为他或因为害羞躲在床下，还向床下去看过一次。我急急促促地问他："这是怎么回事，他什么时候到这儿来的？"

听差说："昨天晚上来的，我还以为他在这里睡。"

我说："他不说什么话吗？"

听差说："他问我你是什么时候出去的。"

"不说别的了吗？"

"他说他饿了，饭还不曾吃，到后吃了一点东西，还是我为他买的。"

"一个人吗？"

"一个人。"

"样子有什么不同吗？"

听差好像不明白我问他这句话的意义，就笑着说："同平常一样长得好看，东家都说他像一个大少爷。"

我心里乱极了，把听差哄出房门，匐地把门一关，就用手抱着头倒在床上睡了。这事情越来越使我觉得奇怪，我为这迷离不可捉摸的问题，把思想弄成纷乱一团。我真想哭了。我真想殴打我自己，我又来深深地悔恨自己，为什么昨天晚上没有回来？我又悔恨昨天我们为了找寻这小兵，各处都到过了，为什么不回到自己住处来看看？

使我十分奇怪的，是这小东西为什么拿了衣服逃走又居然回来？若说不是逃走，那这时又到哪里去了呢？难道是这时又跑到大中华去找我们，等一会儿还回来吗？难道是见我不回来，所以又逃走了吗？难道是被那个"将军"所骗，所以逃回来，这时又被逼到逃走了吗？

事情使我极其糊涂，我忽然想到他第二次回来一定有一种隐衷，一定很愿意见见我，所以等着我，到后大约是因为我不回来，这小兵心里吓怕，所以又走去了。我想到各处找寻一下，看看是不是留得有什么信件，以及别的线索，把我房中各处皆找到了，全没有发现什么。

到后又到他所住的房里去，把他那些书本通通看过，把他房中一切都搜索到了，还是找不出一点证据。

因为昨天我以为这小兵逃走，一定是同王军官那个勤务兵在一处，故找寻时绝不疑心他到我那几个熟人方面去。此时想起他只是一个人回来，我心里又活动了一点，以为或者是他见我不回来，所以大清早走到我那些朋友处找我去了。我不能留在住处等候他，所以就留下了一个字条，并且嘱咐楼下听差，倘若是小兵回来时，叫他莫再出去，我不久就当回来的。我于是从第一个朋友家找到第二个朋友家，每到一处当我说到他失踪时，他们都以为我是在说笑话，又见到我匆匆忙忙地问了就走，相信这是一个事实时，就又拦阻了我，必得我把情形说明，才能够许我脱身。我见到各处皆没有他的消息，又见到朋友们对这事的关心，还没有各处走到，已就心灰意懒明白找寻也是空事了。先前一点点希望，看看又完全失败，走到教小兵数学的××教授家去，他的太太还正预备给小朋友一支自来水笔，要××教授今天下半天送到我住处去，我告他小兵已逃走了，这两夫妇当时的神气，我真永远还可以记忆得到。

各处皆绝望后，我回家时还想或者他会在火炉边等我，或者他会睡在我的床上，见我回来时就醒了。听差为我开门的样子，我就知道最后的希望也完了。我慢慢地走到楼上去，身体非常疲倦，也懒得要听差烧火，就想去睡睡，把被拉开，一个信封掉出来了。我像得到了救命的绳子一样，抓着那个信封，把它用力撕去一角，上面只写着这样一点点话：

> 二先生，我让这个信给你回来睡觉时见到。我同三多惹了祸，打死了一个人，三多被人打死在自来水管上。我走了。你莫管我，你莫同参谋说。你保佑我吧。

为了我想明白这"将军"究竟因什么事被人打死在自来水管子上，自来水管又在什么地方，被他们打死的另外一个人，又是什么人，因此那一个冬天，我成天注意到那些本埠新闻的死亡消息，凡是什么地方发现了一个无名尸首时，我总远远地跑去打听，但是还仍然毫无结果。只有一次听到一个巡警被人打死的消息，算起日子来又完全不对。我还花了些钱，登过一个启事，告诉那个小兵说，不愿意回来，也可以回到湖南去，我想来这启事是不是看得到，还不可知，若见到了，他或者还是不会回湖南去的。

　　这就是我常常同那些不大相熟爱讲故事的人说笑话时，说我有一个故事，真像一个传奇，却不愿意写出的原因！有些人传说我有一个稀奇的恋爱，也就是指这件事而言的。有了这件事以后，我就再也不同我的六弟通信讨论问题了。我真是一个什么小事都不能理解的人，对于性格分析认识，由于你们好意夸奖我的，我都不愿意接受。因为我连一个十二岁的小孩子，还为他那外表所迷惑，不能了解，怎么还好说懂这样那样。至于一个野蛮的灵魂，装在一个美丽盒子里，在我故乡是不是一件常有的事情，我还不大知道；我所知道的，是那些山同水，使地方草木虫蛇皆非常厉害。我的性格算是最无用的一种型，可是同你们大都市里长大的人比较起来，你们已经就觉得我太粗糙了。

节　日

　　落了一点小雨，天上灰蒙蒙的，这个中秋的晚上，在 × 城已失去了中秋的意义。

　　一切皆有点朦胧，一切皆显得寂寞。

　　街道墙角的转折处，城市里每人的心中，似乎皆为这点雨弄得模糊暗淡，毫无生气。

　　城中各处商人铺子里，仍然有稀稀疏疏的锣鼓声音，人家院落里有断续鞭炮声音，临河楼上有箫笛声音，每一家也皆有笑语声音。这些声音在细雨寒风里混合成一片，带着忧郁的节日情调，飘扬到一个围墙附近时，已微弱无力，模模糊糊，不能辨别它来处方向了。

　　雨还在落。因为围墙附近地方的寂静，雨俨然较大了一些。

　　围墙内就是被 × 城人长远以来称为花园的牢狱。往些年份地方还保留了一种习惯，把活人放在一个木笼里站死示众时，花园门前曾经安置过八个木笼。看被站死人有一个雅致的口号，名为"观花"。站笼本身也似乎是一个花瓶，因此 × 城人就叫这地方为"花园"。现在这花园多年来已经有名无实，捉来的乡下人，要杀的，多数剥了衣服很潇洒方便地牵到城外去砍头，木笼因为无用，早已不知去向，故地方虽仍然称为花园，渐渐地也无人明白这称呼的意义了。

花园里容纳了一百左右的犯人，同关鸡一样，把他们混合地关在一处。这些从各个乡村、各种案件里捕捉来的愚蠢东西，多数是那么老实，那么瘦弱，糊里糊涂地到了这个地方，拥挤在一处打发着命里注定的每个日子。有些等候家中的罚款，有些等候衙门的死刑宣布，在等候中，人还是什么也不明白，只看到日影上墙，黄昏后黑暗如何占领屋角，吃一点粗糙囚粮，遇闹监时就拉出来，各爬伏到粗石板的廊道上，卸下了裤子，露出一个肮脏的屁股，挨那么二十三十板子。打完了，爬起来向座上那一个胡子磕一个头，算是谢恩，仍然又回到原来地方去等候。

牢里先是将整个院落分成四部，各处用大木柱做成的栅栏隔开。白日里犯人可以各处走动。到了晚上，典狱官进牢收封点名时，犯人排成一队站好。典狱官拿了厚厚的一本点名册，禁卒肩上搭了若干副分量不等的脚镣手桔，重要的，到时把人加上镣桔，再把铁锁锁定到木栅栏柱旁一个可以上下移动的铁环上，其余则各自归号向预定的草里一滚，事情就已完毕，典狱官同禁卒便走去了。此后就是老犯来处置新犯，用各样刑罚敲诈钱财的时候。这种风气原是多年以来就养成了的。到后来，忽然有一天，许多乡下人在典狱官进监以后，把典狱官捆着重重地殴打了一顿，逃跑了一些犯人，因此一来，这狱里就有了一种改革。院中重新在各处用铁条隔开，把院中天井留出了一段空地，每日除了早上点名出恭时，各犯人能到院中一次以外，其余时节所有犯人皆各在自己所定下的号内住下，互相分隔起来。院中空地留为典狱官进监点名收号来去的道路，从此典狱官危险也少了。新的改革产生一种新的秩序，铁条门做好后，犯人们皆重新按名编号，重新按名发给囚粮，另外也用了一种新的规矩，就是出了一点小事时，按名加以鞭打。因为新的管狱方法不同了一点，管狱员半夜里还可以来狱中巡视，老犯的私自行刑事情也随同过去制度消灭了。

新狱规初初实行时，每一个犯人在每早上皆应在甬道上排队点名，再鱼贯而行依次到那个毛房去出恭，再各归各号。大多数犯人皆乡下农民，不习惯这件事，因此到时总大家挤着推着，互相用那双愚蠢的、畜生一般的眼睛望着同伴微笑，有镣梏的且得临时把它解开，所以觉得非常新奇有趣。到后久一点，也就十分习惯自然了。

这狱中也如同别的地方别的监狱一样，放了一批，杀了一批，随即又会加上一批新来的人。大家毫无作为地被关闭到这一个地方，每日除了经过特许的老犯，可以打点草鞋以外，其余人什么事也不做，就只望到天井的阳光推移，明暗交替打发掉每一个飘然而来倏然而逝其长无尽的日子。

所有被拘留的人皆用命运作为这无妄之灾的注释。什么人被带去过堂了，什么人被打了，什么人释放了，什么人恭喜发财牵去杀头了，别的人皆似乎并不十分关心，看得极其自然。

每天有新来的人。这种人一看就可以明白，照例衣服干净一点，神气显得慌张焦灼，一听到提人时就手足无措。白天无事，日子太长，就坐到自己草荐上，低下头一句话不说，想念家中那些亲人同所有的六畜什物。想到什么难受起来时，就幽幽地哭着。听人说到提去的什么人要杀头了时，脸儿吓得焦黄，全身发抖，且走过去攀了铁条痴痴地望着。坐牢狱稍久一点，人就变愚呆了，同畜生差不多，没有这种神经敏锐了。

老犯自由行刑的权利，虽因为制度的改革，完全失去，可是到底因为是老犯，在狱里买酒买肉，生活得还是从从容容。狱里发生什么小争持时，执行调解的也总是这一类人。

老犯同城市中的犯人，常常酗酒闹事，互相殴打，每到这种事件发生时，新来的乡下犯人，多吓怕得极其厉害，各自远远地靠墙根躺着，盼望莫误打到身边来。结果则狱吏进来，问讯是谁吵闹，照例吵闹的不肯说出，不吵闹的谁也不敢说出，于是狱吏的鞭子，在每人身上抽一两下，算是大家应得的待遇。

因为过节的习惯，在×城还好好地存在，故在这种地方，犯人们也照例得到了些过节的好处。各人把那从上面发下来的一片肥肉，放在糙米饭团上，囫囵吃下后，各人皆望到天空的黄昏雨景，听到远处的各种市声，等候狱官来收封点名。到后收号的来了，因为过节，狱官们的团圆酒还喝得不够量，马马虎虎地查看了一下，吩咐了几句照例的话，就走去了。

到了二更左右，有些人皆蜷成一团卧在稻草里睡着了，有些人还默默地思索到花园外边的家中节日光景，有些人不知道什么原因，忽然吵闹起来了。先是各人还各自占据到一个角隅里，在黑暗中互相辱骂，到后越说越纷乱不清，一个抛了一只草鞋过去，另一个就抛了一件别的东西过来。再到后来，两个人中有一个爬了起来赶过去理论，两个人即刻就在黑影里撞打起来了。

只听到肉与肉撞触的钝声，拳头同别的东西相碰的声音，木头、瓶子、镔铁锅，以及其他抛掷的声音。骨节嘎嘎发声，喘息，辱骂，同兽类咬牙切齿时那种相似沉默的挣扎，继续着，不知在什么时节才可以告一段落。显然的，这里也有一些人，为了这个节日喝了不少酽冽的烧酒，被烧酒醉倒，发生着同别的世界也会同样发生的事情了。

两个醉醺醺的犯人在一个角隅里翻天覆地地扑闹时，一时节旁边事外的人皆不说话。只听到一个卷着舌头的人，一面喘息一面辱骂：

"×你的娘，你以为我对不起你。婆娘们算个什么？婆娘们算个什么？……"

似乎这个人正被压在下层，故话还在说着，却因为被人压定，且被人嘴打了一拳，后来的话就含混不清了。

另外黑暗一隅有上了点年纪的人喊着："四平，四平，不要打出人命，放清醒点！"

又有人说："打死一个就好了，打死一个，另一个顶命，这里就清净了。"

又有人说："管事的头儿快来了，各人四十板，今天过节，我们不能为你们带累领这种赏！"

还有人为别的事说别的话，似乎毫不注意身边附近殴打的。

说话的多是据守屋角没有酒喝的人物。在狱中喝酒是有阶级身份的。

一会儿，只听到一种钝声，一个人哎地喊了半个字，随后是一个打草鞋用的木榔槌，远远地摔到墙边铁条上复落在院子中的声音。于是一切忽然静寂了。

两人中有一个被打晕了。

于是就听到有人挣扎着，且一面含含糊糊地骂着：

"×你的娘，你以为我对不起你。婆娘们算个什么？要你莫扼喉咙你不相信，你个杂种，一下子就相信了。你个杂种。……让开点，你个杂种。"

这仍然是那个卷舌头醉鬼说话的声音。名为四平的醉鬼，这时还压在他的身上，可是因为已经被那一榔槌敲晕了，这压在下面的醉鬼，推了一阵，挣扎了一阵，总仍然爬不起来，一面还是骂着各样丑话粗话，一面就糊糊涂涂，把脸贴在湿霉的砖地上睡着了。

稍静寂一会儿。

黑暗中许多人又说话了，大家推论着。

"打死了一个。下面那个打死上面那个了。"

"四平打不死的，若打死，早在堂上被夹板折磨断气了。"

"一个晕了，一个睡了。"

"杂种！成天骂杂种，自己就是杂种！"

"把烧酒放烟头的才真是杂种！"

"轻说点，酒店老板阎王来了。"

各处有嘘嘘的声音，各处在传递知会，有些犯人就了悬在院中甬道上油灯的微弱灯光，蹲在地面上下田字棋，有些做别的事情，怕管事一来知道，皆从这知会中得到了消息，各人就躺在原来所据的地面草堆里，装成各已安睡的样子，让管事的在门外用灯照照，且用长杆子随意触撞一两个草堆里那一团东西，看看是不是还在那里。管事的一切照例地做着，一面照例地骂着许多丑话，一面听着这些丑话，于是这人看看甬道上的油灯，检查一下各个铁门上的锁钥，皮靴橐橐地又走了。

当真阎王来了。

一个大眉、大眼、方脸、光头、肥厚的下颔生了一部络腮胡子，身高六尺的人物，手上拿了一个电筒，一根长长的铁杖，踉踉跄跄地走过来，另外一个老年人提了一盏桅灯，似乎也喝了一杯，走路时见得摇摇晃晃。提灯的虽先开了门，到里面甬道时却走在后面一点，因为照规矩阎王应走在前面。

这人在外边开了一个酒铺，让靠近西城下等人皆为他那种加有草烟头的烧酒醉倒，也让这烧酒从一些人手中巧妙地偷运送到狱中来，因此就发了一点小财。照 ×× 当地的风气，一切官吏的位置皆可以花钱买得，这人为了自己坐过一阵监狱，受过了一些鞭笞，故买了一个管狱位置。这人做官以后，每每喝了一肚子自己所酿的烧酒，就跑到这地方来巡查，乘了酒性严厉地执行他的职务，随意地鞭打其中任何一个人。有时发现了一些小小危险东西，或是一把发锈的小刀，或一根铁条，或一枚稍大的钉子，追究不出这物件的主人时，就把每人各打二十下，才悻悻地拿了那点东西走去。

这人的行为似乎只是在支取一种多年以前痛苦的子息，× 城人是重在复仇的，他就在一切犯人的身上，索回多年以前他所忍受那点痛苦。

阎王来时，大家皆装睡着了。各处有假装的鼾声，各人皆希望自己可以侥幸逃避一次灾难。

这人把电筒扬起，各处照了一下，且把铁条从铁栏外伸过去，向一个草堆里戳了几下，被戳的微微一动，这人便笑着，再用力戳了一下。

"该死的，你并不睡，你并不睡。你装睡，你在想你的家中，想月亮，想酒喝，你是抢犯，你正在想你过去到山坳里剥人衣服的情形。……不要想这些，明天就得割你的头颅，把你这个会做梦的大头漩到田中去，让野猪吃你！"

那个缩在草堆里成一团的乡下人，一点不明白他所说的意思，只是吓得把鼻头深深地埋到草里，气也不敢向外放出。尽铁条戳了两下，又在臀部脊部各打击了两下，也仍然不作声，难关过去了，因为这铁条又戳到第二个人身上去了。

第二个又被骂"把头丢到田里"，又被重重地抽了两下。

如此依次下去，似乎每一个人皆不免挨两下。

大家皆知道阎王今天一定多喝了两杯，因为若不多喝两杯酒，查验不会如此苛刻。还没有被殴打辱骂的，皆轻轻地移动了卧处的地位，极力向墙边缩进去，把头向墙边隐藏，把臀部迎向那铁条所及一面，预备受戳受打。

到第五个时，那先前一时互相殴打，现在业已毫无知觉重叠在一堆的两个醉人便被阎王发现了。

阎王用电筒照了一下，把铁条在上面那个人身上戳了一下。

"狗×的。你做什么压到别人身上？你不是狗，你是猪。我知道你们正在打架，我听到吵闹的声音，你见我了，来不及把两个人拉开，就装成吃醉了睡觉的样子，狗 × 的，你装得好。"

一、二、三、四……

这人一面胡胡乱乱地算着数目，一面隔了铁条门，尽是把那个压在上面失了知觉的犯人用力打着，到了四十后又重新再从一、二、三、四算下去。

打了一阵还是不见有什么声息。

其余的人皆知道那是永远打不醒了的，但谁也不敢作声。

跟同阎王来的老狱卒，把灯提得高高的照着，看看尽打不醒，觉得这样打下去也无什么意思了，就说：

"大佬，他醉了，今天过节。一定醉了，算了吧。"

阎王把老狱卒手中的灯抢过手来，详详细细照了一下老狱卒的面孔。

"你这家伙说什么。你以为我不知道吗？你以为我不明白他们送你的节礼吗？好，今天过节，既然醉了，多打两下不会痛楚的，再打十下，留五十明天再说。"

一、二、三、四打了十下。不行，又一、二、三、四打了十下。

第六个刚被戳了一下时，老狱卒在旁边又说话了。

"大佬，你不要再打他们，你也打倦了，明天一总算账吧。"

"明天算账，明天算账，明天加一倍算账！"

阎王一面说一面又抢了老狱卒手中的灯，照了老狱卒的面孔一会儿，似乎想认清楚说话的人是不是这个人。口中哼哼的，仍然在那第六个的犯人身上重重地戳了一下，打了一下，才离开了铁栅栏，站到通道中央去，大声地骂着一个已经绞死了多年的老犯人名字。

阎王走了，只听到外面牢门落锁的声音，又听到不知什么原因，在外边大声骂人的声音，但不久一切就平静了，毫无声音了。

黑暗中有人骂娘的声音，有逃过了这种灾难，快乐得纵声大笑的声音，有模仿了先前管狱人的腔调来说话的。

"妈的个东西，刀砍的，绳子绞的，妈的个东西……"

有人同鬼一样咕咕地笑着。

有人嘶了个嗓子说着。

"你妈的，你上天去，你那个有毒的烧酒终有一天会打发你上天去的！"

远远的，什么地方响了一声枪，又随即响了两声。

大家睡了。大家皆知道烧酒已经把狱官打倒，今天不会再挨打了。

半夜里有人爬起走向栅栏角上撒尿的，跌倒到两个重叠在一处的醉鬼身旁，摸摸两个人的鼻子，皆冷冷的已经毫无热气。这人尿也不敢撒了，赶忙回去蜷卧在自己的草窠里，拟想明天早上一定有人用门板抬人出去，一共得抬两次。这是一个新来花园不久的乡下人，还不明白花园的规矩，在狱中毙死的，是应得从墙洞里倒拖出去的。

城中一切皆睡着了，只有这样一个人，缩成一团地卧在草里，想着身旁的死人，听着城外的狼嗥。

×城是多狼的，因为小孩子的大量死亡，衙门中每天杀人，狼的食料就从不如穷人的食料那么贫乏难得。

八骏图

"先生，您第一次来青岛看海吗？"

"先生，您要到海边去玩，从草坪走去，穿过那片树林子，就是海。"

"先生，您想远远地看海，瞧，草坪西边，走过那个树林子——那是加拿大杨树，那是银杏树，从那个银杏树夹道上山，山头可以看海。"

"先生，他们说，青岛海比一切海都不同，比中国各地方海美丽。比北戴河呢，强过一百倍；您不到过北戴河吗？那里海水是清的，浑的？"

"先生，今天七月五日，还有五天学校才上课。上了课，你们就忙了，应当先看看海。"

青岛住宅区××山上，一座白色小楼房，楼下一个光线充足的房间里，到地不过五十分钟的达士先生，正靠近窗前眺望窗外的景致。看房子的听差，一面为来客收拾房子，整理被褥，一面就同来客攀谈。这种谈话很显然的是这个听差希望客人对他得到一个好印象的。第一回开口，见达士先生笑笑不理会。顺眼一看，瞅着房中那口小皮箱上面贴的那个黄色大轮船商标，觉悟达士先生是出过洋的人物了，因此就换口气，要来客注意青岛的海。达士先生还是笑笑不说什么，那听差于是解嘲似的说，青岛的海与其他地方的海如何不同，它很神秘，很不易懂。

分内事情做完后，这听差搓着两只手，站在房门边说："先生，您叫我，您就按那个铃。我名王大福，他们都叫我老王。先生，我的话您懂不懂？"

达士先生直到这个时候方开口说话："谢谢你，老王。你说话我全听得懂。"

"先生，我看过一本书，学校朱先生写的，名叫《投海》，有意思。"这听差老王那么很得意地说着，笑眯眯地走了。天知道，这是一本什么书。

听差出门后，达士先生便坐在窗前书桌边，开始给他那个远在两千里外的美丽未婚妻写信。

瑗瑗：

我到青岛了。来到了这里，一切真同家中一样。请放心，这里吃的住的全预备好好的！这里有个照料房子的听差，样子还不十分讨人厌，很欢喜说话，且欢喜在说话时使用一些新名词；一些与他生活不大相称的新名词。这听差真可以说是个"准知识阶级"，他刚刚离开我的房间。在房间帮我料理行李时，就为青岛的海，说了许多好话。照我的猜想，这个人也许从前是个海滨旅馆的茶房。他那派头很像一个大旅馆的茶房。他一定知道许多故事，记着许多故事。（真是我需要的一只母牛！）我想当他作一册活字典，在这里两个月把他翻个透熟。

我坐在窗口正望着海，那东西，真有点迷惑人！可是你放心，我不会跳到海里去。假若到这里久一点，认识了它，了解了它，我可不敢说了。不过我若一不小心失足掉到海里去了，我一定还将努力向岸边泅来，因为那时我心想起你，我不会让海把我攫住，却尽你一个人孤孤单单。

达士先生打算捕捉一点窗外景物到信纸上，寄给远地那个人看看，停住了笔，抬起头来时窗外野景便朗然入目。草坪树林与远海，衬托得如一幅动人的画。达士先生于是又继续写道：

我房子的小窗口正对着一片草坪，那是经过一种精密的设计，用人工料理得如一块美丽毯子的草坪，上面点缀了一些不知名的黄色花草，远远望去，那些花简直是绣在上面。我想起家中客厅里你做的那个小垫子。草坪尽头有个白杨林，据听差说那是加拿大种白杨林。林尽头是一片大海，颜色仿佛时时刻刻皆在那里变化；先前看看是条深蓝色缎带，这个时节却正如一块银子。

达士先生还想引用两句诗，说明这远海与天地的光色。一抬头，便见着草坪里有个黄色点子，恰恰镶嵌在全草坪最需要一点黄色的地方。那是一个穿着浅黄颜色袍子女人的身影。那女人正预备通过草坪向海边走去，随即消失在白杨树林里不见了。人俨然走入海里去了。
没有一句诗能说明阳光下那种一刹而逝的微妙感印。
达士先生于是把寄给未婚妻的第一个信，用下面几句话做了结束：

学校离我住处不算远，估计只有一里路，上课时，还得上一个小小山头，通过一个长长的槐树夹道。山路上正开着野花，颜色黄澄澄的如金子。我欢喜那种不知名的黄花。

达士先生下火车时上午 × 点二十分。到地把住处安排好了，写完信，就过学校教务处去接洽，同教务长商量暑期学校十二个钟头讲演的分配方法。事很简便地办完了，就独自一人跑到海滨一个小餐馆吃了一顿很好的午饭。回到住处时，已是下午 × 点了。便又起始给那个未婚妻写信。报告半天中经过的事情。

瑷瑷：

我已经过教务处把我那十二个讲演时间排定了。所有时间皆在上午十点前。有八个讲演，讨论的问题，全是我在北京学校教讨的那些东西。我不用预备就可以把它讲得很好。另外我还担任四点钟现代中国文学，两点钟讨论几个现代中国小说家所代表的倾向。你想象得出，这些问题我上堂同他们讨论时，一定能够引起他们的兴味。今天五号，过五天方能够开学。

我应当照我们约好的办法，白天除了上堂上图书馆，或到海边去散步以外，就来把所见所闻一一告给你。我要努力这样做。我一定使你每天可以接到我一封信，这信上有个我，与我在此所见社会的种种，小米大的事也不会瞒你。

我现在住处是一座外表很可观的楼房。这原是学校特别为几个远地聘来的教授布置的。住在这个房子里一共有八个人，其余七个人我皆不相熟。这里住的有物理学家教授甲、生物学家教授乙、道德哲学家教授丙、哲学专家教授丁，以及西洋文学史专家教授戊，等等。这些名流我还不曾见面，过几天我会把他们的神气一一告诉你。

我预备明天方过校长处去，我明天将到他那儿吃午饭。我猜想得到，这人一见我就会说："怎么样，还可……应当邀你那个来海边看看！我要你来这里不是害相思病，原就只是让你休息休息，看看海。一个人看海，也许会跌到海里去给大鱼咬掉的！"瑗瑗，你说，我应如何回答这个人。

下车时我在车站外边站了一会儿，无意中就见到一种贴在阅报牌上面的报纸。那报纸登载着关于我们的消息。说我们两人快要到青岛来结婚。还有许多事是我们自己不知道的，也居然一行一行地上了版，印出给大家看了。那个做编辑的转述关于我的流行传说时，居然还附加着一个动人的标题："欢迎周达士先生"。我真害怕这种欢迎。我担心一会儿就会有人来找我。我应当有个什么方法，同一切麻烦离远些，方有时间给你写信。你试想想看，假若我这时正坐在桌边写信，一个不速之客居然进了我的屋子里，猝然发问："达士先生，你又在写什么恋爱小说？你一共写了多少？是不是每个故事都是真的？都有意义？"这询问真使人受窘！我自然没有什么可回答。然而一到第二天，他们仍然会写出许多我料想不到的事情！他们会说：达士先生亲口对记者说的。事实呢，他也许就从不见过我。

达士先生离开××时，与他的未婚妻瑗瑗说定，每天写一个信回××。但初到青岛第一天，他就写了三个信。第三个信写成，预备叫听差老王丢进学校邮筒里去时，天已经快黑了。

达士先生在住处窗边享受来到青岛地方以后第一个黄昏。一面眺望窗外的草坪——那草坪正被海上夕照烘成一片浅紫色。那种古怪色泽引起他一点回忆。

想起另外某一时，仿佛也有那么一片紫色在眼底炫耀。那是几张紫色的信笺，不会记错。

他打开箱子，从衣箱底取出一个厚厚的杂记本子，就窗前余光向那个书本寻觅一件东西。这上面保留了这个人一部分过去的生命。翻了一阵，果然的，一个"七月五日"标题的记事被他找出来了。

七月五日

一切都近于多余。因为我走到任何一处皆将为回忆所围困。

新的有什么可以把我从泥淖里拉出？这世界没有"新"，连烦恼也是很旧了的东西。

读完这个，有一点茫然自失，大致身体为长途折磨疲倦了，需要一会儿休息。

可是达士先生一颗心却正准备到一个旧的环境里散散步。他重新去念着那个两年前七月五日寄给南京的 × 请她代他过 ×× 去看看□的一个信稿。那个原信是用暗紫色纸张写的，那个信发出时，也正是那么一个悦人眼目的黄昏。

这几个人的关系是 × 欢喜他，他却爱□，□呢，不讨厌 ×。

当□听人说到 × 极爱达士先生时，□便说："这真是好事情。"然而人类事情常常有其相左的地方，上帝同意的人不同意，人同意的命运又不同意。× 终于怀着一点儿悲痛，嫁给一个会计师了。× 做了另外一个人的太太后，知道达士先生尚在无望无助中遣送岁月，便来信问达士先生，是不是要她做点什么事。她很想为他效点劳。因为她觉得他虽不爱她，派她做点事，尚可借此证明他还信任她。来信说得多委婉，多可怜！当时他被她一点点隐伏着的酸辛把心弄软了，便写了个信给 ×，托她去看看□。这个信不单是信任 ×，同时也就在告给 ×，莫用过去那点幻想折磨她自己。

×，你信我已见到了，一切我都懂。一切不是人力所能安排的，我们总莫过分去勉强。我希望我们皆多有一分理智，能够解去爱与憎的缠缚。

听说你是很柔顺贞静做了一个人的太太，这消息使熟人极快乐。……死去了的人，死去了的日子，死去了的事，假若还能折磨人，都不应当留在人心上来受折磨；所以不是一个善忘的人企想"幸福"，最先应当学习的就是善忘。我近来正在一种逃遁中生活，希望从一切记忆围困中逃遁。与其尽回忆把自己弄得十分软弱，还不如保留一个未来的希望较好。

谢谢您在来信上提到那些故事，恰恰正是我讨厌一切写下的故事的时节。一个人应当去生活，不应当尽去想象生活！若故事真如您称赞的那么好，也不过只证明这个拿笔的人，很愿意去一切生活里生活，因为无用无能，方转而来虐待那一只手罢了。

您可以写小说，因为很明显的事，您是个能够把文章写得比许多人还好的女子。若没有这点自信力，就应当听一个朋友忠厚老实的意见。家庭生活一切过得极有条理，拿笔本不是必需的行为。为你自己设想可不必拿笔，为了读者，你不能不拿笔了。中国还需要这种人，忘了自己的得失成败，来做一点事情。我听人说到你预备去当伤兵看护，实际上您的长处可以当许多男子受伤灵魂的看护，后者职务实在比你去侍候伤兵还精细在行。你不觉得您写点文章比调换绷带方便些？你需要一点自觉，一点自信。

我不久或过××来，我想看看那"我极爱她她可毫不理我"的□。三年来我一切完了。我看看她，若一切还依然那么沉闷，预备回乡下去过日子，再不想麻烦人了。我应当保持一种沉默，到乡下生活十年，把最重要的一段日子费去。×，您若是个既不缺少好点好心也不缺少那种空闲的人，我请您去为我看看她。我等候您一个信。您随便给我一点见她以后的报告，对于我都应当说是今年来最难得的消息。

再过两年我会不会那么活着？

一切人事皆在时间下不断地发生变化。第一，这个 × 去年病死了。第二，这个口如今已成达士先生的未婚妻。第三，达士先生现在已不大看得懂那点日记与那个旧信上面所有的情绪。

他心想：人这种东西够古怪了，谁能相信过去，谁能知道未来？旧的，我们忘掉它。一定的，有人把一切旧的皆已忘掉了，却剩下某时某地一个人微笑的影子还不能够忘去。新的，我们以为是对的，我们想保有它，但谁能在这个人间保有什么？

在时间对照下，达士先生有点茫然自失的样子。先是在窗边痴着，到后来笑了。目前各事仿佛已安排对了。一个人应知足，应安分。天慢慢地黑下来，一切那么静。

瑷瑷：

暑期学校按期开了学。在校长欢迎宴席上，他似庄似谐把远道来此讲学的称为"千里马"：一则是人人皆赫赫大名；二则是不怕路远。假若我们全是千里马，我们现在住处，便应当称为"马房"了！

我意思同校长稍稍不同。我以为几个人所住的房子，应当称为"天然疗养院"方能名实相符。你信不信？这里的人从医学观点看来，皆好像有一点病，（在这里我真有个医生资格！）我不说过我应当极力逃避那些麻烦我的人吗？可是，结果相反，三天以来同住的七个人，有六个已同我很熟悉了。我有时与他们中一个两个出去散步，有时他们又到我屋子里来谈天，在短短时期中我们便发生了很好的友谊，教授丁、丙、乙、戊，尤其同我要好。

便因为这种友谊，我诊断他们是个病人。我说得一点不错，这不是笑话，这些教授中至少有两个人还有点儿疯狂，便是教授乙同教授丙。

我很觉得高兴，到这里认识了这些人，从这些专家方面，学了许多应学的东西。这些专家年龄有的已经五十四岁，有的还只三十左右。正仿佛他们一生所有的只是专门知识，这些知识有的同"历史"或"公式"不能分开，因此为人显得很庄严，很老成。但这就同人性有点冲突，有点不大自然。一个不到三十岁的小说作家，年龄同事业，从这些专家看来，大约应当属于"浪漫派"。正因为他们是"古典派"，所以对我这个"浪漫派"发生了兴味，发生了友谊。我相信我同他们的谈话，一面在检查他们的健康，一面也就解除了他们的"意结"。这些专家有的儿女已到大学三年级，早在学校里给同学写情书谈恋爱了，然而本人的心，真还是天真烂漫。这些人虽富于学识，却不曾享受过什么人生。便是一种心灵上的欲望，也被抑制着，堵塞着。我从这儿得到一点珍贵知识，原来十多年大家叫喊着"恋爱自由"这个名词，这些过渡人物所受的刺激，以及在这种刺激之下，藏了多少悲剧，这悲剧又如何普遍存在。

瑷瑷，你以为我说的太过分了是不是，我将把这些可尊敬的朋友神气，一个一个慢慢地写出来给你看。

达士

教授甲把达士先生请到他房里去喝茶谈天，房中布置在达士先生脑中留下那么一些印象：

房中小桌上放了张全家福的照片，六个胖孩子围绕了夫妇两人。太太似乎很肥胖。

白麻布蚊帐里，有个白布枕头，上面绣着一点蓝花。枕旁放了一个旧式扣花抱兜。一部《疑雨集》，一部《五百家香艳诗》。大白麻布蚊帐里挂一幅半裸体的香烟广告美女画。

窗台上放了个红色保肾丸小瓶子，一个鱼肝油瓶子，一点头痛膏。

教授乙同达士先生到海边去散步。一队穿着新式浴衣的青年女子迎面而来，切身走过。教授乙回身看了一下几个女子的后身，便开口说：

"真稀奇，这些女子，好像天生就什么事都不必做，就只那么玩下去，你说是不是？"

"……"

"上海女子全像不怕冷。"

"……"

"宝隆医院的看护，十六元一个月；新新公司的卖货员，四十块钱一个月。假若她们并不存心抱独身主义，在货台边相敀的机会，你觉不觉得比病房中机会要多一些？"

"……"

"我不了解刘半农的意思，女子文理学院的学生全笑他。"

走到沙滩尽头时，两人便越马路到了跑马场。场中正有人调马。达士先生想同教授乙穿过跑马场，由公园到山上去。教授乙发表他的意见，认为那条路太远，海滩边潮水尽退，倒不如湿沙上走走有意思些。于是两人仍回到海滩边。

达士先生说：

"你怎不同夫人一块儿来？家里在河南，在北京？"

"……"

"小孩子读书实在也麻烦，三个都在南开吗？"

"……"

"家乡无土匪倒好。从不回家，其实把太太接出来也不怎么费事，怎么不接出来？"

"……"

"那也很好，一个人过独身生活，实在可以说是洒脱、方便。但是，有时候不寂寞吗？"

"……"

"你觉得上海比北京好？奇怪。一个二十来岁的人，若想胡闹，应当称赞上海。若想念书，除了北京往那里走。你觉得上海可以——"

那一队青年女子，恰好又从浴场南端走回来。其中一个穿着件红色浴衣，身材丰满高长，风度异常动人。赤着两只脚，经过处，湿沙上便留下一列美丽的脚印。教授乙低下头去，从女人一个脚印上拾起一枚闪放珍珠光泽的小小蚌螺壳，用手指轻轻地很情欲地拂拭着壳上黏附的沙子。

"达士先生，你瞧，海边这个东西真美丽。"

达士先生不说什么，只是微笑着，把头掉向海天一方，眺望着天际白帆与烟雾。

道德哲学教授丙，从住处附近山中散步回到宿舍，差役老王在门前交给他一个红喜帖："先生，有酒喝！"教授丙看看喜帖是上海 × 先生寄来的，过达士先生房中谈闲天时，就说起 × 先生。

"达士先生，您写小说我有个故事给您写。民国十二年，我在杭州××大学教书，与 × 先生同事。这个人您一定闻名已久。这是个从五四运动以来有戏剧性过了好一阵热闹日子的人物！这 × 先生当时住在西湖边上，租了两间小房子，与一个姓口的爱人同住。各自占据一个房间，各自有一铺床。两人日里共同吃饭，共同散步，共同做事读书，只是晚上不共同睡觉。据说这个叫作'精神恋爱'。× 先生为了阐发这种精神恋爱的好处，同时还著了一本书，解释它、提倡它。性行为在社会上引起纠纷既然特别多，性道德又是许多学者极热烈高兴讨论的问题。当时倘若有只公鸡，在母鸡身边，还能做出一种无动于衷的阉鸡样子，也会为青年学者注意。至于一个公人，能够如此，自然更引人注意，成为了不起的一件大事了。社会本是那么一个凡事皆浮在表面上的社会，因此×先生在他那份生活上，便自然有一种伟大的感觉，日子过得仿佛很充实。分析一下，也不过是佛教不净观，与儒家贞操说两种鬼在那里作祟罢了。

"有朋友问×先生，你们过日子怪清闲，家里若有个小孩，不热闹些吗？×先生把那朋友看得很不在眼似的说，嗨，先生，你真不了解我。我们恋爱哪里像一般人那种兽性；你真是——有眼不识泰山。你没看过我那本书吗？他随即送了那朋友一本书。

"到后丈母娘从四川省远远地跑来了，两夫妇不得不让出一间屋子给丈母娘住。两人把两铺床移到一个房中去，并排放下。另一朋友知道了这件事，就问他，×先生如今主张会变了吧？×先生听到这种话，非常生气地说，哼，你把我当成畜生！从此不再同那个朋友来往。

"过了一年，那丈母娘感觉生活太清闲，那么日子下去实在有点寂寞，希望做外祖母了。同两夫妇一面吃饭，一面便用说笑话口气发表意见，以为家中有个小孩子，麻烦些同时也一定可以热闹些。两夫妇不待老母亲把话说完，同声齐嚷起来：娘，你真是无办法。怎不看看我们那本书？两夫妇皆把丈母娘当成老顽固，看来很可怜。以为不受过高等教育的人，除了想儿女为她养孩子含饴弄孙以外，真再也没有什么高尚理想可言！

"再过一阵，女的害了病；害了一种因贫血而起的某种病。×先生陪她到医生处去诊病。医生原认识两人，在病状报告单上称女的为×太太，两夫妇皆不高兴，勒令医生另换一纸片，改为□小姐。

医生一看病人，已知道了病因所在，是一对理想主义者，为了那点违反人性的理想把身体弄糟了。要它好，简便得很，发展兽性，自然会好！医生有做医生的义务，就老老实实把意见告给×先生。×先生听完，一句话不说，拉了女的就走。女的还不明白是怎么回事。×先生说，这家伙简直是一个流氓，一个疯子，哪里配做医生。后来且同别人说，这医生太不正经，一定靠卖春药替人堕胎讨生活。我要上衙门去告他。公家应当用法律取缔这种坏蛋，不许他公然在社会上存在，方是道理。

"于是女人改医生服中药，贝母当归煎剂吃了无数，延缠半年，终于死去了。×先生在女的坟头立了一个纪念碑，石上刻字：我们的恋爱，是神圣纯洁的恋爱！当时的社会是不大吝惜同情的，自然承认了这件事。凡朋友们不同意这件事的，×先生就觉得这朋友很卑鄙龌龊，不了解人间恋爱可以做到如何神圣纯洁与美丽，永远不再同那个朋友往来。

"今天我却接到这个喜帖，才知道原来×先生八月里在上海又要同上海交际花结婚了，有意思。潮流不同了，现在一定不再那个了。"

达士先生听完了这个故事，微笑着问教授丙：

"丙先生，我问您，您的恋爱观怎么样？"

教授丙把那个红喜帖折叠成一个老猪头。

"我没有恋爱观，我是个老人了，这些事应当是儿女们的玩意儿了。"

达士先生房中墙壁上挂了个希腊爱神照相片，教授丙负手看了又看，好像想从那大理石胴体上凹下处凸出处寻觅些什么，发现些什么。到把目光离开相片时，忽然发问：

"达士先生，您班上有个×××，是不是？"

"真有这样一个人。您怎么认识她？这个女孩子真是班上顶美……"

"她是我的内侄女。"

"哦，你们是亲戚！"

"这孩子还聪敏，书读得不坏。"说着，教授丙把视线再度移到墙头那个照片上去，心不在焉地问道，"达士先生，这照片是从希腊人的雕刻照下的吗？"这种询问似乎不必回答，达士先生很明白。

达士先生心想："丙先生倒有眼睛，认识美。"不由得不来一个会心微笑。

两人于是同时皆有一个苗条圆熟的女孩子影子，在印象中晃着。

教授丁邀约达士先生到海边去坐船。乳白色的小游艇，支持了白色三角形小帆。顺着微风，向做宝石蓝颜色镜平放光的海面划去。天气明朗而温柔。海浪轻轻地拍着船头和船舷，船身略侧，向前划去时轻盈得如同一只掠水的小燕儿。海天尽头有一点淡紫色烟子。天空正有白鸟三五，从容向远海飞去。这点光景恰恰像达士先生另外一个记载里的情形。便是那只船，也如当前的这只船。有一点儿稍稍不同，就是坐在达士先生对面的一个人，不是医生，却换了一个哲学教授了。

两人把船绕着小青岛去。讨论着当年若墨医生与达士先生尚未讨论结果的那个问题——女人，一个永远不能结束定论的议题！

教授丁说：

"大概每个人皆应当有一种辖治，方能像一个人。不管受神的，受鬼的，受法律的，受医生的，受金钱的，受名誉的，受牙痛的，受脚气的；必须有一点从外而来或由内而发的限制，人才能够像一个人。一个不受任何拘束的人，表面看来极其自由，其实他做什么也不成功。因为他不是个人。他无拘束，同时也就不会有多少气力。

"我现在若一点儿不受拘束，一切欲望皆苦不了我，一切人事我不管，这绝不是个好现象。我有时想着就害怕。我明白，我自己居然能够活下去,还得感谢社会给我那一点拘束。若果没有它,我就自杀了。

"若墨医生同我在这只小船上的座位虽相差不多,我们又同样还不结婚。可是,他讨厌女人,他说:一个女人在你身边时折磨你的身体,离开你身边时又折磨你的灵魂。女子是一个诗人想象的上帝,是一个浪子官能的上帝。他口上尽管讨厌女人,不久却把一个双料上帝弄到家中做了太太,在裙子下讨生活了。我一切恰恰同他相反。我对女人,许多女人皆发生兴味。那些肥的、瘦的,有点儿装模作样或是势利浅浮的,似乎只因为她们是女子,有女子的好处,也有女子的弱点,我就永远不讨厌她们。我不能说出若墨医生那种警句,却比他更了解女子。许多讨厌女子的人,皆在很随便情形下同一个女子结了婚。我呢,我欢喜许多女人,对女人永远倾心,我却再也不会同一个女人结婚。

"照我的哲学崇虚论来说,我早就应当自杀了。然而到今天还不自杀,就亏得这个世界上尚有一些女人。这些女人我皆很情欲地爱着她们。我在那种想象荒唐中疯人似的爱着她们。其中有一个我尤其倾心,但我却极力制止自己的行为。始终不让她知道我爱她。我若让她知道了,她也许就会嫁给我。我不预备这一招。我逃避这一招。我只想等到她有了四十岁,把那点女人极重要的光彩大部分已失去时,我再去告她,她失去了的,在我心上还好好地存在。我为的是爱她,为的是很情欲地爱她,总觉得单是得到了她还不成,我便尽她去嫁给一个明明白白一切皆不如我的人,使她同那男子在一处消磨尽这个美丽生命。到了她本身已衰老时,我的爱一定还新鲜而活泼。

"您觉得怎么样,达士先生?"

达士先生有他的意见:

"您的打算还仍然同若墨医生差不多。您并不是在那里创造哲学,不过是在那里被哲学创造罢了。您同许多人一样,放远期账,表示远见与大胆,且以为将来必可对本翻利。但是您的账放得太远了,我为您担心。这种投资我并无反对理由，因为各人有各人耗费生命的权利和自由，这正同我打量投海，觉得投海是一种幸福时，您不便干涉一样。不过我若是个女人，对于您的计划，可并无多少兴味。您有哲学，却缺少常识。您以为您到了那个年龄，脑子尚能有如今这样充满幻想，且以为女子到了四十岁，也还会如十八岁时那么多情善感。这真是糊涂。我敢说您必输到这上面。您若有兴味去看一本关于××的书籍，您会觉得您那哲学必须加以小小修改了。您爱她，得给她。这是自然的道理。您爱她，使她归您，这还不够，因为时间威胁到您的爱，便想违反人类生命的秩序，而且说这一切皆为女人着想。我看看，这同束身缠脚一样，不大自然，有点残忍。"

"你以为这个事太不近情，是不是？我们每一个人皆可听凭自己意志建筑一座礼拜堂，供奉自己所信仰的那个上帝。我所造的神龛，我认为是世界上最美丽的神龛。这事由你看来，这么办耗费也许大一点。可是恋爱原本就是一种奢侈的行为。这世界正因为吝啬的人太多了，所以凡事皆做不好。我觉得吝啬原邻于愚蠢。一个人想把自己人格放光，照耀蓝空，炫人眼目如金星，愚蠢人绝做不出。"

"您想这么做是中了戏剧的毒。您能这么做可以说是很有演剧的天才。我承认您的聪明。"

"你说对了。我是在演剧。很大胆地把角色安排下来，我期待的就正是在全剧进行中很出众，然而近人情，到重要时忽然一转，尤其惊人。"

达士先生说：

"说得对。一个人若真想把自己全生活放在热闹紧张场面上发展，放在一种变态的不自然的方法中去发展，从一个艺术家眼里看来，没有反对的道理。一切艺术原皆不容许平凡。不过仍用演戏取譬，你想不想到时间太久了一点，您那个女角，能不能支持得下去？世界上尽有许多女人在某一小时具有为诗人与浪子拜倒那个上帝的完美，但绝不能持久。您承认她们到某一时会把生命光彩失去，却不想想一个表面失去了光彩的女人，还剩下一些什么东西。"

"那你意思怎么样？"

"爱她，得到她。爱她，一切给她。"

"爱她，如何能长久得到她？一切给她，什么是我？若没有我，怎么爱她？"

达士先生知道教授戊是个结了婚后一年又离婚的人，想明白他对于这件事的意见同感想。下面是教授戊的答案：

女人，多古怪的一种生物！你若说"我的神，我的王后，你瞧，我如何崇拜你！让莎士比亚的胸襟为一个女人而碎吧，同我来接一个吻！"好辞令。可是那地方若不是戏台，却只是一个客厅呢？你将听到一种不大自然的声音（她们照例演戏时还比较自然），她们回答你说："不成，我并不爱你。"好，这事也就那么完结了。许多男子就那么离开了他们的爱人，男的当然便算作失恋。过后这些男子事业若不大如意，名誉若不大好，这些女人将那么想："我幸好不曾上当。"但是，另外某种男子，也不想做莎士比亚，说不出那么雅致动人的话语。他要的只是机会。机会许可他傍近那个女子身边时，他什么空话不必说，就默默地吻了女人一下。这女子在惊慌失措中，也许一伸手就打了他一个耳光，然而男子不作声，却索性抱了女子，在那小小嘴唇上吻个一分钟。他始终没有说话，不为行为加以解释。他知道这时节本人不在议会，也不在课室。他只在做一件事！结果，沉默了。女人想："他已吻过我了。"同时她还知道了接吻对于她毫无什么损失，到后，她成了他的妻子。这男人同她过日子过得好，她十年内就为他养了一大群孩子，自己变成一个中年胖妇人；男子不好，她会解说："这是命。"

278

是的，女人也有女人的好处。我明白她们那些好处。上帝创造她们时并不十分马虎，既给她们一个精致柔软的身体，又给她们一种知足知趣的性情，而且更有意思，就是同时还给她们创造一大群自作多情又痴又笨的男子，因此有恋爱小说，有诗歌，有失恋自杀，有——结果便是女人在社会上居然占据一种特殊地位，仿佛凡事皆少不了女人。

我以为这种安排有一点错误。从我本身起始，想把女人的影响，女人的牵制，尤其是同过家庭生活那种无趣味的牵制，在摆得开时乘早摆开。我就这样离了婚。

达士先生向草坪望着："老王，草坪中那黄花叫什么名？"

老王不曾听到这句话，不作声。低头做事。

达士先生又说："老王，那个从草坪里走来看庚先生的女人是什么人？"

听差老王一面收拾书桌一面也举目从窗口望去，"××女子中学教书先生。长得很好，是不是？"说着，又把手向楼上指指，轻声地说，"快了，快了。"那意思似乎在说两人快要订婚，快要结婚。

达士先生微笑着："快什么了？"

达士先生书桌上有本老舍作的小说，老王随手翻了那么一下："先生，这是老舍作的，你借我这本书看看好不好？怎么这本书名叫《离婚》？"

达士先生好像很生气地说：

"怎么不叫《离婚》？我问你，老王。"

楼上电铃忽响，大约住楼上的教授庚，也在窗口望见了经草坪里通过向寄宿舍走来的女人了，呼唤听差预备一点茶。

一个从××寄过青岛的信——

达士先生：

　　你给我为历史学者教授辛画的那个小影，我已见到了。你一定把它放大了点。你说到他向你说的话，真不大像他平时为人，可是我相信你画他时一定很忠实。你那支笔可以担保你的观察正确。这个速写同你给其他先生的速写一样，各自有一种风格，有一种跃然纸上的动人风格，我读他时非常高兴。不过我希望你……因为你应当记得着，你把那些速写寄给什么人。教授辛简直是个疯子。

　　你不说宿舍里一共有八个人吗？怎么始终不告给我第七个是谁。你难道半个月以来还不同他相熟？照我想来这一定也有点原因。好好地告给我。

　　天保佑你。

瑷瑷

　　达士先生每当关着房门，记录这些专家的风度与性格到一个本子上去时，便发生一种感想："没有我这个医生，这些人会不会发疯？"其实这些人永远不会发疯，那是很明白的。并且发不发疯也并非他注意的事情，他还有许多必须注意的事。

　　他同情他们，可怜他们。因为他自以为是个身心健康的人。他预备好好地来把这些人物安排在一个剧本里，这自以为医治人类灵魂的医生，还将为他们指示出一条道路，就是凡不能安身立命的中年人，应勇敢走去的那条道路。他把这件事，描写得极有趣味的寄给那个未婚妻去看。

　　但这个医生既感觉在为人类尽一种神圣的义务，发现了七个同事中有六个心灵皆不健全，便自然引起了注意另外那一个健康人的兴味。事情说来稀奇，另外那个人竟似乎与他"无缘"。那人的住处，恰好正在达士先生所住房间的楼上，从××大学欢迎宴会的机会中，那人因同达士先生座位相近，×校长短短的介绍，他知道那是经济学者教授庚。除此以外，就不能再找机会使两人成为朋友了。两人不能相熟，自然有个原因。

达士先生早已发现了，原来这个人精神方面极健康，七个人中只有他当真不害什么病。这件事得从另外一个人来证明，就是有一个美丽女子常常来到寄宿舍，拜访经济学者庚。

有时两人在房里盘桓，有时两人就在窗外那个银杏树夹道上散步。那来客看样子二十五六岁，同时看来也可以说只有二十来岁。身材面貌皆在中人以上。最使人不容易忘记，就是一双诗人常说"能说话能听话"的那种眼睛。也便是这一双眼睛，因此使人估计她的年龄，容易发生错误。

这女人既常常来到宿舍，且到来以后，从不闻一点声息，仿佛两人只是默默地对坐着。看情形，两个人感情很好。达士先生既注意到这两个人，又无从与他们相熟，因此在某一时节，便稍稍滥用一个作家的特权，于一瞥之间从女人所得的印象里，想象到这个女子的出身与性格，以及目前同教授庚的关系。

这女子或毕业于北平故都的国立大学，所学的是历史，对诗词具有兴味，因此辞章知识不下于历史知识。

这女子在家庭中或为长女。家中一定是个绅士门阀，家庭教育良好，中学教育也极好。从×大学历史系毕业后，就来到××女子中学教书，每星期约教十八点钟课，收入约一百元。在学校中很受同事与学生敬爱，初来时，且间或还会有一个冒险的，不大知趣的，山东籍国文教员，给她一种不甚得体的殷勤。然而那一种端静自重的外表，却制止了这男子野心的扩张。还有个更重要的原因，便是北京方面每天皆有一个信给她，这件事从学校同事看来，便是"有了主子"的证明，或是一个情人，或是一个好友，便因为这通信，把许多人的幻想消灭了。这种信从上礼拜起始不再寄来，原来那个写信人教授庚已到了青岛，不必再寄什么信了。

这女人从不放声大笑，不高声说话，有时与教授庚一同出门，也静静地走去，除了脚步声音便毫无声响。教授庚与女人的沉默，证明两人正爱着，而且贴骨贴肉、如火如荼地爱着。唯有在这种症候中，两个人才能够如此沉静。

女人的特点是一双眼睛，它仿佛总时时刻刻警告人，提醒人。你看她，它似乎就在说："您小心一点，不要那么看我。"一个熟人在她面前说了点放肆话，有了点不庄重行动，它也不过那么看看。这种眼光能制止你行为的过分，同时又俨然在奖励你手足的撒野。它可以使俏皮角色诚实稳重，不敢胡来乱为，也能使老实人发生幻想，贪图进取。它仿佛永远有一种羞怯之光；这个光既代表贞洁，同时也就充满了情欲。

由于好奇，或由于与好奇差不多的原因，达士先生愿意有那么一个机会，多知道一点点这两人的关系。因为照他的观察来说，这两人关系一定不大平常，其中有问题，有故事。再则女的那一份沉静实在吸引着他，使他觉得非多知道她一点不可。而且仿佛那女人的眼光，在达士先生脑子里，已经起了那么一种感觉："先生，我知道你是谁。我不讨厌你。到我身边来，认识我，崇拜我，你不是个糊涂人，你明白，这个情形是命定的，非人力所能抗拒的。"这是一种挑战，一种沉默的挑战。然而达士先生却无所谓。他不过有点儿好奇罢了。

那时节，正是国内许多刊物把达士先生恋爱故事加以种种渲染，引起许多人发生兴味的时节。这个女人必知道达士先生是个什么人，知道达士先生行将同谁结婚，还知道许多达士先生也不知道的事，就是那种失去真实性的某一种铺排的极其动人的谣言。

达士先生来到青岛的一切见闻，皆告诉给那个未婚妻，上面事情同一点感想，却保留在一个日记本子上。

达士先生有时独自在大草坪散步，或从银杏夹道上山去看海，有三四次皆与那个经济学者一对碰头。这种不期而遇也可以说是什么人有意安排的。相互之间虽只随随便便那么点一点头各自走开，然而在无形中却增加了一种好印象。当达士先生从那个女人眼睛里再看出一点点东西时，他逃避了那一双稍稍有点危险的眼睛，散步时走得更远了一点。

他心想："这真有点好笑。若在一年前，一定的，目前的事会使我害一种很厉害的病。可是现在不碍事了。生活有了免疫性，那种令人见寒作热的病皆不至于上身了。"他觉得他的逃避，却只是在那里想方设法使别人不至于害那种病。因为那个女人原不宜于害病，那个教授庚，能够不害那一种病，自然更好。

可是每种人事原来皆俨然被一只看不见的手所安排。一切事皆在凑巧中发生，一切事皆在意外情形下变动。××学校的暑期学校演讲行将结束时，某一天，达士先生忽然得到一个不具名的简短信件，上面只写着这样两句话：

学校快结束了，舍得离开海吗？（一个人）

一个什么人？真有点离奇可笑。

这个怪信送到达士先生手边时，凭经验，可以看出写这个信的人是谁。这是一颗发抖的心同一只发抖的手，一面很羞怯，又一面在狡猾地微笑，把信写好亲自付邮的。不管这个人是谁，不管这个写得如何简单，不管写这个信的人如何措辞，达士先生皆明白那种来信表示的意义。达士先生照例不声不响，把那种来信搁在一个大封套里。一切如常，不觉得幸福也不觉得骄傲。间或也不免感到一点轻微惆怅。且因为自己那份冷静，到了明知是谁以后，表面上还不注意，仿佛多少总辜负了面前那年轻女孩子一份热情，一份友谊。可是这仍然不能给他如何影响。假若沉静是他分内的行为，他始终还保持那份沉静。达士先生的态度，应当由人类那个习惯负一点责。应当由那个拘束人类行为，不许向高尚纯洁发展，制止人类幻想，不许超越实际世界，有势力的名词负点责。达士先生是个订过婚的人。在"道德"名分下，把爱情的门锁闭，把另外女子的一切友谊拒绝了。

　　得到那个短信时，达士先生看了看，以为这一定又是一个什么自作多情的女孩子写来的。手中拈着这个信，一面想起宿舍中六个可怜的同事，心中不由得不侵入一点忧郁。"要它的，它不来；不要的，它偏来。"这便是人生？他于是轻轻地自言自语说："不走，又怎么样？一个真正古典派，难道还会成一个病人？便不走，也不至于害病！"很的确，就因事留下来，纵不走，他也不至于害病的。他有经验，有把握，是个不怕什么魔鬼诱惑的人。另外一时他就站过地狱边沿，也不炫目，不发晕。当时那个女子，却是个使人值得向地狱深阱跃下的女子。他有时自然也把这种近于挑战的来信，当成青年女孩子一种大胆妄为的感情的游戏，为了训练这些大胆妄为的女孩子，他以为不做理会是一种极好的处置。

　　瑗瑗：我今天晚车回××。达。

达士先生把一个简短电报亲自送到电报局拍发后，看看时间还只五点钟。行期既已定妥，在青岛勾留算是最后一天了。记起教授乙那个神气，记起海边那种蚌壳。当达士先生把教授乙在海边拾蚌壳的一件事情告给瑗瑗时，回信就说：

不要忘记，回来时也为我带一点点蚌壳来。我想看看那个东西！

达士先生出了电报局，因此便向海边走去。

到了海水浴场，潮水方退，除了几个会骑马的外国人骑着黑马在岸边奔跑外，就只有两个看守浴场工人在那里收拾游船，打扫沙地。达士先生沿着海滩走去，低着头寻觅这种在白沙中闪放珍珠光的美丽蚌壳。想起教授乙拾蚌壳那副神气，觉得好笑。快要走到东端时，忽然发现湿沙上有谁用手杖斜斜地划着两行字迹，走过去看看，只见沙上那么写着：

这个世界也有人不了解海，不知爱海。也有人了解海，不敢爱海。

达士先生想想那个意思，笑了。他是个辨别笔迹的专家，认识那个字迹，懂得那个意义。看看潮水的印痕，便知道留下这种玩意儿的人，还刚刚离此不久。这倒有点古怪。难道这人就知道达士先生今天一早上会来海边，恰好先来这里留下这两行字迹？还是这人每天皆来到海边，写那么两行字，期望有一天会给达士先生见到？不管如何，这方式显然是在大胆妄为以外，还很机灵狡狯的，达士先生皱眉头看了一会儿，就走开了。一面仍然低头走去，一面便保护自己似的想："鬼聪明，你还是要失败的。你太年轻了，不知道一个人害过了某种病，就永远不至于再传染了！你真聪明，你这点聪明将来会使你在另外一件事情上成就一件大事业，但在如今这件事情上，应当承认自己赌输了！这事不是你的错误，是命运。你迟了一年……"然而不知不觉，却面着大海一方，轻轻地舒了一口气。

不了解海，不爱海，是的。了解海，不敢爱海，是不是？

他一面走一面口中便轻轻数着："是——不是？不是——是？"

忽然间，沙地上一件新东西使他愣住了。那是一对眼睛，在湿沙上画好的一对美丽眼睛。旁边那么写着：

瞧我，你认识我！

是的，那是谁，达士先生认识得很清楚的。

一个爬沙工人用一把平头铲沿着海岸走来，走过达士先生身边时，达士先生赶着问："慢点走，我问你，你知不知道这是谁画的？"说完他把手指着那些骑马的人。那工人却纠正他的错误，手指着山边一堵浅黄色建筑物："那，女先生画的！"

"你亲眼看见是个女先生画的？"

工人看看达士先生，不大高兴似的说："我怎不眼见？"

那工人说完，扬扬长长地走了。

达士先生在那沙地上一对眼睛前站立了一分钟，仍然把眉头略微皱了那么一下，沉默地沿海走去了。海面有微风皱着细浪。达士先生弯腰拾起了一把海沙向海中抛去。"狡猾东西，去了吧。"

十点二十分钟达士先生回到了宿舍。

听差老王从学校把车票取来，告给达士先生，晚上十一点二十五分开车，十点半上车不迟。

到了晚上十点钟，那听差来问达士先生，是不是要他把行李先送上车站去，就便还给达士先生借的那本《离婚》小说。达士先生会心微笑地拿起那本书来翻阅，却给听差一个电报稿，要他到电报局去拍发。那电报说：

> 瑗瑗：我害了点小病，今天不能回来了。我想在海边多住三天；病会好的。达士。

一件真实事情，这个自命为医治人类魂灵的医生，的确已害了一点儿很蹩脚的病。这病离开海，不易痊愈的，应当用海来治疗。

王谢子弟

　　七爷等信信不来，心里着急，在旅馆里发脾气。房中地板上到处抛得有香烟头，好像借此表示"要不负责一切不负责"的意思。

　　算算日子，已经十九，最末一个快信也寄了七天，电报去了两天。盼回信还无回信。七爷以为家中妇人女子无见识，话犹可说，男子可不该如此。要办事就得花钱，吝啬应当花的钱，是缺少常识，是自私。

　　"什么都要钱！什么都要钱！这鬼地方哪比家乡，住下来要吃的，捉一只肥鸡杀了，就有汤喝。闷气时上街走走，再到万寿宫公益会和老道士下一盘棋，一天也就过去了。这是天津！走动就得花钱，怕走坐下来也得花钱，你就不吃不喝躺到床上去，还是有人伸手向你要钱！"

　　七爷把这些话写在信上，寄给湖北家里去，也寄给杭州住家的两个堂兄，都没有结果，末了只好拿来向跟随茅大发挥。

　　其时茅大在七爷身边擦烟嘴，顺口打哇哇说："可不是！好在还亏七爷，手捏得紧紧的，花一个是一个，从不落空。若换个二爷来，恐怕早糟了。"

　　七爷牢骚在茅大方面得了同情后，接口说："我知道我凡事打算，你们说不得一背面就会埋怨我（学茅大声气）："得了，别提我家七爷吧，一个钉子一个眼，一个钱一条命。要面子，待客香烟五五五，大炮台，不算阔，客一走，老茅，哈德门！真是吝啬鬼！"我不吝啬怎么办。钱到手就光，这来办事什么不是钱。大爷、三爷好像以为我是在胡花，大家出钱给我个人胡花，大不甘心似的。真是狗咬吕洞宾，不识好人心。"

"他们哪知道七爷认真办事，任劳任怨的苦处。可是我昨天打了一卦，算算今天杭州信不来，家里信会来。"

"会来吗？才不会来！除了捏紧荷包，他们什么都不知道。若不是为祖上这一点产业，做子孙的不忍它不明不白断送掉，我不舒舒服服在家里做老太爷，还愿意南船北马来到这鬼地方蹩穷气？"

茅大说："他们不体谅七爷，殊不知这事没有七爷奔走，谁办得了？也是七爷人好心好，换谁都不成！"

七爷苦笑着，一面啵咯啵咯捏着手指骨，一面说："这是我自己讨来的，怪不得谁。我不好事，听它去，就罢了。祖上万千家业有多少不是那么完事？我家那些大少爷，不受过什么教育，不识大体，爱财如命，说是白说。"

"我可不佩服那种人，看财奴。"

七爷耳朵享受着茅大种种阿谀，心里仿佛轻松了一点。话掉转了方向："老茅，我看你那神气，一定和二美里史家老婊子有一手。你说是不是？"

茅大又狡猾又谦虚摇着手，好像深恐旁人听见的样子："七爷，你快莫乱说，我哪敢太岁头上动土！我是个老实人！"

"你是老实人？我不管着你，你才真不老实！我乱说，好像我冤枉你做贼似的，你敢发誓说没摸过那老婊子，我就认输！"

茅大不再分辩了，做出谄媚样子，只是咕咕地笑。

七爷又说:"老婊子欢喜你,我一眼就看明白了,天下什么事瞒得过我这双眼睛!"

"那是真的,天下什么事瞒得过七爷?"

"他们还以为我为人不老成,胡来乱为。"

"他们知道个什么?足不出门,不见过世界,哪能比七爷为人精明。"

茅大知道七爷是英雄无钱胆不壮,做人事事不方便。这次来天津办交涉,事情一拉开了,律师、市政府参事、社会局科长、某师长、某副官长,一上场面应酬,无处不是钱。家里虽寄了八百,杭州来了一千,钱到手,哗啦哗啦一开销,再加上无事时过二美里"史湘云"处去坐坐,带小娼妇到中原公司楼上楼下溜一趟,一瓶法国香水三十六元,一个摩罗哥皮钱包二十八元,半打真可可牌丝袜三十元,一件新衣料七十五元,两千块钱放在手边,能花个多久?钱花光了,人自然有点脾气。不说几句好话送他上天,让他在地面上盘旋找岔子,近身的当然只有吃亏。

七爷为人也怪,大处不抠抠小处,在场面上做人,花钱时从不失格,但平常时节却耐心耐气向茅大算零用账,发信、买纸烟、买水果,都计算得一是一,二是二,毫不马虎。在他看来这倒是一种哲学,一种驾驭婢仆的哲学。他以为小人女子难养,放纵一点点必糟。所以不能不谨严。能恩威并用,仆人就怀德畏刑,不敢欺主。茅大摸着了七爷脾气,表面上各事百依百随,且对金钱事尤其坦白分明。买东西必比七爷贱一点,算账时还常常会多余出钱来,数目虽小都归还给七爷。七爷认为这就是他平时待下人严而有恩的收获,因此更觉得得意。常向人说:"你们花十八块钱雇当差的,还不得其用;我花五块钱,训练有方,值十五块!"至于这位茅大从史湘云处照例得到的一成回扣,从另外耗费上又得了多少回扣,七爷当然不会知道。

七爷真如他自己所说，若不是不忍心祖上一点产业白白丢掉，住在家乡原很写意，不会来到天津旅馆里受罪。

七爷家住在×州城里，是很有名气的旧家子弟。身属老二房。本身原是从新二房抱过老二房的，过房自然为的是预备接收一笔遗产。过房时年纪十七岁，尚未娶妻。名下每年可收租谷五千石到六千石，照普通情形说来，这收入不是一个小数目，除开销当地的各种捐项，尽经租人的各种干没①，母子二人即或成天请客吃馆子，每月还雇一伙戏班子来唱戏，也不至于过日子成问题。

不过族大人多，子弟龙蛇不一。穷叔辈想分润一点，三石五石的借贷，还可望点缀点缀，百八十石的要索，势不可能。于是就设计邀约当地小官吏和棍徒，从女色和赌博入手，来教育这个贤小阮。结果七爷自然和许多旧家子弟一样，在女人方面得了一些有趣的经验，一身病，在赌博方面却负欠了一笔数目不小的债务。先是把两件事隐瞒着家长，事到头来终于戳穿了，当家的既是女流之辈，各方面都要面子，气得头昏昏的，把七爷叫来，当着亲长面前哭骂一顿，还是典田还债。一面在老表亲中找媳妇，把媳妇接过了门，拘管着男的，以为如此一来，就可以拘管着男的。子弟既不肖，前途无望，人又上了点年纪，老当家的便半病半气地死掉了。七爷有了一点觉悟，从家庭与社会两方面刺激而来的觉悟。一面是自忏，一面是顾全面子，在死者身上也大大地来花一笔钱。请和尚道士做了七七四十九天水陆道场，素酒素面胀得这些闲人废人失神失智。定扎上无数纸人纸屋纸车马，到时一把火烧掉。听穷叔辈在参与这次丧事中，各就方便赚了一笔"白财"。心愿完了，同时家业也就差不多耗掉一半了。但未尝无

---

① 干没：不付代价地轻易捞取。

好处，从此以后七爷可不至于再在女色赌博上上人的当了。他想学好，已知道"败家子"不是个受用的名词。结婚五年后，女人给他生育了三个孩子，虽管不住他，却牵绊得住他。丈人老是当地律师，很有名，所以大阮辈也不敢再来沾光，他就在×州城里做少爷，吃租谷过日子。间或下乡去看看，住十天半月，找个大脚白屁股乡下女人玩玩，一切出之小心谨慎，不发生乱子。在亲族间，还算是个守门户的子弟。

七爷从这种环境里，自然造成一种性情，一份脾气——中国各地方随处可见的大少爷性情脾气。爱吃好的，穿好的。照相机、自来水笔、床上的毯子、脚上的鞋子，都买价钱顶贵的。家中订了一份上海报纸，最引起他兴趣的是报上动人广告。随身一根手杖、一个打簧表，就是看广告从上海洋行买来的。人算是已经"改邪归正"，亲近了正人君子。虽不会作诗，可时常参加当地老辈的诗会，主要的义务是请客，把诗人请到家中吃酒，间或老辈从他家中拿去一点字画，也不在意，所以人缘还好。为人不信鬼神，但关于打坐练气，看相卜课，却以为别有神秘，不可思议。不相信基督教，但与当地福音堂的洋人倒谈得来，原因是洋人卖给过他一个真正米米牌的留声机，又送过他两瓶从外国运来的洋酒。并不读什么书，新知识说不上，可是和当地人谈天时，倒显得是个新派，是个进步知识阶级，极赞成西洋物质文明，且打算将来让大儿子学医。但他也恰如许多人一样，觉得年轻人学外国，谈自由恋爱，社会革命，对于中国旧道德全不讲究，实在不妥。对人生也有理想，最高理想是粮食涨价和县城里光明照相馆失火。若前者近于物质的，后者就可说是纯粹精神的。照相馆失火，对他本人毫无好处，不过因为那照相馆少老板笑他喝过女人洗脚水，这事很损害他的名誉。七爷原来是懂旧道德也爱惜名誉的。若无其他变故，七爷按着身份的命定，此后还有两件事等待他去做：第一是纳妾；第二是吸鸦片烟。

但时代改造一切，也影响到这个人生活。国民革命军占了武汉时，×州大户人家都移家杭州和苏州避难，七爷做了杭州寓公。家虽住杭州，个人却有许多理由常往上海走走。上海新玩意儿多，哄人的，具赌博性质的，与男女事相关的，多多少少总经验了一下。嗜好多一点，耗费也多一点。好在眼光展宽了，年纪大了，又正当军事期间，特别担心家乡那点田土，所以不至于十分发迷。

　　革命军定都南京后，新的机会又来了，老三房的二爷，在山东做了旅长，还兼个什么清乡司令，问七爷愿意不愿意做官。他当然愿意，因此过了山东。在那革命部队里他做的是中校参谋，可谓名副其实。二爷欢喜骑马，他陪骑马。二爷欢喜听戏，他陪听戏。二爷欢喜花钱，在一切时髦物品上花钱，他陪着花钱。二爷兴致太好了，拿出将近两万块钱，收了一个鼓姬，同时把个旅长的缺也送掉了，七爷只有这件事好像谨慎一点，无多损失。二爷多情，断送了大有希望的前程，七爷却以为女子是水性杨花，逢场作戏不妨，一认真可不成。这种见解自然与二爷不大相合，二爷一免职下野，带了那价值两万元的爱情过南京去时，七爷就依然回转杭州，由杭州又回×州。

　　回家乡后他多了两种资格：一是住过上海；二是做过军官。在这两重资格下，加上他原有那个大小资格，他成了当地小名人。他觉得知识比老辈丰富些，见解也比平常人高明些。忽然对办实业热心起来，且以为要中国富强，非振兴实业不可。热心的结果是在本地开了个洋货铺，仿上海百货公司办法，一切代表文明人所需要的东西，无一不备。代乳粉、小孩用的车子（还注明英国货）、真派克笔、大铜床、贵重糖果……开幕时还点上煤气灯，请县长演说！既不注意货物销场，也不注意资本流转。一年后经理借办货为名，带了两千现款跑了，清理账目，才明白赔蚀本金将近一万块钱，唯一办法又是典田还债。

　　这种用钱方法正如同从一个缸里摸鱼，请客用它，敬神用它，送礼也用它，消耗多，情形当然越来越不济事。办实业既失败了，还得想法。南京祠堂有点附带业产，应分归老二房和新大房的大爷、三爷，三股均分。地产照当时情形估价两万。

七爷跑到杭州去向两个哥哥商量办法：

"我想这世界成天在变，人心日坏，世道日非。南京地方前不久他们修什么马路牛路，拆了多少房子，划了多少地归公？我们那点地皮，说不定查来查去，会给人看中，不想办法可不成！"

大爷说："老七，这是笑话！我们有凭有据，说不得人家还会把我们地方抢去！"

七爷就做成精明样子冷冷地说："抢倒不抢，因为南京空地方多着。只是万一被他们看中了，把祠堂挖作池塘，倒会有的。到那时节祖先牌位无放处，才无可奈何！"

三爷为人聪明而忠厚，知道七爷有主张，问七爷："老七，你想有什么办法？"

七爷说："我也没有什么办法，不过是那么想着罢了。照分上说我年纪小，不能说话。我为祠堂设想，譬如说，我们把这块地皮卖了，在另外不会发生问题的地方，买一块地皮，再不然把钱存下来生利息，留作三房子弟奖学金，大爷以为如何？"

大爷心实，就说："这使不得。一切还是从长计议。"

三爷知道七爷来意了，便建议："地产既是三房共有的，老七有老七的理由。人事老在变动，祠堂既从前清官产划出来的，如今的世界，什么都不承认，谁敢说明天这地皮不会当作官产充公？不过变卖祠堂给人家听到时是笑话，不知道的人还说王家子孙不肖，穷了卖祠堂。并且一时变卖也不容易。不如我和大爷凑七千块钱给七爷，七爷权利和义务就算完事。至于七爷把这笔钱如何处置，我们不过问。不知大爷赞不赞同。"

大爷先是不同意，但无从坚持，只好答应下来。

七爷在文件上签了字，把钱得到手后，过上海打了一个转，又回南京住了一阵子，在南京时写信给三爷，说是正预备把五千块钱投资到个顶可靠顶有希望事业上去，作将来儿女教育经费。事实上七爷回×州时，还剩下三千块钱，其余四千，全无下落。

为紧缩政策，七爷又觉悟了，就从×州城里迁往乡下田庄上去住，预备隐居。写信汇款到青岛去买苹果树，杭州去买水蜜桃树，苏州去买大叶桑树，又托人带了许多草种、花种、菜种，且买了鸡、兔子，此外还想方设法居然把城里福音堂牧师那只每天吃橘子的淡黄色瑞士母羊也牵到乡下来。七爷意思以为经营商业不容易，提倡农业总不甚困难。两年后，果然有了成绩，别的失败，所种的洋菜有收成了。不过乡下人照例不吃洋菜，派人挑进城，来回得走五十里路，卖给人又卖不去，除了送亲戚，只有福音堂的洋人是唯一主顾。但七爷却不好意思要洋人的钱。七爷的成功是因此做了县农会的名誉顾问，当地人看成一个"专家"，自己也以为是个"专家"。

如今来天津，又是解决祠堂的产业。不过天津情形比南京复杂，解决不容易。因为祠产大部分土地在十年前早被军阀圈作官地拍卖了，剩余的地已不多，还有问题。七爷想依照南京办法，大爷、三爷又不肯承受。七爷静极思动，自以为很有把握，自告奋勇来天津办理这件事。

中国事极重人情，这事自然也可以从人情上努力。二爷军队上熟人多，各方面都有介绍信。门路打通了，律师也被找着了，重要处就是如何花钱，在花钱上产生人情的作用。七爷就坐在天津花钱。

至于用钱，那是事先说好，三房各摊派一千元，不足时或借或拉，再平均分摊。解决后也做三股均分，另外提出一成做七爷酬劳。三爷为人厚道，先交一千块钱给七爷。大爷对七爷能力怀疑，有点坐观成败的意思，虽答应寄钱，却老不寄来。

七爷在此地已差不多两个月，钱花了两千过头，事情还毫无头绪。案件无解决希望，想用地产押款又办不到。写信回家乡要钱，不是经租的做鬼，就是信被老丈人扣住了，付之不理。

律师，一个肚子被肉食填满，鼻子尖被酒浸得通红的小胖子。永远是夹着那只脏皮包，永远好像忙匆匆的，永远说什么好朋友中风了，自己这样应酬多，总有一天也会忽然那么倒下不再爬起，说到这里时差不多总又是正当他躺到七爷房中那沙发上去时。

律师是个敲头掉尾巴的人，一双小眼睛瞅着七爷，从七爷神气上就看得出款子还不来。且深深知道款子不来，七爷着急不是地产权的确定，倒是答应二美里史湘云的事不能如约实行。这好朋友总装成极关心又极为难的神气。

"七爷，我又见过了×副官长、×参事，都说事情有办法。何况二爷还是保定同学！……杭州那个还不来吗？"

七爷像个小孩子似的，敲着桌子边说话：

"我们王家人你真想不到是个什么脑筋。要钓大鱼，又舍不得小鱼。我把他们也莫可奈何。我想放弃了它，索性一个大家不理，回家乡看我农场去！"

律师以为七爷说的是真话，就忙说：

"七爷，这怎么能放弃？自己的权利总得抓住！何况事情已有了八分，有凭据，有人证，功亏一篑，岂不可惜。我昨天见处长，我还催促他：处长，你得帮点忙！七爷是个急性人，在旅馆中急坏了。处长说：当然帮点忙！七爷为人如此豪爽，不交朋友还交谁？我在想法！我见师长也说过。师长说：事情有我，七爷还不放心吗？七爷性子太急，你想法邀七爷玩玩，散散心，天津厌烦了，还可到北平去，北平

296

有多少好馆子！……"

律师添盐加醋把一些大人物的话转来转去说给七爷听，七爷听来心轻松松的，于是感慨系之向律师说：

"朋友都很容易了解我，只有家里人，你真难同他们说话。"

"那是他们不身临其境，不知甘苦。"

"你觉得我们那事真有点边吗？"

"当然。"律师说到这里，把手做成一个圆圈，象征硬币，"还是这个！我想少不了还是这个！'风雪满天下，知心能几人？'他们话虽说得好，不比你我好朋友，没有这个总不成！我们也不便要朋友白尽义务，七爷你说是不是？"

七爷说："那当然，我姓王的，不是只知有己的人。事办得好，少不得大家都有一点好处。只是这时无办法。我气不过，真想……"

律师见七爷又要说"回去"，所以转移问题到"回不去"一方面来。律师装作很正经神气放低声音说："七爷，我告你，湘云这小孩子，真是害了相思病，你究竟喂了她什么迷药，她对你特别有意思！"

七爷做成相信不过的样子："我有什么理由要她害相思病？一个堂子里的人，见过了多少男子，会害相思病？我不信。"

律师说："七爷，你别说这个话。信不信由你。你懂相术，看湘云五官有哪一点像个风尘中人。她若到北京大学去念书，不完完全全是个女学生吗？"

七爷心里动了感情，叹一口气。过一会儿却自言自语地说："一切是命。"

律师说："一切是命，这孩子能碰到你就是一个转机，她那么聪明，读书还不到三个月，懂得看《随园诗话》，不是才女是什么。若有心提携她，我敢赌一个手指，说她会成女诗人！"

"可是我是个学农的。"

律师故意嚷着说："我知道你是学农的，学农也有农民诗人！"又轻声说，"七爷，说真话，我羡慕你！妒嫉你！"

七爷对那羡慕他的好朋友笑着，不再开口。律师知道七爷不会说走了，于是再换话题，来和七爷商量，看有何办法可以催款子。且为七爷设计，把写去的信说得更俨然一点。好像钱一来就有办法，且必须早来，若迟一点，说不定就失去了机会，后悔不迭。又说因为事在必需，已向人借了两千块钱，约期必还，杭州无论如何得再寄两千来才好。并且律师竟比七爷似乎还更懂七太太的心理，要七爷一面写信，一面买三十块钱衣料寄给七太太去，以为比信更有用处。

末了却向七爷说："人就是这个样子，心子是肉做的，给它热一点血就流得快一些，冷一点血就流得慢一些。眼睛见礼物放光，耳朵欢喜听美丽谎话，要得到一个人信任，有的是办法！"

律师走后，七爷不想想律师为什么同他那么要好，却认定律师是他的唯一的好朋友。且以为史湘云是个正在为他害相思病的多情女人，待他去仗义援救。他若肯做这件事，将来一定留下一个佳话。只要有钱做好人太容易了。

七爷等信，杭州挂号信居然来了。心里开了花，以为款项一定也来了。裁开一看，原来是大爷用老大哥资格，说了一片在外面做人要小心谨慎，莫接近不可靠朋友的空话，末了却说，听闻天津地产情形太复杂，恐所得不偿所失，他个人愿意放弃此后权利，也不担负这时义务，一切统由七爷办理，再不过问。

照道理说，大爷的表示放弃权利，对七爷大有好处，七爷应当高兴。可是却毁了他另外一个理想，他正指望到大爷份上出的那一笔钱，拿六百送史湘云填亏空，余下四百租小房子办家私和史湘云同居，祠产事有好朋友帮忙解决，就住在天津，一面教育史湘云，一面等待解决。无办法，他带了新人回家种菜！

七爷把那个空信扭成一卷，拍打着手心，自言自语说："大爷也真是大爷，陷入到这地方为难！没有钱，能做什么事？你放弃，早就得说个明白！把人送上滑油山，中途抽了梯子，好坏不管，不是作孽吗？"

茅大知道七爷的心事，就说："七爷，杨半仙卦真灵，他说有信就有信。他说的是有财，我猜想，家里钱一定不久会来的，你不用急！"

七爷说："我自己倒不急，还有别人！"

茅大懂七爷说的"别人"指谁，心中好笑，把话牵引到源头上来："七爷，你额角放光，一定要走运。"

"走运？楚霸王身困在乌江上，英雄无用武之地，有什么运可走。大爷钱不来，我们只有去绑票，不然就得上吊！"

"今天不来明天也会来，七爷你急是白急，怎不到××去散散心？戏也不看？今天中国有程砚秋的戏都说是好戏。"

"自己这台戏唱不了，还有心看戏？"

"大爷信上说什么？"

"……唉，我们大爷，不折不扣守财奴。"

七爷不作声，从贴身衬衫口袋里取出了小钱夹子，点数他的存款，数完了忽然显出乐观的样子，取出一张十元头票子给茅大，要茅大去中国戏院订个二级包厢，订妥了送到二美里去。又吩咐茅大："老茅，老婊子探你口气问起这里打官司的事情，别乱说，不要因为老婊子给了你一点点好处，就忘形不检点！"

茅大认真严肃地说："七爷，放心！老茅不是浑蛋，吃七爷的饭，反帮外人，狗彘不如。"

"好，你去吧，办好了就回来。不用废话了。"

茅大去后，七爷走到洗脸架边去，对镜子照自己，因为律师朋友说的话，还在心里痒痒的。倒真又想起回去，为的是亲自回家，才可以弄两千块钱来，救一个风尘知己。又想收了这个家里那一个倒难打发，只好不管。于是取出保险剃刀来刮胡子，好像嘴边东西一刮去，一切困难也就解除了。

茅大回来时才知道戏票买不着，凑巧史湘云那娘也在买戏票。茅大告给她，她就说，七爷不用请客，晚上过来吃晚饭吧，炖的有白鱼。茅大把话传给七爷。七爷听过后莞尔而笑，顾彼说此："好，我就到二美里去吃一顿白鱼。我一定去。"

当晚老姥子想留他在那里住下，七爷恐怕有电报来，所以不能住下，依然要回旅馆。事实上倒是三十块钱的开销，似乎大不与他目前经济情形相合，虽愿意住下也不能不打算一下。

史湘云因为七爷要回去，装作生气躺在床上不起身，两手蒙着脸，叫她娘："娘，娘，你让他走吧，一个人留得住身留不住心，委屈他到这里，何苦来？"

七爷装作不曾听到这句话，还是戴了他的帽子。那老姥子说："七爷，你真是……"躺在床上那一个于是又说："娘，娘，算了吧。"说完转身向床里面睡了。七爷心中过意不去，一面扣马褂衣扣一面走过床边去："你是聪明人，怎么不明白我。我事情办不了，心里不安。过十天半月，我们不就好了吗？"

娼妇装作悲戚不过声音说："人的事谁说得准，我只恨我自己！"

七爷心里软款款的，俯身在她耳边说："我明白你！你等着看！"

娼妇说："我不怨人怨我的命。"于是呜咽起来了。

老姥子人老成精，看事明白，知道人各有苦衷，想走的未必愿走，说住的也未尝真希望留住，所以还是打边鼓帮七爷说了几句话，且假假真真骂了小娼妇几句，把七爷送出大门，让他回旅馆。

凑巧半夜里，当真就来了电报，×州家里来的，简单得很，除姓名外只两句话："款已汇，望保重。"七爷看完电报，有一丝儿惭愧在心上生长，而且越长越大，觉得这次出门在外边的所作所为，真不大对得起家中那个人。但这也只是一会儿事情，因为钱既汇来了，自然还是花用，不能不用的。应考虑的是这钱如何分配，给律师拿去做运动费？还是给史湘云填亏空，让这个良心好命运坏的女孩子逃出火坑？理欲交战，想睡睡不成，后悔不该回旅馆，因为这样一通空空电报，使他倒麻烦起来。反不如在二美里住下，得到一觉好睡。不过七爷却不想，若没有这通电报，在二美里如何能够安心睡下。

直到快要天明才勉强眯着了，糊糊涂涂做梦，梦身在杭州西湖饭店参加一个人的文明结婚典礼，六个穿红衣服的胖子，站在天井中吹喇叭，其中一个竟极像律师，看来看去还是律师。自己又像是来客，又像是主人，独自站在礼堂正中。家里小毛兄弟二人却跨脚站在楼梯边看热闹，吃大喜饼，问他们"小毛，你娘在什么地方？"两兄弟都不作声，只顾吃那喜饼。花轿来了，大铜锣锵锵地响着，醒来才知道已十一点，墙上钟正锵锵响着。

中午见律师时，七爷忍不住咕喽咕喽笑，手指定律师说："吹喇叭的，吹喇叭的！"

律师心虚，以为七爷笑他是"吹牛皮的"，一张大脸儿烧得绯红，急嚷着说："七爷，七爷，你怎么的！朋友是朋友……"

七爷依然顽皮固执地说："你是个吹喇叭的！"

家中汇来一千四百块钱，分三次寄，七爷倒有主意，来钱的事虽瞒不了人，他却让人知道只来一千块钱，甚至于身边人茅大也以为只来一千。钱来后，律师对他更要好了一点，二美里那史湘云送些水果来，不提要他过去，反而托茅大传话说，七爷事忙，好好地把正经事办完了，再玩不迟。事实上倒是因为张家口贩皮货的老客人来了，摆台子玩牌忙个不休，七爷不上门反而方便些。不过老婊子从茅大方面得到了消息，知道律师老缠在七爷身边，加之对于卖皮货的客人，以为是老江湖不如七爷好侍候，两人比比还是七爷可靠。所以心中别有算计，借故来看七爷。

一见七爷就说："七爷，你印堂发光，一定有喜庆事。"

七爷知道老婊子不是什么好人，说话有用意，但并不讨厌这种凑趣的奉承。并且以为不管人好坏，湘云是她养大的，将来事情全盘在她手上，说不得还要认亲戚！因此也很和气地来应接老婊子。老婊子问七爷是不是拿定了主意，他就支支吾吾，拉到旁的事上去。

老婊子好像面前并不是七爷，不过一个亲戚："湘云那孩子痴，太忠厚了，我担心她会受人欺侮。"

七爷说："一个人有一个人的命运，担心也是白担心。"

"所以一切就看起头，事先弄个明白，莫太轻易相信人。"

七爷笑着说："她不会看人，你会帮她选人！"

老婊子也笑着："可不是。她有了依靠不正是我有依靠？我老了，世界见够了，求菩萨也只望她好，将来天可怜活着有碗饭吃，死后有人烧半斤纸。"

"老娘，你老什么？人老心不老。我看你才真不老！你打扮起来，还很好看，有人发迷！"

"七爷，你真是在骂我。我什么事得罪了你？"

"我不骂你，我说的是真话！"七爷想起茅大，走到叫人电铃边去按了一下铃，预备叫茅大。这用人却正在隔壁小房间里窃听两人说话，知道七爷要开玩笑，人不露面。七爷见无人来就说："一吃了饭就跑，吃冤枉饭的东西。"

老婊子短兵相接似的说："七爷，我不喝茶，我要走。我同你说句真心话，七爷，你要办的事得趁早。'莫道行人早，还有早行人。'

心里老拿不稳，辜负人一片心！"

七爷说："我不懂你这话是什么意思，也不想懂。我是来办事的，办好了事，心里宽舒了，我自然会……"

老婊子说："七爷办事是正经……"

正说到这里，还想用苦肉计来吓吓七爷，保驾的律师却来了。

律师一见老婊子在七爷房里，就知道两人谈的是什么事。律师向七爷眨眨眼睛笑眯眯地说："我是吹喇叭的。快用得着我吹喇叭了吧。"说了又回头向老婊子笑着，"七爷前些日子做梦梦里见我是吹鼓手，参加他的喜事！"

老婊子知道律师在帮忙，便装作懵懂说："可不知谁有这种好运气，被七爷看上，得七爷抬举。"

律师说："我知道七爷心事。有一个人想念他睡不着觉，他不忍辜负人，正想办法。"

老婊子又装作糊涂，问这人是谁。律师看看七爷，不即说下去，七爷就抢口说："唉，唉，先生，够了。你们做律师的，天生就好像派定是胡说八道的！"

老婊子故意装懵懂，懵懂中有了觉悟，拍手呵呵笑说："做律师的当真是作孽，因为证婚要他，离婚也要他。"

七爷虽明白两人都是在做戏，但却相信所提到的另外一个人，把这件事看得极认真。

老婊子虚情假意地和律师谈了几件当地新闻，心想再不走开，律师会故意说已约好什么人，邀七爷出门，所以就借故说还得上公司买布，回家去了。人走去后，律师拍着前额向七爷笑嘻嘻地说："老家伙一定是为一个人来做红娘，传书递简，如不是这件事，我输这颗脑袋。"

七爷笑着，不作声，到后又忽然说："你割下这个'三斤半'吧。可是我们正经事总还得办，莫急忙输你这颗脑袋也好。"

律师装作相信不过神气："我输不了脑袋，要吃喜酒！七爷，你不要瞒我，许多事你都还瞒着我！湘云一定作的有诗送你，你不肯把我看，以为我是粗人俗人，不懂风雅。"

"得了吧，我瞒你什么？家中寄了一千块钱来，我正不知道用在哪一方面去。"

"七爷，你让我做张子房吗？"

"什么张子房李子房！说真话，帮我做参谋，想想看。"

事情倒当真值得律师想想，因为钱在七爷手上，要从七爷手上取出来，也不是很容易的事。并且只有一千块钱。是应当让妇人捉着他好，还是让地产希望迷住他好？律师拿不定主意，想了一阵无结果，因此转问七爷，意思如何？且自以为不配做张子房，不能扶助刘邦。

七爷也想了一下，想起二爷的教训，意思倒拿定了，告给律师，说是先办正经事，别的且放下莫提。这种表示律师求之不得。不过又不愿意老婊子疑心他从中捣鬼，所以倒拘拘泥泥，模棱两可，反着实为史湘云说了些好话，把她比作一个才女，一个尤物，一个花魁。说到末了是从七爷手中拿去了两百元，请七爷到三十一号路去吃馆子，说是住天津十多年，最新才发现这个合乎理想的经济小馆子。所谓经济的意义，就是末了不必付小费。七爷欢喜这种办法，以为简便得多，事实上也经济得多。

茅大得过律师的好处，把一张《风月画报》递到七爷眼睛边："七爷，你瞧这个不知是谁把湘云相片上了报，说她是诗人，还说了许多趣话！"

七爷就断定是律师做的，但看那文章，说和湘云相好的是个"翩翩浊世之佳公子"，又说是个"大实业家，大理想家"，心里也很受用。一见律师就笑着说："少作点孽，你那文章我领教了！"

律师对这件事装作莫名其妙："怎么怎么，七爷，我作了什么孽？

犯法也得有个罪名！"

七爷把那画报抛到律师头上去："这不是你还有谁？"

律师忍不住笑了："我是君子成人之美，七爷莫多心。我还想把湘云和你我三人，比作风尘三侠！"

用钱问题一时还是不能解决。七爷虽说很想做件侠义事，但是事实倒也不能不考虑考虑。就因为地产交涉解决迟早不一定，钱的来源却有个限度。杭州方面无多希望了，家里既筹了一千四百，一时也不会再有款来。若一手给老婊子八百，再加上上上下下的开销，恐得过千，此后难以为继。

茅大虽得到老婊子允许的好处，事成了酬半成，拿四十喝酒，但看看七爷情形，知道这一来此后不是事，所以也不敢再加油。律师表面上虽撺掇其成，但也担心到当真事成了，此后不好办，所以常常来报告消息，总以为调查员已出发，文件有人见过了，过不久就会从某参事方面得到办法。

忠厚的三爷接到七爷的告急信，虽不相信七爷信上办交涉前途乐观的话，却清楚七爷办事要钱，无钱办不了事，钱少了事办得也不容易顺手。因此又汇了六百来。这笔款项来得近于意外，救了七爷也害了七爷。钱到了手后，七爷再不能踌躇了，于是下了决心，亲手点交八百块钱给老婊子，老婊子写了红字，画了押，律师还在证人名下也画了一个押。另外还花了两百块钱，买了一套卧房用具，在法租界三十二号路租了个二楼，放下用具，就把史湘云接过来同住了。

事办成后，大家各有所得，自然都十分快乐。尤其是七爷，竟像完成了一种高尚理想，实现佳话所必需的一节穿插。初初几天生活过得很兴奋，很感动。

这件事当然不给家中知道，也不让杭州方面知道。

一个月后家中来信告七爷，县里新换了县长，知道七爷是"专家"，想请七爷做农会会长，若七爷愿意负责，会里可设法增加经费，城乡还可划出三个区域来供七爷做"实验区"，以便改良农产。七爷回信表示农会当然愿意负责，因为一面是为桑梓服务，一面且与素志相合。不过单靠县里那点经费，恐办不了什么事，一年经费买两只荷兰种猪也不够，哪能说到改良？他意思现在既在这里办地产交涉，一面就想在北方研究天津著名的白梨、丰台的苹果、北平的玫瑰香葡萄等果品和浆果的种植法，且参观北方各农场，等待地产交涉办好了，再回家就职，还愿意捐款五千元，做本地农会改进各种农产物的经费，要七太太把这点意见先告给县里人知道。老丈人得到这消息时，却骂七爷败家。

七爷当真就在天津一面办事一面打量将来回本县服务的种种。租界上修马路草地用的剪草机，他以为极有用处，大小式样有多少种，每具值得多少钱，都被他探听出来了。他把这类事情全记载到一个小手册上去，那手册上此外又还记的有关水利的打井法、开渠法、制造简单引水灌溉风车的图说。又有从报纸常识栏里抄下的种除虫菊法和除虫药水配合方式。另外还有一个苏俄集体农场的生产分配表格，七爷认为这是新政策，说不定中国有一天也要用它。至于其中收藏白梨苹果的方法，还是从顶有实际经验，顶可靠的水果行商人处请人教得来的。这本手册的宝重，也就可想而知了。

史湘云虽说想读书，接过来同居后，七爷特意买一部《随园诗话》，还买了些别的书，放在梳妆台上给她看。并且买了一本《灵飞经》和一套文房四宝，让她写字。女人初来时闲着无事可做，也勉强翻翻书，问问七爷生字，且拿笔写了几天字帖。到后来似乎七爷对于诗词并无多大兴趣，所以就不怎么认真弄下去。倒是常常陪七爷上天祥市场听落子，七爷不明白处，她能指点。先是有时七爷有应酬，她就在家里等着，回来很晚还见她在沙发上等，不敢先睡。七爷以为自己办事有应酬，不能陪她，闷出毛病来不是事，要她自己去看戏。得到这种许可后，她就打扮得香喷喷的，一个人出去看戏，照例回来得很迟。一回来必上便所去，收拾好一阵才上床。七爷自然不疑心到别的事上去（茅大懂的事多一点，但他也有他的问题，不大肯在这件事情上说话。因为老婊子给了他一份礼物，欲拒绝无从拒绝，他每天得上医院。自己的事已够麻烦了）。

两个月以后，七爷对于这个多情的风尘知己认识得多一点，明白"风尘三侠"还只是那么一回事，好像有点厌倦，也不怎么希望她做女诗人了。可是天津事情一时办不完，想回去不能回去。那个律师倒始终能得七爷的信托，不特帮他努力办地产交涉，并且还带他往××学校农场和一个私人养狐场去参观。当七爷发现了身上有点不大妥当，需要上医生处去看看时，又为介绍一个可靠的医生。直到这律师为别一案件被捕以前，七爷总还以为地产事极有希望，一解决就可向银行办理押款，到安利洋行去买剪草机、播种机和新式耕田农具回本地服务。

七爷就是七爷，有他的性格。在他的生活上，苦恼、失望、悲观这类字眼，常常用得着，起一点儿作用。但另外更多日子，过得却蛮高兴自足。城里土财主大都是守财奴，理想都寄托在佃户身上，有了钱不会花，只好让土匪军阀趁机压榨。

七爷从这些财主眼中看来，是个败家子；在茅大眼中，是一个不折不扣的"报应现世宝"。七爷自己呢？还以为自己是个"专家"，并且极懂人情世故，有头脑，阅历多，从来没有上过什么当。

在喧嚣的世界里,

坚持以匠人心态认认真真打磨每一本书,

坚持为读者提供

有用、有趣、有品位、有价值的阅读。

愿我们在阅读中相知相遇,在阅读中成长蜕变!

好读,只为优质阅读。

我们相爱一生,一生还是太短

策划出品:好读文化   装帧设计: 所以设计馆

监　　制:姚常伟   内文制作:尚春芩

产品经理:罗　元   责任编辑:张世琼

特邀编辑:张　翠

图书在版编目（CIP）数据

我们相爱一生，一生还是太短 / 沈从文著.—杭州：
浙江人民出版社，2022.9
ISBN 978-7-213-10584-5

Ⅰ.①我… Ⅱ.①沈… Ⅲ.①中篇小说—小说集—中
国—现代②短篇小说—小说集—中国—现代 Ⅳ.
①I246.7

中国版本图书馆 CIP 数据核字（2022）第 074302 号

我们相爱一生，一生还是太短
WOMEN XIANGAI YISHENG, YISHENG HAISHI TAIDUAN

沈从文　著

出版发行	浙江人民出版社（杭州市体育场路 347 号　邮编　310006）
责任编辑	张世琼
责任校对	何培玉
封面设计	所以设计馆
电脑制版	尚春苓
印　　刷	河北鹏润印刷有限公司
开　　本	880 毫米 × 1194 毫米　1/32
印　　张	10
字　　数	250 千字
版　　次	2022 年 9 月第 1 版
印　　次	2022 年 9 月第 1 次印刷
书　　号	ISBN 978-7-213-10584-5
定　　价	55.00 元

如发现印装质量问题，影响阅读，请与市场部联系调换。
质量投诉电话：010－82069336